悪役姫は今日も迷宮に潜る

くずもち

ILL.まこ

Contents

THE VILLAIN PRINCESS
DIVES INTO THE
LABYRINTH TODAY

第一章

悪役姫は雷に打たれる。

「はっ！」

ハミング王国第一王女、ミリアリア＝ハミングは目覚めた瞬間、世界の真理を見た。

庭で花を見ていたらドンガラガッシャン！

突如として天空から落ちた雷がミリアリアの脳天に炸裂した。

九年という短い生涯では中々体験出来ないちょっとエキサイティングなダメージはミリアリアの意識を飛ばすのに十分だった。

そして目が覚めたミリアリアは――自分の知らない記憶が頭の中にあることに気が付いたのだ。

膨大な情報の中でも衝撃的なのは、自分のいるこの世界がとあるゲームの世界とそっくりだという荒唐無稽な記憶。

女性向けシミュレーションＲＰＧ「光姫のコンチェルト」をプレイした記憶であった。

「意味不明ですわー……」

ミリアリアは頭を抱えた。

感覚的にはどこからか突然湧いて出たというのがしっくりとくる記憶。

強烈に印象的だが、不思議と悪い気はしない。楽しくも美しい趣味を堪能した、愛と青春の煮詰まった奈落《エデン》の欠片である。

まぁそれは結構楽しいから良いのだが、問題はそのゲームの世界がミリアリアの現実であるということと、そのゲームの内容だろう。

ミリアリアは意識を取り戻して、初めに部屋の鏡を見た。

毎朝せっせとセットに勤しんでいる最高にイカしたカールヘアに、ちょっときつめの真っ赤な瞳。

闇の精霊の加護が特別色濃く出た黒髪の少女は、とあるキャラクターの特徴を的確に押さえている。

生まれてから何度も見た、自分の顔。

そしてその名前と顔は、記憶にあるゲームに出てくるラスボスだった。

「……」

二度見しても結果は同じである。

かっこよく言えば第一王女としてふさわしい天賦《てんぷ》の才能を持ちながら、恋に溺れ、嫉妬に狂った第一王女。

簡単に説明すると絶大な権力でわがままの限りを尽くし、主人公を苛め抜く悪役。

挙句に魔王にその体を乗っ取られて攻略キャラにズンバラリンと……××されてしまう悪しき女ライバル。

それがこのわたくし、ミリアリア＝ハミング、人生のダイジェストなのだ。

「いやいやいや……それはさすがにないですわー」

ミリアリアは口ではそう言ってみたが、簡単にこの推論を切り捨てる気にはどうしてもなれなかった。

そりゃあ、この世界がゲームみたいなんてこと、妄想の類だと無視するのは簡単だ。

だがそうしてしまうには、元々ミリアリアが持っていた現実の記憶とあまりにも噛み合ってしまう。

そして何よりミリアリアには妙に真に迫った危機感があった。

ミリアリアは深くため息をつき、そして呟いた。

「そう……わたくし、このままでは破滅するのね」

顔色が青ざめ――――はしたのだが、アンニュイな気分になったのも一瞬のことだった。

悪役王女ミリアリアと、どことも知れない異世界の記憶は綺麗に混ざり合い、その瞬間ガッチョンと良い感じに弾けたのである。

ミリアリアは俯かずに立ち上がる。

そもそも絶望で俯くような安いプライドは持ち合わせてはいないのだから。

「ホーッホッホッホ！　冗談ではありません！　このミリアリア＝ハミング！　運命程度に屈するほど弱くはありませんわ！」

高笑いはビックリするほど響き渡った。

もちろんミリアリアも破滅回避に勝算がまるでないわけではない。

新たに得た知識は確実にミリアリア＝ハミングを一段上の領域に昇華させる可能性に溢《あふ》れていた。

「そう！　世界の真理はこの手の中にあるのです！」

宣言し、手を伸ばしたこの日から、ミリアリアは雷に打たれて頭がおかしくなったと噂が流れた。

残念ながらミリアリアは頭は良いけどちょっぴりわがままで――――確かに悪役と呼ばれるにふさわしい評判の悪い女児だったのだ。

「……」

とはいえ……現状ミリアリアは雷に打たれた子供だった。

当然安静にすべきであって、馬鹿笑いしたらベッドに叩き込まれてしまった。

看病という名の監視も厳しく、侍女のメアリーはミリアリアの目を険しい顔でジッと見て言った。

「本当に大丈夫ですか？　ミリアリア様？　この指何本に見えますか？」

「一本ですわ！　大丈夫です！　このくらいどうということはありませんわ！」

ベッドの中からミリアリアは元気に返事をして大丈夫ですアピールをする。

心配そうな顔でミリアリアを覗き込む侍女の顔はよく知っていた。

ミリアリアの専属の侍女、栗毛色のショートボブがよく似合うメアリーはわがままなミリアリアに忠誠を誓うとてもよく出来た侍女である。

まだ幼いにもかかわらず大人顔負けに仕事をこなし、実に健気にミリアリアに付き合ってくれているかわいらしいお姉さんだ。

だがミリアリアはベッドの中からメアリーの心配そうな顔を見ても、ウズウズが収まらなかった。

体はどういうわけかすこぶる元気で、ケガもないのはチェック済み。

となると、今はとにかく一人になりたかった。

ここはゲームの世界――いや、自らの行きつく先が漠然と示された世界とでもいうべきか。

そして待ち受けているのはミリアリアにとってのハッピーエンドなどではなく、自分が悪役としてひどい目にあうエンディングである。

流石に納得出来るわけがない。

運命に立ち向かうため、ミリアリアには一分一秒とて無駄に出来る時間はないはずだ。

ここは作戦を変更して、ミリアリアは元気アピールではなく弱々しく頭を押さえた。

「メアリー……やっぱりわたくしちょっと混乱しているみたいですわ。本当にありがとうね、少し一人にしてもらえるかしら？」

病人だからゆっくりとお休みしたいので、一人にしてほしい大作戦。

病人たっての願いならば、無碍《むげ》にもしにくい荒業である。

しかしなぜか突然、ガラランとメアリーは持っていた銀のお盆を取り落とした。

「……！？？」

メアリーの表情は驚愕一色に染まっていた。

「ミ、ミリアリア様？　ほ、本当に大丈夫なんですか……？」

「？　ええ……メアリーの看病のおかげでずいぶん良いですわ……でもちょっとだけ混乱していて」

「ちょっとではないと思いますが」

「メアリー？　どういう意味かしら？」

「いえ……特に意味はございませんよ？」

「そう？」

「……おいたわしや。ゆっくりお休みください」

おや？　あんがいおちょろい？

「ああ、ミリアリア様がお礼の言葉を口にするなんて。やっぱり頭が……」

などと呟いて、かわいそうなものを見る目をして退出するメアリーにちょっと傷ついてしまいそうだったけれど、ともあれ作戦は成功である。

バタンと扉が閉じた瞬間、ミリアリアはベッドから飛び出る。

そしてまず実は本当にちょっと混乱気味の記憶と知識を整理すべく、日記帳を手に取った。

「さぁどうしましょう！　やばいですわ！」

正直、ミリアリアはどこまでこの記憶が通用するのか、期待と不安は大いにあった。

記憶にある「光姫のコンチェルト」というゲームは甘いシナリオと思いのほかしっかりしたRPGパートで人気を博した女性向けシリーズである。

情報元に不安はあれど、使えそうな情報は多い。ならばメタ的な要素を生かさない手はミリアリアにはなかった。

「考えようによってはまさに世界の真理ですわ。未来を予知出来るようなものなんですもの」

ミリアリアはほくそ笑む。

ちょっと極端な物の見方であるが、世界が何を中心にして動いているか知っているような気分ではあった。

「原作開始は……十七歳。ハミング王国精霊学園の三年生がスタートですわ。要は大事なところを押さえていれば良いのです。この世界は女性向け恋愛シミュレーションRPG……。つまり、このゲームの要点は、美形のキャラといちゃいちゃすること！　これっきゃありませ――――いえ、待って。そうじゃありませんわ」

だがミリアリアはそう結論しかけて、危ういところで踏みとどまった。

恋愛こそが世界の真理……それはある意味では正しいだろう。

しかしそれは主人公であるライラと攻略対象の恋愛であってミリアリアの恋愛ではない。

ミリアリアは恋敵であり、悪役のラスボスだ。

そこは忘れてはいけないポイントである。

「むしろ……ひょっとすると。恋愛ってわたくしの地雷なんじゃありません？」

改めて記憶を確認すると我がことながらストーリー上の未来のミリアリアは……それはもうがっかりな女だった。

現在のチビッ子ハートでは恋心なんてまだまだわからなくても、これだけはわかる。

ありゃダメである。

「恋は盲目とか言っても、限度ってものがありますわよね……」

ミリアリアはしょんぼりと肩を落として唇を尖らせた。

ゲームのミリアリアとて赤子の時からラスボスってわけじゃない。

それまでは性格はともかく、第一王女の地位が保てるほどには優秀だったのだ。

そんなミリアリアがラスボスルートに入った瞬間があるとすればどこだろうと考え、答えにたどり着いたミリアリアは一筋汗を流した。

「そりゃあ……きっと恋をした瞬間、ですわよね」

ミリアリアという少女のそもそもの気性も問題だが、一線を踏み外したのは恋という特別な感情あってこそだったのは間違いない。

主人公と仲を深める攻略対象に恋心を抱き、嫉妬の炎を燃え上がらせた。

まぁルートによって、自分の婚約者が横恋慕したり、ひとめぼれだったり、主人公に対する対抗心だったりと理由は様々だが、おおよそそういうことである。

その果てに最終的にたどり着く姿がラスボスだということだ。

攻略対象のパターンは数あれど、そのどれもが主人公と対立してラスボスとして君臨し、死という同じ道を進むというのだからミリアリアとしても頭が痛い。

恋をすればああなるのだというのなら、ミリアリアは一歩立ち止まって考えねばならなかった。

「うーん、でも恋愛が中心の世界観なのは間違いないんですわよね？　どう……なのかしら？　視点を変えればわたくしだけバイオレンスなのかしら？」

ミリアリアは腕を組んで唸り、考えた末に脳裏にふとひらめきがあった。

恋愛パートは確かに重要だ。しかし……もう一つこのゲームには売りがあったはずだと。

「ＲＰＧ……そうですわ！　その手がありました！　鍛えに鍛えたキャラで敵をなぎたおすことも

また重要な要素です！　ならば強さを極めることも攻略のカギ！　ましてやわたくしはラスボス……伸びしろは抜群ですわ！」

ミリアリアは自分のひらめきに歓喜して身悶《みもだ》えする。

ミリアリア的に自分のビジュアルは抜群だと自負していたがそいつは罠だ。

全ルートでミリアリアはフラれるのだから、恋愛はやべぇくらい向いていないこと間違いなし。

しかしこと戦闘能力の将来性はすさまじい。

確か本来のミリアリアは、かつての魔王の悪霊に憑りつかれてしまった果てに力を発揮していた気がするけれども、アレだって元がゼロならゼロに何をかけてもゼロである。

きっと潜在能力ありきには違いないはずだった。

「アレもアレでわたくしですわ。作中ペット枠の犬のチャッピーだって単騎裏ボス討伐していましたもの。わたくしがやってやれないことはありませんわ！」

ちなみに主人公であるライラという少女の仲間だった犬のチャッピーは作中の癒し枠である。いてもいなくても成立する最弱のキャラだが、やりこんで鍛えれば、裏ボスだって討伐出来た。

まさか犬に出来て自分に出来ないってことはないはず。

今となっては、チャッピーはミリアリアにとって最悪の展開の中に差し込む木漏れ日のような存在だった。

「うん。とすれば……今後の計画に大幅な見直しが必要ですわ。難しいかもしれないけど、むしろ原作から大きく外れた方が生存率は上がるかも……。よし！　すべてはレベルを上げればどうにか

カミリュ
♥30
36000
光姫のコンチェルト
恋愛ルート
RPGル

なるはずですわ！　わたくしこれからバトルジャンキーとして計画的に暴れるとしましょう！」

口に出してみてなんか違うかな？　と思わなくはなかったがこういうのは勢いである。

方向としては間違っていないだろうとミリアリアは細かいことは気にしないことにした。

「ミリアリア様！　どうかしましたか！」

「……」

ベッドから飛び出して騒いでいたのをメアリーに見つかってしこたま叱られたけど、間違いではないはずである。

怒ったメアリーが再び部屋を出ていくまでしばし待機後、ベッドから這い出したミリアリアは動き出した。

叱られちゃったが、この程度でくじけている暇はない。試行錯誤はこれからである。

現状の把握で思いついた、最も正確に自分のことを把握出来る定番の術をミリアリアはひらめいた。

「こう、パラメーターをチェックする感じで……」

アレが精霊術であるのだとすれば、最初期から出来るのだから初歩のはずである。

ミリアリアは実に画期的な思い付きを実行に移すと、案外簡単にそれらしい画面が宙に出て来て、目を輝かせた。

「おお！　わたくしにも出来ましたわ！　ちょっと黒々していて、好感度やらなにやらはありませんが……ざっくり自分のスペックは確認出来るんですのね！」

これは好都合。ちなみにミリアリアの適性はやっぱり闇。

上手だとみんなが褒めてくれるから、精霊術はミリアリアの自慢の一つだったのだがこうまでうまくいくとは驚きだった。

「光姫のコンチェルト」においても、パラメーターというモノは存在した。

そして今見ているモノはゲーム中のモノと細部は違うが間違いなくパラメーター画面である。

今までは出来なかったはずだから、これは新たに得た記憶の影響なのは明らかだ。

「イメージが固まったからかしら？」

こういう細かいところで、この謎の記憶がただの妄想でないと実感させられるわけだが、ミリアリア自身の変化はパラメーターにも明らかに反映されていた。

「わたくしの使える属性は闇……と雷ぃ!?　なんか生えてますわ!?　それにしてもめちゃくちゃ悪役っぽいですわね！」

属性が増えたのはやはり雷に打たれた影響か？　謎である。

だがイレギュラーな部分を差し引いても、これは中々のスペックであるとミリアリアは理解はしていた。

現在ミリアリアの年齢は九歳。

一般的な基準として年齢を考えれば、すでに精霊術を使えるのは反則的だと言える。

しかし精霊術はもっと派手なことが出来る。ゲームを知っているミリアリアは、左右の人差し指を近づけて、ピリリと電気を流してみて思った。

「……しょぼピリですわ」

闇も改めて使ってみよう。

意識を集中するとモヤッと黒いのが手のひらに出た。

「……しょぼモヤですわ」

我ながら、なんでこんなしょぼいので日々大喜びでいきり散らしていたのかよくわからない。

ゲームの中じゃもっと景気よくでっかいドラゴンなんかを血祭りに出来ることを知っている今のミリアリアはこれで満足するのは無理そうだった。

「倒せてトカゲが良いとこですわね……」

周りは天才だと褒めてくれたけど、残念ながらちっちゃいトカゲの黒焼きを生産出来るくらいではちょっとって感じだ。

「やっぱりレベルを上げないと話にならないですわー」

ミリアリアは現実を突きつけられ、しょんぼりしてベッドに突っ伏した。

「でもコレ、どうすれば良いんですのよ？」

RPGの基本として、強くなるにはモンスターを倒してレベルを上げなければならない。

ちなみにミリアリアのレベルは当然1だった。ヒノキの棒を持ったところで、腕力も年相応である。こんなんじゃその辺りの雑魚モンスターにだって殺されてしまいそうだった。

だがしばらくパラメーター画面をいじっていたところ、とある項目を見つけて、ミリアリアはのそりと体を起こした。

「あとは固有術のテレポートですけど……これはどうなのでしょう?」

固有術とは、属性に分類されない特殊能力のようなもので、かなり珍しい。

ミリアリアも自分にこういう能力があることを知らないわけではなかった。

特にミリアリアのそれは、話のつごーというやつで、作中暗躍するのにとても便利なギミックとしてゲーム内でも重宝されているから印象深い。

しかしメタ的な視点で言えばこの能力、戦闘には使われない、シナリオのみで活躍する、ふわっとした力という印象だった。

「うーむ。使いこなせれば便利そうなんですけど、戦闘向きかと言われると……」

とりあえずミリアリアは試しに使ってみることにする。目標は手ごろなカップとしよう。

テレポートの効果は現状自分と、生き物以外の物質を一瞬で移動させることが出来るというときめくモノなのだが……欠点が存在した。

もちろんミリアリアは全力でやった。しかしぱっと消えたカップは一メートルくらい移動しただけだった。

「……しょぼそうですわ」

そう。全力でも大体移動距離は一メートルくらいなのだ。

幼児の体力に、微妙な精霊術。そしてちょっと珍しい舞台ギミックが今のミリアリアの戦力である。

これではモンスターは倒せない。

しかしモンスターを倒さなきゃ、レベルが上がるわけもない。

「うーん。それでもこの手札でどうにかしなきゃいけないんですわよね……」

ミリアリアは腕を組んで唸《うな》った。

そもそもまず九歳の子供が、しれっと「あのーモンスターと戦いたいですわー」なんて言ったら間違いなく止められる。

ましてや姫ならなおさらである。

予想はしていたがやはり最初が一番難しそうだとミリアリアは特大のため息をついた。

「最初の一歩が一番ハードルクソデカですわー。いいえ、頑張るんですのよミリアリア！　チャッピーだって最初は噛みつくだけだったはず！　……この術も使いようによってはどうにか出来るのではなくって？」

ミリアリアは手元にあった適当な宝石を手慰みにいじくりながら、色々と考えているうちにふと疑問が湧いた。

「テレポートって……もう物がある場所に重ねたらどうなるんですの？」

すると謎の記憶は、いわゆる漫画的な可能性をいくつも囁きかけてくる。

融合する、はじき出される、爆発する。

危険な可能性もあるが、そんなもの現状を考えるとウエルカムだ。

思いついたらやってみるしかない。

ミリアリアは射程ギリギリの離れた位置から、手に持った宝石を適当な宝石に重なるようにイメージしてテレポートをかけた。

とたん重なった宝石に驚くほど激しい閃光が弾け――――。

「……ホア？」

チュンと甲高い音が響く。

振り返ってみると、城の分厚い壁に宝石と同じ大きさの穴が綺麗に開いていた。

「はわわわわ……」

危うく頭が弾け飛びそうだったことに気が付いて、ミリアリアは震える。

しかし青ざめると同時にミリアリアの心を満たしたのは強烈な歓喜だった。

ミリアリアはクラリと眩暈《めまい》で目を回しながら、ベッドに飛び込んで叫んだ。

「カチカクですわ――――！！！」

「お嬢様!?」

おおっとまた叫びすぎてしまいましたわ。

その日、ミリアリアの噂にまた一つ尾ひれがついたが、ミリアリアにとってそんなことは割とどうでも良いことだった。

日を改めて、翌日。

医者からもお墨付きをもらえたミリアリアは行動を開始した。

「メアリー？　鍛冶屋に行きたいのだけれどよろしくて？」

突然部屋から出てそう言ったミリアリアに侍女のメアリーはガランガランと銀のお盆を落として驚いていた。

「えぇ？　か、鍛冶屋ですか？　なぜそのようなところに……」

「そんなに驚くことかしら？　必要なものがあるからですわ！　何でも良いから今すぐわたくしを連れて行くのです！」

有無を言わせぬこの態度は今ここでは必要なものである。

訳がわかんない買い物なのだから、勢いは大切。なに、いつものわがままよりちょっぴり武骨なだけである。

多少の違和感はいつものノリでやれる！

内心冷や汗をかきつつミリアリアが様子を窺っていると、メアリーは頷いた。

「わ、わかりました……ただいま準備をいたします」

「よくってよ！」

よし勝った！　よくやったぞわがままなわたくし！

内心ミリアリアは小躍りする。

いざ行かん鍛冶屋へ！　目的は武器の調達である。

昨日の偶然出来ちゃったテレポートの応用技のおかげで、ミリアリアの中で必殺技の方向性は見えていた。

馬車を用立てて、王都の職人街へやって来たミリアリアは最初から目星をつけていた店を見つけて止めるように指示した。

「注文お願いしますわ！」

勢い込んで薄暗い店内に突入すると、いかめしい顔つきのドワーフの視線がミリアリアに向けられた。

「なんだ……嬢ちゃん？」

「注文です！　作ってほしいものがあると言っているんですわ！」

ミリアリアは会ったこともないこの店主のことをよく知っていた。

店主のドワーフはドワーフの中でも名工と謳《うた》われながらも、ちょっとした行き違いで故郷のドワーフの国を追放された経歴を持っている。

作中で武器の製作を任せることが出来る王都の店は一店のみだ。

そんなドワーフ――確か名前はアーノルド――が営む店は作中最も主人公がお世話になる店と言って過言ではなかった。

アーノルドの顔はおっかないけれど、そんなことでミリアリアが怯むことなどない。

このミリアリア、メンタルもまた姫なのだ。伊達に自力で邁進すれば魔王になるわけではなかった。

「お、おう……。それでなんだ？　遊びなら他所でやんな」

あら？　注文だと言っているでしょうに。お姫様に向かって何てことを言うのでしょう？　今この場に騎士の一人もいればその首飛んでいましてよ？

でも今だけは許しちゃう。

なぜならミリアリアには今どうしても欲しいものがあるからだ。

「遊びじゃないです！　お仕事の依頼ですわ！　作っていただきたいものがありますの！　鉄製の筒なんですけど！」

「筒？」

ミリアリアが矢継ぎ早に要件を伝えると予想外のセリフにアーノルドの動きが止まる。

「そう！　筒です！　長さは三十センチくらいで、出来るだけ丈夫に！　とても丈夫に作ってくださいな！」

そう言ってミリアリアは解説用に持ってきていた竹を見本に説明した。

「な、なんだそりゃ？　なんに使うもんなんだ？」

「そりゃあもちろん武器ですわ！　きっとこの国では貴方にしか出来ません！」

胸を張り、そう断言するミリアリアに、アーノルドはまんざらでもなさそうだが嫌そうだという、とても器用な表情をしていた。

そして今度は切り口を変えて子供に言い聞かせるように話しかけてくる。

「あのなぁ、嬢ちゃん……武器はダメだろう。子供が持つもんじゃない」

「子供だから必要なんですわ！　こんなひ弱な生き物が、そこそこ戦うために武器がいるんです！　腕力も精霊力もノミ並みのわたくしには唯一の突破口なのですわ！」

「お、おう……」

ミリアリアは血走った目で詰め寄った。

傍らのメアリーもカウンターのアーノルドも戸惑っていたが、ここは何が何でも引き受けてもらわねば困る。

ミリアリアは割と必死だった。

「そこまで自分を卑下することたぁないと思うが……俺としては断りてぇな。わけのわからんもんを作って後で不具合が出ても困る」

「ぬぐ……それも一理ありますわね」

確かに新しいものを作るのなら実験なりして図面でも用意しないと不安でならないのはよくわかる。

フンスと鼻息を荒くしていたミリアリアはいったん落ち着きを取り戻したが、ちょっと遅かったらしい。

その頃すでにアーノルドの顔はあきれ顔の極みだった。

無理もない、こっちは年端もいかぬお子様である。

こうなったら危険を伴うが、実際何がしたいのか見せるしかない。

ミリアリアは信用出来ないのも無理はないかと頷き、最後の手段だとふわりと前もって準備していた竹を術で宙に浮かべた。

すでに竹は中身を筒状に加工済み。不具合が出るのはわかっていたが、この際仕方がなかった。

「よろしいですわ……お見せしましょう。この店に試し斬りの的とかありませんこと？」

「ああ……あるが」

「では使わせていただきますわ！」

そう言って店主が指した方向にあるボロボロの的人形に、ミリアリアは竹の先端を向ける。

これぞミリアリアが考案した子供でも戦える戦法の答えだった。

「ファイア」

呟いたとたんチカッと竹筒の先端が輝いて、猛烈な勢いで石が飛び出した。

石は唸りを上げて的を打ち抜き、派手に粉砕する。

上半身が弾け飛び、崩れる的にミリアリアもぽかんとしてしまった。

おおっとこれは予想以上の威力。

ミリアリアのテレポートは座標が重なると、元あったものを弾き出す性質があるらしい。

その勢いはすさまじく、石の壁に穴を穿つほどだが、方向が定まらないのが欠点だった。

だからミリアリアは飛び出す方向を固定すればよいと考えたわけだが……竹筒は内側から破裂し

てラッパ状に裂けていて、ミリアリアは舌打ちした。

「シット！　やっぱり壊れましたか！　……失礼。というようにわたくし、壊れない筒と砕けない弾を探しているんですわ。丈夫さはどうしても必要なんですの！　適当な物で作ったらわたくしそれこそ死ぬかもしれません……どうしました？」

我ながら実にわかりやすく説明出来たと思うのだが、メアリーとアーノルドは腰を抜かしていた。

ミリアリアが発想したのは要するに銃の代替品である。

剣やら槍では多少鍛錬したところで、レベル1以下の戦闘能力じゃまるで意味がない。

だが銃ならば、撃って当てさえすればモンスターを倒すことが出来る……はずだ。

銃の代わりが手っ取り早く用意出来るのなら、使わない手はないだろう。

どういうわけか、やろうと思えば火薬の生成から銃本体の設計まで出来なくはなさそうだけれども……硝石目当てにうんこをこねくり回すのはちょっとお姫様的には勘弁してほしかった。

まったくどこの誰の記憶か知らないけれど、なんとも多芸な記憶ちゃんだ。

ミリアリアがデモンストレーションの成功に満足していると、ぎょっとしたまま固まっていた鍛冶屋のアーノルドは、ようやく声を絞り出した。

「あ、ああ。……よくわかんねぇがすげぇ威力だな。えっと、鉄の筒だったか？」

「ええ、今の衝撃に耐えられて、狙った方向に打ち出せれば大丈夫ですわ」

「うーむ。そいつは中々頑丈に作んなきゃならないだろうな。骨が折れそうだ。……いっそ鉄球に穴でも開けるか？　なんて……」

「それですわ！」

「えぇ？」

引きつった声を出すアーノルドのジョーク。

だがそれはミリアリアにとって青天の霹靂《へきれき》だった。

筒を銃列のようにズラリと並べて使おうと思っていたが、鉄球を浮かべて並べるのも中々かっこいいのではないだろうか？　物を浮かべる練習にもなれば一石二鳥である。

「直径三十センチほどの鉄球にさっきの竹筒くらいの穴が開いたものを十個！　あとはそこに収まる鉛の玉を出来るだけ沢山！　そうですわね千ほど用意してくださいな！」

「おいおい……だから俺は……」

「ぜひとも貴方にお願いしますわ！　それとも今更出来ないとでも？　貴方のアイディアでしょうに？」

簡単に出来るのならすんなり引き受けてもらいたい。

至近距離に迫るミリアリアに唸るアーノルドは、とりあえずという風に聞いてきた。

「いや出来るがよ……お嬢ちゃん、お金あるのか？　それなりに値が張りそうな注文だが？」

若干意地悪、というより突っぱねる最後の抵抗を感じる。

しかし並みの子供だったら目を泳がせるであろう、その質問をミリアリアは待っていた。

「メアリー！　支払を！」

「はい。ミリアリア様」

「……」

ドンと置かれた金貨の重量でアーノルドを黙らせる。

ああ、姫様マネーってすさまじい。こりゃあ、ラスボスのミリアリアは拗らせるはずである。

幼女だろうとなんだろうと、多少の違和感なんてこの輝きの前では些事。素敵だ。

「良い発想のお礼に貴方の店はこれからも贔屓にさせていただきますわ！」

「……いや、そいつは」

「贔屓にさせていただきますわ！」

「は、はい……」

では静かになった店主にミリアリアはついでにもう一個、注文を付け加えることにした。

「それと、鍛冶屋に来てまともな武器を買わないというのもまずいですわね」

今はとても戦うことなんて出来ないだろうけどゆくゆくは必要になるはず、そう思ったミリアリアは店内を見回した。

店内には様々な武器が並んでいたが、愛用するとなるとどれもピンとこない。

どうしようかと頭を悩ませていると、そこで何となく愛用している自分の扇が目に入って、ミリアリアはピンときた。

「アーノルド。鉄の扇を一つ作ってくださらないかしら？」

「おらぁ、お前さんに名前言ったか？　まぁ良いか。わかった……俺の負けだよ」

「よくってよ！」

ふふん、勝った。今後もよろしく。

近い将来、この黄金の輝きに勝るハッピーな人生を手に入れる。もうすでにそのためロードマップはこの手の中にあると、ミリアリアの記憶は囁いた。


さてミリアリアの日常の話をしよう。

王位継承権第一位のお姫様という立場上、ミリアリアの日常は中々にハードである。

ただいつもなら面倒くさいと感じ、適当に終わらせていたこの世界のお勉強をいつも以上の熱心さで学び、ダンスとピアノのレッスンに加えて剣のお稽古にまで首を突っ込んだミリアリアは、ついに確信に至っていた。

「……あれ？　わたくしってば天才すぎません？」

自室でミリアリアはなんとなしに呟いた。

妙な記憶が頭に入っているせいか、すべてのことが前よりスムーズに理解出来る。

記憶のどこかから怨嗟の念が聞こえた気がしたくらいだ。

一回聞けば大抵のことは頭にすんなり入り、ダンスや音楽のお稽古も聞いただけで体が動くのだ。

「うん。順調だと楽しいものですわね」

思えばこの簡単さが今まで調子に乗った原因でもあった気がするのだが、自覚すれば軽んじるのは実にもったいない。

なんで今までこんな面白いものを心の中でどこかどうでも良いと放り投げていたのかとミリアリアは悔やんだ。

「あーでも……考えてみると九歳にこれってちょっと詰め込みすぎな感じもありますわねー。与えればスポンジみたいに吸収するから期待されちゃったのかもしれないですわー」

その結果ちょっとつんけんしたおてんば女王が誕生したとしても仕方がないのではあるまいか？

ミリアリアは自己分析に勤しみながらも、手を止めずに真っ白なページにペンを走らせる。

そして書き上げたそれを眺めて、ミリアリアは目をきらめかせた。

「ま、長い人生そういうこともありますわ……でもここからは違います！」

ミリアリアとしてはこのまま真っ当に王女としての教育を受け続ける方法でも力はつけられそうだとは思う。

しかし真っ当なやり方ではきっと最悪の未来を突破出来ないだろうという確信もまた存在した。

そこで書き上げたのが、このミリアリアちゃん最強育成計画である。

「モンスター情報完全網羅！　ちょっとした小ネタから相性の良い装備まで痒い所に手が届く親切仕様ですわ！」

いかにデータがあろうとも、整理しておかねばいざという時に役に立たない。

そこで秘密の冊子というわけだ。

「こうしてまとめておけば、色々捗るというすんぽーですわ！」

目指すは人外魔境！　英雄の領域である。

しかしそのためにはまだまだ問題が存在した。

「ひとまず戦う方法と武器は手に入れました。情報もバッチリですわ。……後はそれを実行する狩場ですか」

そこまでそろって初めて第一段階のレベリングは可能になる。

だが第一王女にはそれこそが最も難しい。

「立場的に外をフラフラするわけにもいきませんけど。でもわたくしにしか使えない絶好の狩場に心当たりはあるんですわよねー」

そう、あるにはあるのだ。とても都合の良い場所が。

すべての条件が整っている、おいしくも恐ろしい場所を今のミリアリアは知っている。

それが王城の地下深くに眠るダンジョン。そしてそのダンジョンこそが「光姫のコンチェルト」におけるエンドコンテンツ、隠しダンジョン『闇《やみ》の墳墓《ふんぼ》』だった。

しかしその狩場を活用するにも、やはり高いハードルがいくつもある。

どうしようと思い悩んでいたそんな時、コンコンと部屋の扉がノックされて、ミリアリアは野兎のように顔を上げた。

「ミリアリア様……その、お荷物の方、届きましたが？」

「！　すぐに持っていらっしゃい！　部屋に運び込むのですわ！」

歓声交じりの命令の後、待ちに待っていた荷物が部屋にやって来た。

それは大きな木箱に入っていて、騎士数人がかりで運び込まれた。

ミリアリアはおもちゃの箱を開けるようにその木箱をこじ開け、中にある鉄球と弾丸、そして鉄扇を確認すると頬が緩む。

そして試しに鉄球を手に取ったが……持ち上がらなかった。

「重た！　でも素晴らしいですわ……まずは第一歩と言ったところかしら？」

ずっしりと重い鉄扇も手に取ってみた。鉄製の扇はまともに開くことさえ難しいけれど前進に違いない。

ちなみにその日、ミリアリア宛に届いた謎の鉄球と扇のせいでより変な噂が流れるのだがミリアリアはサッパリ気にしていなかった。


コツンコツンと異様に響く足音に緊張しながらミリアリアは石の階段を下る。

真夜中の城中が寝静まった時間を狙い、部屋を抜け出すことなどミリアリアにはたやすい。

ここまでは順調である。

コソコソと情けない限りだが、ミリアリアちゃん最強育成計画を達成するためにはこの危険だけは冒す必要があった。

「……ついにやって来てしまいましたわ」

ハミング城最大の禁忌にしてコンテンツをすべてやりつくした猛者達にのみ解放される、開かずのダンジョン。

闇の墳墓の扉は地下に厳重に封印されている。

それはかつて暴れまわり、人々を苦しめていた闇の精霊神が封じられた迷宮である。ハミング王国建国の女王であるミリアリアのご先祖様は光の精霊神の力を借りてその偉業を成し遂げた。

そして、初代様は迷宮の上に王城を建て、子々孫々守護するようにと伝えられる……というのが公式設定である。本編終了後、主人公一行が解放のカギを託され、初めて入れるエンディング後のやりこみ要素だった。

設定はさておき、重要なのは闇の墳墓がエンドコンテンツのダンジョンだということだろう。

中には凶悪なレベルのモンスターが闊歩していて、入ったらまず生きては帰れない。

しかし同時にそれは、作中でも最高率の修行場であることの証明だった。

本来であれば本編が始まってもいない現在、入ることさえ出来ないはずなのだが……実はこのダンジョン、裏技が存在した。

「ええっと……たしか入口の扉の中心から七歩右の壁ですわ」

そこにはバグがあるはずだった。

ゲーム中では壁をすり抜けて、エンディング前にダンジョンの中に入ることが出来た。

うまくすればクリア後でしか手に入らないアイテムの数々を手に入れられるバグ技だったが、それはあくまでゲームでの話。

　ここは現実だということも忘れてはならない。

　まさかゲームのように壁をすり抜けるようなことは出来ないだろうが、ミリアリアは自分の能力の使い道を考えているうちにこの裏技を思い出した。

「一メートル移動出来るなら入れちゃうんじゃないかしら？　……正直生まれてからずっとハズレ能力だとばかり思っていましたが、ここにきてテレポートが火を噴いてますわね、さてどうなるやら……」

　まさかとは思うけど、やってみるだけならタダである。

　失敗したら乙女の尊厳を生贄《いけにえ》に駄々をこねまくって、効率の良い狩場に無理やり行ってみるだけだ。

　ミリアリアは呼吸を正し、瞳を閉じて、狙いの壁に手を当て、呟いた。

「――――テレポート」

　そうして目を開ける。

　シュピンと転移したミリアリアの目の前には、やばいくらいに生存本能がビンビン刺激される薄暗いダンジョンの景色が広がっていた。

「～～～カチカクですわー！」

　思わず叫んで自分の口を押さえる。

　木霊する声の後、大量の恐ろしい足音がこちらに走ってくるのを聞いて、ミリアリアは脱兎のごとく逃げ出した。

危うく死んじゃうところだったが、隠しダンジョンに入れるという発見は確かな成果があった。

もちろん危険な不確定要素はまだ沢山ある。しかし観測し、事実として白日の下にさらしてしまえば、多くの利益を得られる場合もあるだろう。

考えてみればこの余裕も、そんな成果の一つだとミリアリアは感じていた。

「メアリー。なんというか――――今までごめんなさいね？」

ミリアリアが窓際で優雅にティーを嗜みながら朗らかに笑って礼を言うと、侍女のメアリーが銀のお盆を取り落とした。

「ど、どうなさったのですかミリアリア様っ……！」

「いやそこまで驚かなくても良いんでなくって？　シンバルみたいな音がしていてよ？」

乗っていた結構高い茶器も粉々だし、すんごく失礼な反応だけども許しちゃう。

今のミリアリアは……そう、いうなれば綺麗なミリアリアだ。

だけど代金は給料から引いておくよう言っておくわね？　そんなことを思いながらミリアリアはニッコリと微笑んだ。

「なんということはないですわメアリー。わたくし、今日は人生で稀に見るほど機嫌が良いんですわ。なんていうの？　人生カチカク？　今なら世界の真理にだって手が届きそうです」

まだなんにも始まっていないから説明なんてとても出来ないけれど良い気分である、察してほしい。

しかしさすがはメアリー。こんな突飛なミリアリアの言葉だけでそう間も置かずハッと何かに気が付いたらしい。

ソッと近づいてきたメアリーはミリアリアに歩み寄り、未だかつて人生の中で体験したことがないほど優しく肩を叩いてきた。

「そうですか……思春期特有のアレでございますか。ええ、このメアリーわかっていますとも。ミリアリア様もそのような時期が来てしまいましたか。空想の翼を羽ばたかせる時期、誰にでもあると思います……ええ、実に素晴らしいご発想です。しかしです……夢はそっと胸にしまっておかなければなりません。淑女としてはもちろんですが、口にしてはお嬢様自身が後々とても苦しむことになるでしょう」

「そうなの？　なぜかしら？　戯言と笑うことが出来ないわ。メアリーは何でそんなに唇を噛んでいるの？　血が出ていますわよ？」

「何でもありません……古傷が痛んだだけです。お嬢様はもうすでにやんごとなきお方。しかし努々《ゆめゆめ》、今の忠告を忘れないでおいていただきたいです」

「そう？」

メアリーはただただ優しく、胃が千切れそうだと言わんばかりにお腹を押さえていた。

きっと触れてはいけない傷に触れてしまったに違いないのだけれど、全然かわいそうに思えないのはなんでだろ？

それはまあ良いとして、言葉だけ聞けば確かにミリアリアの言は空想の類なのは間違いなかった。

ミリアリアちゃん最強育成計画は始まったばかりである。

たどたどしく鉄扇をパチンと広げたミリアリアはメアリーに命じた。

「さて……では早速欲しいものがあるから、近いうちに商人のマクシミリアンを呼んでもらえるかしらメアリー？」

「は、はい。マクシミリアンでございますね。すぐに手配いたします」

「よくってよ。今回は買取もお願いしたいからと伝えておいて」

「買取でございますか？」

驚くメアリーにミリアリアはうむと頷く。

「ええ。少々身辺の整理を。わたくし断捨離ブームですの」

「だんしゃ……はよくわかりませんが、わかりました」

「ではよろしくお願いしますわ。メアリー」

大事なところなので丁寧にお願いして送り出す。

出ていく時「近々槍でも降るかもなぁ……」なんて呟いたのは聞かなかったことにしてあげた。

まぁ明日のおやつは出さないけれど、それは仕方のないことである。

それにミリアリア自身も、これからやることが山のようにあった。

「ええっとあれでもないこれでもない……」

ミリアリアはメアリーと共に自分の収納部屋の中を漁っていた。

しかしいらないものが出るわ出るわ。自分で見ても、覚えていないものが大半なのが救いようがない。

よくもまぁこれだけ集めたものだと、ミリアリアは我ながら呆れつつ、いるものといらないものとを分別していく。

ミリアリアの物欲はもちろん溢れんばかりに旺盛である。それは今でも変わらない。

しかしこれから手に入れる予定の宝の数々を考えるとゴミまで集める余裕はないとミリアリアは判断した。

着る装備もこれからは厳選した、最高のモノを。『強く美しくそしてスタイリッシュに』が新生ミリアリアのモットーである。

だが整理したものの中にどうにも本来の趣味とはちょっと違う革製の肩掛けバッグを見つけて、ミリアリアは小首を傾げた。

「メアリー？　これは何だったかしら？」

そう尋ねるとメアリーは「ああそれは………」と解説した。

「それはダンジョンなどで見つかる、マジカルバッグですよ。一見するとただの革のカバンですが、外見からは考えられないくらい大量のアイテムを入れられる、とても便利なアイテムです」

だが軽めに返って来たメアリーの説明にミリアリアはギョッとした。

「な……なんでそんなアイテムがここに置いてあるのかしら？」

「ミリアリア様が、面白いからと買い取ったのではないですか」

「……そう言えばぼんやり、そんな記憶がありますわ」

言われるまで忘れていたが、そうだった。

ミリアリアはしかしこの最高の仕事に内心喝さいを上げていた。

思わぬ宝物との出会いも掃除の醍醐味だ。

ミリアリアはそんな調子で猛烈な勢いで分別を続けるのだった。


そして数日後、ミリアリアの部屋には若干丸っこいおじさまがニコニコ笑ってやって来た。

「お久しぶりでございます。ミリアリア王女殿下」

「よく来てくれましたわ。では早速頼みたいことがあるのでよろしくて？」

微笑みを浮かべて歓迎するミリアリアにマクシミリアンは驚いたようだが、さすがは商人。違和感を飲み込み、すぐに商談に移った。

「ええ。もちろんです。必ずやミリアリア様のご要望にお応えしてみせましょう。新しいドレスでしょうか？　貴族のお嬢様方の間で流行している香水などいかがですか？」

「……今はいらないですわ。ですが要望ならばあります。まずエメラルドを一つ用意なさい」

「おお、宝石でございましたか！　しかしエメラルドでございますか？　僭越ながらお嬢様は緑の宝石をあまり好まれていなかったのでは？」

「だから持っていないんですわ。お願い出来ますわよね？」

鋭いミリアリアの眼光に射すくめられて、マクシミリアンはひるんでいた。

でも気合がこもってしまうくらい重要なことなのだから仕方がない。

現在この世界では宝石は装飾品としか認識されていないが、ゲーム中ではしっかり特殊な効果のある装備品だったのだ。

だがそんな効果が宝石にあるなんて話、ミリアリアは今まで聞いたことがなかった。

おそらく宝石の効果は、お金が多く手に入るだの、術の効果が十五パーセント上昇だの、気のせいで収まるような効果が多いからだとミリアリアは予想していた。

だが特殊だからこそ馬鹿に出来ない価値がある。そしてエメラルドの持つ効果は経験値の増加だった。

浪費癖のあったミリアリアなら当然持っているかと思いきや、以前は緑は好みじゃないと言ってエメラルドは買っていなかった期待外れのミリアリアだ。

でも今は、最初だからこそレベルアップのために喉から手が出るほど欲しい。

さてリクエストを聞いたマクシミリアンは、もとより円らな目を更に点にしていたが、対応は早かった。

「もちろん用意させていただきます。ええっと……では他には……。そうです！　この白粉《おしろい》などはいかかでしょう！　伸びが良く大変評判が良いものなのですが！」

「いらないですわ。それより白粉とか……、まさかそれ鉛とか入ってないでしょうね？」

「おお！　知っておられるとはさすがミリアリア様！　役者や社交界でも愛用している方が多く、とても肌が白く見えると評判でして！」

「は？　ほんとに入ってるんですの？　それちょっとお城に売るのは中止なさい。これ以降城に持ち込んだら追い出しますわよ？」

「ええ……」

　ミリアリアが眉を顰《ひそ》めてそう言うと、マクシミリアンは勢いをなくし、なぜだか横のメアリーは愕然としていた。

　そんな定番のネタをぶち込まれても困る。そして買ったな？　メアリーよ。

　ミリアリアとしては城の化粧品を大改革とかやっている暇はないと思っていたのだが――その瞬間、ミリアリアの悪役的脳細胞が一気に活性化した。

　いや、これは使えるのではなくて？

　そう思ったミリアリアはすぐさま動こうとして、ここはグッと我慢した。

　白粉に毒性があるなんて、今根拠もなく騒ぎ立てても意味がない。ただ騒いでも子供の癇癪で終わるとミリアリアは理解していた。

　今は欲しいものを手に入れることを優先すべきである。

「……それよりも薬です！　EXポーションが欲しいの、あと聖水ですわ！」

「い、EXポーションですか？」

「聖水とセットでひとまずそれぞれ三ダース。よろしくて？」

「そんなに!?　何と戦う気なんですか!?」

驚愕に目を見開くマクシミリアンのなんと面白いこと。

ＥＸポーションは終盤で使うような最高級品の回復薬で、この世界では手足が切り飛ばされようが綺麗に元に戻る強力なポーションだ。

しかし町の薬屋で出す物を出せば買える代物のはずだった。

ただ、使い道を説明しろと言われたら困る。

こういう時は速攻で決める！　ミリアリアの強権発動である。

「必要だから欲しいと言っているんですわ。つべこべ言わず用意なさいな？」

「その……ＥＸポーションは効果が高く……冒険者の様な方々に優先的に販売されていまして……」

「持って来なさい。わたくしも有効に使いますわ。というか消費期限切れのやつでも良いからとにかく持って来られるだけ持って来なさい。王女命令ですわ！」

ミリアリアの圧に負けたマクシミリアンは言葉に詰まり、結局すぐに観念して頷いた。

「……わ、わかりました。もちろんお持ちいたします！」

「よくってよ！」

大慌てで背筋をびしっと伸ばしたマクシミリアンには悪いが、これぱかりは少々無理でも都合をつけてもらわねばならないから頑張ってほしい。

さて大事な買い物はおおよそこんなところだ。

ミリアリアは良いだろうと手のひらを鉄扇で叩いた。

とすれば次は今後のためにやるべきこともあった。

「ではメアリー、アレを持っていらっしゃい」

「はい……ミリアリア様……ホントに良いんですか？」

「くどいですわ。速やかに持って来なさいな」

メアリーに命じると、山のようなドレスや装飾品の数々が部屋の中に運び込まれてくる。

それは前もって用意していた、ミリアリアの私物だった。

「少々持ち物の整理をしようと思うんですわ。こちらを買い取っていただけないかしら？　その分も、今回の購入資金に充てたいのだけれどよろしくて？」

「は、はぁ……よろしいのですか？」

「もちろん。ああそれと、七日ほどしたらもう一度ここに顔を出してくださるかしら？」

ニッコリ笑って告げると、マクシミリアンは特に抵抗することもなくコクリと頷いた。


さてマクシミリアンとの商談が終わり、ほっと一息ついたミリアリアは横に控えていたメアリーに手を差し出す。

「出しなさいメアリー」

「ひゃい！」

がらんとマクシミリアンの残したお茶ごと、持っていた銀のお盆を取り落とすメアリーだったがミリアリアの手は引っ込まない。

「自分で買った白粉を持って来なさいメアリー」

「……いやです」

「メアリー……安易に美しさを求めると墓穴を掘りますわよ？」

「そうでしょうか？　きっと些細な努力の積み重ねが報われるものではないかと」

「白粉は別のやつを買ってあげるから、それはやめなさい」

「……勘弁してください。私のお給料の一か月分ですよ？」

「三倍量のあるやつ買ってあげるから」

「……お徳用じゃないやつなら」

なんともしぶといメアリーは、しぶしぶだが白粉を差し出してきてミリアリアは即ゴミ箱にそれを投げた。


最初はちょっと侍女の間で鬼畜だと噂が出たが、ミリアリアが白粉の出回っている販売ルートと同じ原料を使った商品の毒性をしかるべき研究機関に調べるように命じ、鉛がやばいと証明されるとちょっと見直されることになる。


そして七日後。

跪くマクシミリアンは、ミリアリアを前にしてとんでもない量の脂汗をかいていた。

そんなマクシミリアンと向かい合って、ミリアリアは扇をパチンと鳴らすとマクシミリアンの肩はビクリと震える。

「その書類――目を通していただけたかしら？」

「は、はい」

「貴方の卸していた白粉に含まれる鉛に毒性がある疑いがあります……。町では同じ成分のものをかなり長いこと使っている者もいたようね？　肌が白く見えますし、その点だけは良い商品だということはわかりますが……城に毒物を持ち込むというのはいかがなものかしら？」

「そ、それは！」

顔を上げ、焦って声を荒らげるマクシミリアンにミリアリアは扇を突き付けて黙らせた。

「もちろん――知らなかったことなのでしょう？　仕方のないことだと思いますわ」

「は、はい……」

「貴方は優秀な商人だとわたくしは知っていますわ。幸いわたくしのような小娘の助言を真摯に受け止めてくれたことで、問題の商品が出回ったのは最低限で済んでいますの。一度の失敗で貴方のような優秀な方との縁を手放すのは惜しいとわたくしはそう考えていますのよ？」

「……ありがとうございます」

震えるマクシミリアンに、ミリアリアは立ち上がって歩み寄る。

ゆっくりとした動作に、妙に雰囲気のある微笑はとても幼女のものとは思えないほど完ぺきだった。

「何を怯えているのかしらマクシミリアン？　安心して良いんですわよ？　もし問題になったとしても、わたくしは第一王女ですもの。貴方が不利になるようなことがあれば、わたくしが擁護してさしあげますわ」

「……」

「そのかわり――わたくしのお願いを聞いてくれませんこと？」

肩に鉄扇を乗せミリアリアがそう口にすると、マクシミリアンの表情には激しい葛藤が見て取れた。

そして数秒、マクシミリアンは黙り込み、絞り出すような声で言った。

「……よろしくお願いいたします。それで……私はどのような願いを……聞き届ければよろしいのですか？」

ふふん。こやつ屈しおったぞ？

ミリアリアは悪役的な勝利を確信した。

我ながら末恐ろしい悪役ムーブ。思惑通りの展開にミリアリアは最高のデビル笑顔を浮かべて、元の場所に座り直すとあらかじめ用意していた図面を複数枚取り出してマクシミリアンにさし出した。

「こ、これは？」

「なに、大したことではありませんわ！　貴方にはわたくしの無茶ぶりにちょっと応えてほしいんです！　まずはこれを作ってくださらないかしら？」

図面にはびっしりとあるものの設計図と説明が書き込まれていて、マクシミリアンは特大の？マークを頭の上に浮かべていた。

「え、っと……これはどういったものなのでしょう？」

「キャリーバッグですわ！　ちなみに絵はわたくしが描きました！」

「そ、それは……お上手ですね」

「でしょう!?」

我ながらよく描けているとミリアリアも鼻の穴を膨らませた。

そこには四角いカバンと、それを固定して持ち運べる車輪付きの荷台が描かれていた。

成長期なのを考慮して、伸縮出来て大人でも対応出来るように考えた渾身の一作である。

発掘したマジカルバッグは便利だが、肩から下げるタイプなのがお子様っぽくていただけない。

ならばいっそ機能を丸っと移植しつつ、長く使えるものにしようという目論見だった。

手に入ればすぐにでもトラベル出来そうな素敵なバッグは図面上では多少荒っぽく使っても壊れない丈夫なものを予定していた。

「わたくし、マジカルバッグを持っているのですが、改造して図面の品を作ってくださいな。正直職人に頼もうにも、こんな特殊な品のことはよくわからなくて困っていたのですわ。そういうことって出来そうかしら？」

「は、はい。マジカルバッグを一から作るのは無理ですが、形を作り変えるのであれば……出来ると思います」

「それは素晴らしい！　じゃあお願いしますわ！」

「は、はい。……えっとこれだけでしょうか？」

怯えるマクシミリアンに今度はミリアリアが首を傾げた。

「ええ。今回はこれだけですわよ？　……ああでも！　これからもお願いはしますので覚悟しておくことですわ！」

「は、はい……」

存在しないモノを作り出すなんて無茶なお願いは、そう簡単に出来ることではない。

こういう時こそコネのある商人という協力者は最強だった。

ミリアリアとしては今後もこっちがちょっと強めの協力関係を築いていきたいものだった。

「わかりました……このマクシミリアン。誠心誠意ミリアリア様のご要望にお応えしたいと思います」

「よくってよ！　これからも良い取引を期待していますわ！　オーッホッホッホッホ！」

わたくしってなんて悪徳王女！　なんて思いながらのミリアリアの高笑いは城中に響き渡った。

取引が終われば青い顔をして出ていく商人である。

ミリアリア様はあのお歳で、すでに商人と黒い繋がりがあるなんて噂話が囁かれ、せっかく上がった評判はちょっと落ちた。

「ついにこの時が来ましたか――」

下準備を整えるまでの数週間、いつものレッスンに加えて色々とやってみたが短期間の訓練で人の実力が極端に変わることはない。

検証の結果、やはり一段上の実力を手に入れるにはレベルアップという作業が必要だとミリアリアは確信していた。

下準備は中々に大変だったが、その成果は今日わかる。

「ふー……」

ミリアリアは準備をすべて整え、本日も真夜中にダンジョンに忍び込む。

「準備は万全、仕込みもばっちりですわ……」

人目を避けるマントを装備、特製のキャリーバッグは様々なアイテムを重量関係なく詰め込める。

さっそくバッグから取り出した聖水をバシャバシャ頭からかぶれば、突入準備は完了だった。

「では行きますわ！　テレポート！」

ミリアリアは下調べ通りのルートで壁抜けを行う。

しかし中に入ってからは今まで以上に慎重な行動が必要だった。

失敗は即、死を意味する。

隠しダンジョンは文字通り最強のモンスターが配置されていて、そんな中に子供が入ったらそりゃあ死ぬだろう。

しかしそれをどうにかする方法はあった。

ミリアリアの目的地は最初のフロアに設置された隠し部屋だ。

本来その部屋は中のモンスターを倒さなければ外に出ることが出来ないトラップだった。

だが中のボス、術師系アンデッドの最上位種ワイトエンペラーには隠された秘密があった。

このアンデッドは最初のフロアで出くわすモンスターとしてはとんでもなくレベルが高く、ストーリーをギリギリクリアー出来るレベルでは、間違いなく瞬殺される。

「ここからはやりこみ要素だ出直してきな！」とでも言わんばかりの難易度は、本編を終えて隠し部屋を発見したプレイヤーを阿鼻叫喚させた、いわくつきの罠である。

しかしこのワイトエンペラー、実は回復薬がダメージとして通る。

そして市販の回復薬の中でも最高級のＥＸポーションを使うときっちり一撃で倒せるのだ。

更には最初の一撃まで待ってくれる親切設計。

ワイトエンペラーがゲームの裏技なのか、それとも運営が意図的に残した仕様なのかは、意見が分かれるところだが、これから更なるやりこみに突入するプレイヤーの救済措置になっていたのは間違いない。

攻略動画なんかではよくお手軽レベルアップとして紹介されていたあるあるネタである。

「でも、実際やってみると生きた心地がしませんわね……」

記憶としてはさんざんお世話になった技である。ミリアリアには隠し部屋までのルートが手に取るようにわかっていた。

頭から聖水を被ると普通のモンスターとのエンカウントが一時的にゼロになる。

そこまでわかっていても怖いものは怖い。

聖水の効果で出会ったモンスターは透明人間のようにミリアリアを認識出来なくなるみたいなのだが、こっちからはバッチリ見えていた。

凶悪なモンスターの側を息をひそめて通り過ぎるというのは極めてしんどかった。

「わたくしに掛かればどんなモンスターも恐れるに足らずですわ！」

とか言っていられたのは開始前一秒だけだった。

ああ、横を通り過ぎるゾンビトカゲの目玉がでけぇでございますわ。

ちょっと飛び出た舌から唾液が床に飛び散っただけで煙が出るとか、ミリアリア的にはやめてほしかった。

「正直ちびってしまいそうですわ……」

ミリアリアは克服したおねしょが再発しそうになりながら、ダンジョンの中を進んだ。

壁に張り付き、何とか移動。

調子に乗っていると、このチビッ子ボディは床トラップの毒とかでも即死する。

しかしそこは知識と持ち前の運動神経でカバー。

潜在スペックを最大限に発揮して、ミリアリアはついに目的の隠し部屋までたどり着いた。

そこはいかにも怪しい、少しだけ色の違う壁になっていて、前に立つと自動で開く。

中にはこれ見よがしな見せかけだけの財宝と――椅子に座る骸骨がいた。

「……行きますわよ」

ミリアリアが一歩部屋に踏み入るとゴゥンッと背中で扉の閉まる音が響いて身がすくむ。

だが同時に扉が閉まったその音でミリアリアは覚悟を決めた。

もう後戻りは出来ない。

部屋の一番奥で椅子に座った骸骨目指し、ゆっくりとミリアリアは歩を進めた。

「若干デフォルメされてるのがむかつきますわね。でも……こいつラスボスのわたくしよりも強いんですわよね」

そしてアレが起き上がる前に、ＥＸポーションを一振りすればミッション達成だった。

「……よし！」

ミリアリアは緊張のあまりゴクリとつばを飲み込んだ。

少しでも知識に誤りがあれば、即人生終了だ。

ミリアリアは人生で一番ドキドキしながら準備を整える。

そもそも記憶をすべて信じて良いのかどうかすら全くわからない。でもやると決めた以上、ぎりぎりで狼狽えるのは美しくなかった。

せめて気構えだけでも優雅に。

ミリアリアはポーションの蓋を開けて、狙いをつけた。

そう、優雅なのは大事だ。

美しいのも大事だ。

命は大事で、輝いていなければならない。

それは世界の真理を摑んだ今となっても、ミリアリアの中で今まで以上に大切な信念である。

人生において気に入らないモノも、立ちふさがるモノも、全部まとめて華麗に突破する。

その第一歩がこのワンスローだ。

「お食らいあそばせ！」

勢いよく放ったEXポーションは見事にワイトエンペラーを直撃し、回復の効果でその肉体が朽ちてゆく。

「ギエエエエエエエエ！！！」

「ひぃ！」

ダンジョンを震わせるような絶叫に、ミリアリアは耳を押さえてその場に尻もちをついた。

だが崩れて消えていくワイトエンペラーからミリアリアは一瞬も目を離さなかった。

「――――！！！！」

そして同時に津波のような力が全身を駆け巡り、胸のエメラルドがぼんやりと熱を持つ。

膨大な経験値が、今までほとんど空《から》に近かったミリアリアという器に注がれていく。

「あ、あああ！　来てます！　来てますわ！」

ミリアリアは震えた。

ああこれは神の祝福だと信じても良い。

口元は溢れ出る歓喜に吊り上がる。

「そう！　これがやりたかったんですわ！」

爆発的な成長は、ミリアリアにレベルアップがどういうものかを強烈に印象付けた。

血管という血管が沸騰しそうだ。

熱さの後にやってくるのは恐ろしいほどの万能感だった。

ミリアリアはゆっくりと立ち上がって、空気を胸いっぱいに吸い込んだ。

「スゥ――――」

体から湯気が立ち上り、全身が汗で滲む。

「ハァ――――」

若干痛みすら感じたが、こういう時こそふさわしい姿を取らねばならない。

「カ……カチカクですわね！」

今は強がりでも、いずれ本物にする。

汗で湿る髪をミリアリアはサッと払った。

そしてこの瞬間、わがままなだけで死の運命に突き進むミリアリアは生まれ変わったのだと、そう示すように歩き出した。

THE VILLAIN PRINCESS
DIVES INTO THE
LABYRINTH TODAY

第二章

悪役姫は特訓する。

――まぁお家に帰っただけなんですけどね！

目標を達成したミリアリアはすぐさま迷宮から帰宅した。

一回帰らないとボスはリポップしないから仕方がない。

それにミリアリアはたった一回のレベルアップであのヤベー迷宮で生き残れるとは思っていなかった。

しばらくコソコソする日々が続くのは確定である。

しかしいったい自分がどんなことになっているのか確かめないわけにはいかない――というわけでぐっすりベッドで眠って全快した次の日、さっそくミリアリアは試してみることにした。

「ホーッホッホッホッホッ！　さぁ！　精霊術のレッスンを始めましょうか！」

「……そうですねミリアリア様。では初歩の練習から始めましょう」

「よくってよ！」

パン！　とミリアリアが勢いよく開いた鉄扇がギラリと輝く。

ちっこくて、非力な手では開くだけでも難しかったはずのそれを、たやすく開閉するこの快感が最高だとミリアリアは頬を緩ませた。

さてレッスンである。

まだまだよちよち歩きの未熟な精霊術師の授業は、基礎の反復が主な内容だ。

そして初歩とは属性以外の術を指す。

物を浮かせる浮遊はその中でも一般的なもので、訓練によく用いられていた。

「ではこのレンガを持ち上げて維持してください」

「わかりましたわ！」

ミリアリアは精霊術の教師である大きな帽子が素敵なホイピン先生の指示に頷き、鉄扇をレンガへ向ける。

そして浮遊を念じた。

するとレンガは軽々と浮かび上がって二メートル上空で止まった。

ミリアリアはにやりと笑い、鉄扇で口元を隠す。

ホイピン先生はメガネの奥の優しげな眼を輝かせて大喜びだ。

「おお！　素晴らしいです！　ここまで安定した浮遊を使いこなすとは！」

「よくってよ！　この程度は造作もありませんわ！」

謙遜などせずミリアリアは当然だと胸を張った。

ワイトエンペラーを倒した今のミリアリアのレベルは軽く30を超えているだろう。

この数値は城の騎士とてそうはいない、歴戦の猛者レベルのやばい数値だった。

確かエンディングまでの推奨レベルが50ほどと考えると、中盤程度は戦えることになる。

ここまでレベルが上がるといつもやっている基礎すら明らかに効率が上がっているのを実感出来た。

しかしこの基礎の授業を怠る理由はミリアリアには全くなかった。むしろこの基礎こそが今後の生命線だと考えていたほどである。

「先生。わたくし特に浮遊は頑張りたいと思っていますわ！」

「おお、それは素晴らしい。基礎はしっかりと身に付けておいて損はありません。ここをおろそかにしなければ良い精霊術師に……」

「いえ、わたくしが聞きたいのは良い精霊術師が何たるかとかそういう話ではなく。具体的には浮遊のパワーの上げ方ですわ。それに安定感や正確さも」

もっと言えば鉄球に常に浮遊をかけ、弾を撃ち出した衝撃でもぶれない安定性がミリアリアは欲しかった。

とにかく銃が使い物にならないことには始まらないと、ミリアリアが助言を求めるとホイピン先生は首を傾《かし》げながらも答えてくれた。

「ほ？　……そうですね。日々精霊術を操る訓練を欠かさぬことです。自在に操るには自分でコツを掴むしかありませんので。あとは……根拠は乏しいですが、体を鍛えると良いかもしれませんね。浮遊の限界はよく腕力で例えられます。大切なのはイメージです。自分で持ち上げられるということは最も安定したイメージですので間違いなく安定するでしょう」

「ぬー……そうですか。そっちもほどほどに頑張りますわ」

なんとなく地道にやるしかないことはわかっていたが、実際言われるとため息も出る。

そういうことなら腕立て伏せくらいはもっと頑張ってみるかとミリアリアは決意した。

「そのまましばらく維持してみましょう。良いですか？　精霊術の力の根源は『念』だと言われています。魂の最も根源的な部分より生じる、大いなる力の源です。精霊術師は『念』を引き出し、精霊力となして術を行使します。鍛えればより強い念を引き出し、強大な精霊術を使いこなせるでしょう」

ホイピン先生のレッスンは毎回このようなものだ。

基礎訓練をしながら、念仏のように精霊術の教えを説く。

元のミリアリアは、このレッスンを蛇蝎《だかつ》のごとく嫌っていた。

しかし今のミリアリアは少し違う。ゲームの知識と今まで聞き逃していたところに、更なる可能性が眠っているのではないかと、割と必死で聞いていた。

そんな調子で浮遊を十分ほど維持していると、ホイピン先生はパンと手を叩きミリアリアはゆっくりレンガを地面に下ろした。

「素晴らしい！　さすがはミリアリア様！　ずいぶん上達なされていますよ！」

「当然ですわ！」

ホイピン先生がちょっと涙ぐみながら強めに拍手してくるのは、日々の積み重ねがひどかったからか？

たぶんひどかったんだな、間違いない。

これはちゃんと反省した方が良いなとミリアリアはちょっぴり精神的に大人になった。

そしてお待ちかねのイベントはいつも通りなら、まさにこの後すぐだった。

「では――――最後に属性術をやってみてください」

「待っていましたわ!?」

「ひゃい!?」

おっと、勢いが付きすぎてホイピン先生が驚いておられる。ミリアリア反省である。

淑女としても今のはさすがに品がなかった。

コホンと咳払いをして仕切り直し、ミリアリアは落ち着きを取り戻すと、鉄扇で口元を覆って頷いた。

「失礼。わかりましたわ。実は今日は新しく習得した術をお披露目したいのですがよろしくて?」

「新しく習得した術ですか？　ええ、それはぜひ拝見させていただきたいですね」

「わかりましたわ！」

ミリアリアはくるりと精霊術用の的に体を向けて両足を軽く開いて構えた。

手を前に突き出し、深く精神統一する。

使ってみるのはあのピリリとしょぼい雷の術である。

レベルが上がったことでミリアリアは雷属性の新しい精霊術を習得した。

ゴロア。ゴロンド。ゴロアドン。

精霊術はおおよそ三つの段階にわかれていて、その威力に応じて名前が異なる。

試すのは最大威力。落ち着いて撃てるのだからゴロアドンを使ってみるとしよう。

「ふぅ……」

「念」とはゲーム的に言ってしまえばＭＰとかＳＰとか言われるものに近い。

これを燃料に精霊力……つまりＩＮＴ、かしこさ、魔法攻撃力とか言われるものに応じて術の威力が決定する。

ミリアリアは、爆発的に高まった念を的に向かって導いていく。

パリッと周囲の空気が帯電し、燐光を帯びた小石が浮き上がっていた。

その時点で、ホイピン先生が狼狽《うろた》え始めた。

「あの、……ミリアリア様？　ミリアリア様⁇」

「――――」

だが初めてまともに使う術の準備中にそんな言葉が聞けるわけもない。

だんだんと周囲の音さえ聞こえなくなってきて、集中力が極限に研ぎ澄まされた瞬間、精霊の言葉がミリアリアの口から紡がれる。

「轟きたまえ――天の雷よ！　ゴロアドン！！！」

その瞬間、ミリアリアから放たれたエネルギーが空に向けて立ち上る。

すると青く抜けた空に雷雲が渦を巻き、天から撃ち出された閃光が空を切り裂いた。

着弾点はもちろんミリアリアの住む離宮、その訓練場である。

キュゴッと音が聞こえたかと思ったら、爆発。

離宮そのものが震え、窓という窓が衝撃波で弾け飛ぶ。

白く霞む視界は最初、目がつぶれたかとミリアリアは思った。

砂塵が巻き上がる中、キーンという高い音と共に視覚と聴覚が戻って来る。

「……」

そこでミリアリアが見たのは、申し訳程度に刺してあった的が消えてなくなった更地と、腰を抜かしてへたり込むホイピン先生の悲鳴だった。

「ひぃぃ！」

おやおやこれはひどい。

離宮が城の敷地の中でも端の方でよかったなって感じである。

しかし成果は上々だった。

狼狽えてもよかったが、かっこ悪いのでミリアリアは冷や汗を無理やり引っ込める。

そして腕を組んで言ってやった。

「ゲホゲホッ……ヒョーッホッホホ！　おやおや。手加減したつもりでしたが、少々やりすぎてしまいましたわ！」

いやまぁ自分でも心底度肝を抜かれていたけれど。笑い方もちょっと外したし。

ミリアリアの記憶も、こう「少しは自重しろ！」とでも訴えかけているようだったがいやいや、自重なんてどうなのか？

こんな見世物、自慢してなんぼだと思うのだが？

ミリアリアは鉄扇で引きつる口元を隠して、得意げな笑い声をただただ響かせるのだった。

まぁ当然それで終わることはなかったが。

「……」

訓練場を更地にしたらしこたま怒られた。

暴れること前提の施設だろうに解せぬ。

ミリアリアはしかし粉々になった窓ガラスで自分の部屋がどえらい惨状になっていたことで流石に反省した。

「何事も派手にすればよいわけではないですわね！　マジヤバですわ！」

というわけで今回は気分転換と実益も兼ねた美容の話でもするとしよう。

古今東西理想のプロポーション作りは男女問わず永遠の課題であると思う。

資質がもとより必要だというのなら、その点、ミリアリアは未来の姿を見る限り有望だろう。

更に記憶ちゃんというバックアップまでついているのだから、原作越えの肉体を作り上げることすら可能に思えた。

記憶ちゃんの受け答えはゲームの話でないのなら、基本的にきっかけが必要なQ＆A形式だ。

その結果導き出された理想の体形を作る方法は――バランスの取れた食事と適度な運動であった。

「……メッチャ普通ですわ」

ミリアリアはちょっとガッカリした。

でも確かに当たり前の話である。ならばやるべきことは一つ。そう筋力トレーニングだ。

「ふっふっふっふ……」

その日からミリアリアの日課が一つ加わった。

やると決めたのならミリアリアは凝り性である。記憶から異世界の知識を調べているうちに、ミリアリアはすっかりハマってしまっていた。

旧ミリアリアは筋肉の膨れ上がった王女なんて美しくないなんて口にしていたが、それは甘すぎる認識である。

そんなに簡単に見てわかるほどの筋肉なんてつかないし、それどころか衰えると不利益しかないのが筋肉であると今のミリアリアは知っている。

美しさとは健康な体に宿るもの。美しさの上に強さまで手に入るというのならミリアリアに鍛えないという選択肢はなかった
助言に従い自室で一生懸命自重トレーニングに精を出していると、カランとお盆の落ちる音でミリアリアは顔を上げた。

「メアリー……最近注意力散漫ですわよ？　お盆だって安物じゃないんだから。もうボコボコじゃないですの」

「いえ、なんというか……予想外の行動をしすぎるミリアリア様も悪いと思います」

「そう？　でも新しいお盆はメアリーのお給金から引いて……」

「経費でお願いします」

「……」

ちゃっかりしたメアリーがまた変なことをと困り顔を浮かべていたが、筋力トレーニングくらいでそんな顔をされるのはミリアリアも不本意だった。

「自室で運動しているくらい変なことではないでしょう？　腕立て伏せくらい乙女の嗜みですわ」

「……ダイエットでしょうか？　お嬢様には必要ないと思うのですが？」

「まぁ似たようなものですわね」

「剣術のお稽古を増やしたとも聞いていますし。どうしたんです？　筋肉に目覚めましたか？」

心底訳がわからないという顔のメアリーの疑問は尤もだ。

まぁ今までこんなことしたこともなかったんだから当たり前と言えば当たり前なのだが、これは語らねばならないかもしれない。

ミリアリアはやれやれと嘆息してメアリーに言った。

「目覚めたと言えば目覚めましたわ。理想のプロポーションを手に入れるには鍛えるしかないと聞いたのです。人間は脂肪と筋肉で形作られているのですわ？　健康を維持するにも最低限はあって困る物でもないでしょう？　それに鍛えてバランスを整えなければゆるむ一方です。後になって弛んだお腹に頭を悩ませるのは嫌でしょう？」

「うぅ……耳が痛いことをおっしゃる」

脂肪は気のゆるみで溜まってゆくもの、それはみんなの悩みではないだろうか？

「それにね？　これは必要なことなのですよメアリー。協力お願いしますね？　良いですか？　脂肪を減らすには脂質を減らすか糖質を減らすかしかありません！　わたくしに鳥の胸肉を食べさせなさい！　ノンオイルのお魚でも良くってよ？　高タンパクを心がけるのです！　脂質を抑えるのです！　さすれば美しい肉体は自ずとついてくるのですメアリー。お腹いっぱい食べているのに！」

「食べても痩せるのですか！」

ダイエットというメアリーにも興味がありそうな角度から筋トレの良さを説明すると、どうやら説得には成功したみたいだった。

「よ、よくわかりませんが、シェフには鶏料理を増やすように言っておきます。そして私も食べてみます！」

「野菜もとるのですよ？　バランスが大切なのですわ！」

「わかりました！　今からシェフに伝えてまいりますね！」

メアリーは一目散に駆けていった。

おやおや、どうやらまた一人筋肉に目覚めさせてしまったようだとミリアリアは自分の筋力トレーニングに戻った。

やってみると筋力トレーニングは中々良い。強くなっていく実感がある。

急激なレベルアップを体験してから、ミリアリアは強くなることが楽しくなってきた。

「この上、レベルがアップすれば、パラメーターもアップするはず……子供の体でも十分戦えるはずですわ！」

現に、精霊術に関しては恐ろしいほどにパワーアップしていた。

レベルアップの恩恵はミリアリアが考えている以上に絶大だったのは間違いなかった。

「フッフッフッ……こうやって腕立て伏せもいくらでも出来ますし……いえ、出来すぎじゃありません？」

ミリアリアは途端に冷静になって、腕立て伏せを中止した。

いや腕立て伏せ、一体どれくらい続けていただろうか？　あんまり疲れなかったのだが、こんな回数やれば少し前なら動けないほど疲労していたはずだ。

「これはひょっとして……」

ミリアリアは慌てて、自分の荷物から先日届いた鉄球を取り出し、持ち上げてみた。

「……うわ。軽いですわ」

すると片手で持ち上げられた。軽いもんである。

ミリアリアのお子様ハンドは変わらないのに、この間まで持ち上げることすら難しかった鉄球がここまで軽々持ち上がるのはある種、衝撃だった。

「これがレベルアップの恩恵……ムキムキになったわけでもないのにこのパワー。記憶の中の筋トレ勢も涙目ですわね」

まさかこの短期間に筋肉が付いたわけじゃなさそうだから。精霊術関係だろうか？

こいつはなかなか奥が深そうな話だった。

ひょいひょいと鉄球を上げ下げしていたミリアリアはふと、気になって呪文を唱えてみた。

「浮遊」

フワッと鉄球が浮いた！　そしてピタッと止まった！

「やりましたわホイピン先生！」

ミリアリアは思い描いた通りの結果に歓声を上げた。

筋トレは正直あんまり関係なさそうだったけど、継続はしてみるつもりだった。

さてどこか残念なやり取りの後はいたって真面目な特訓である。

大抵の人間が寝静まった頃ミリアリアは動き出す。

多少のダメージなら、あっという間に回復出来るんだから、ポーションは素晴らしい。

地味な訓練のすべては、そろそろ本格化するレベル上げの前段階だ。

そして今ミリアリアのやるべきことは、基礎訓練に輪をかけて作業じみている。

相変わらずミリアリアはダンジョンに忍び込み、お高いポーションを投げつける作業に勤しんでいた。

「えい」

「ギエエエエエエ！」

「ふぅ。本日五度目ですわね。目標レベルは60だから、レベル的にはもう何度か往復作業かしら？」

入り口から外に出るとリポップする仕様がそのままで経験値が大変うまい。

この量の経験値を地上の雑魚モンスターで稼ごうとしたら朝から晩までモンスターを狩り続けても不可能だろう。

いい加減聞き慣れてきたワイトエンペラーの断末魔に、ちょっとの安心感となんとも言えない愉悦を感じ始めた九歳ミリアリアである。

「……いけませんわね。このレベルアップの全能感が悪いのですわ。変な扉を開けてしまったらどうするんですの？」

そんなセリフが出てくるあたりで、もはや手遅れな気がしないでもなかった。

命懸けで同じことを繰り返す作業は中々しんどいが、せめてレベルが60くらいはないと、聖水なしで廊下も歩けない。早くダンジョンの探索もしてみたいものだとミリアリアは思いを馳せた。

「でもここもそろそろ効率が悪くなり始めるんですわよね」

まだ数度はポンポンとレベルが上がるだろう。

しかし早ければ今日中にもレベルは上がらなくなってくるはずである。

アイテムも有限だし、使える時間も限られている以上、効率を求めるなら次の狩場を目指したいところだった。

「本格的な戦闘……ワクワクしますわね！」

肝心の戦闘方法はいくつか考えているが、ひとまず出来ることに集中したい。

そう考えていたミリアリアだが予想もしていなかったところで事件は起こる。

それはワイトエンペラーマラソンを繰り返した十度目のことだった。

「えーい」

慣れてきて、ポーションをかける掛け声も適当になり始めた頃、その事故は起きた。

聞きなれた絶叫がその時は聞こえなかったのだ。

「え？」

「……オオオオオ」

ＥＸポーションを滴らせているのに、消える気配のないワイトエンペラーは立ち上がり、黒いオーラで衣を出現させてゆく。

「ええ!?」

ミリアリアは頬を引き攣《つ》らせて一歩後ずさった。

ボス特有の威圧感は強烈で、戦闘未経験のミリアリアにはかなりきつい。

赤く目を輝かせたワイトエンペラーは死神にしか見えないし、こちらを睨みつける目には死の予感しか感じない。

「ど、どど、ういうことですの？　ＨＰは削り切れるはずなのに……！」

動揺したミリアリアは持っていた瓶を慌てて確認する。

「――――ッ！」

そしてポーションに表記されていた品質保持期限が三年ほど前に切れていることに気が付いた。

「……！　あんのクソ商人！　マジで期限切れ掴ませませましたわ！」

そのミスがこの結果である。

肩を怒らせるワイトエンペラーは頭と口から蒸気を出しながら、心なしかめちゃくちゃ怒っているようだった。

「シュウウウウ……」

「な、なんでですの？　わたくしはただ両手の指じゃ足りないくらい回復薬をぶっかけただけですのに……！」

言葉にすると、そりゃ怒るわと納得のミリアリアだった。

「……だけど残念ながら。簡単に殺されてあげるわけにはいきませんわね！」

こうなってしまったからには仕方がない、ミリアリアとて覚悟をしていないわけではなかった。

いや、ここに至るまで戦闘という戦闘を避け続けたのはミリアリアの甘えだったのかもしれない。

闇色の衣の奥からワイトエンペラーの呪いじみたプレッシャーが溢れ出た。

「のりゃぁああ！」

しかしミリアリアは戦意を漲《みなぎ》らせ、キャリーバッグを振り回した。

「さて予定外ですが――――ここでお披露目してさしあげますわ！」

バッグから飛び出し、転がる鉄球にミリアリアは浮遊をかける。

ふわりと浮かんだ鉄球は空中で展開、ワイトエンペラーの前に立ちふさがった。

「カカカカカ！」

ワイトエンペラーとていつまでも待っていてはくれない。周囲の財宝の中から大きな剣を一本引き抜いて、ミリアリアに向かって飛び掛かって来た。

その跳躍は恐ろしく速い。

だがどんなに速くても、真っ正面から迫る的はミリアリアにとって当ててくれと言っているようなものだった。

ミリアリアはワイトエンペラーの頭に狙いを定め目を細める。

そしてキャリーバッグの中に納まった弾丸を正確に鉄球の内部へ転送した。

鉄球の内部にはすでに弾丸を装塡済み。

そこにテレポートで同じ座標に更に弾丸を重ねることによって、元々装塡された弾丸が弾き出される。

弾丸は鉄球の穴の壁面に刻まれた螺旋状の溝に回転を加えられて、真っすぐに敵を狙い撃つだろう。

火薬以上に強烈なマズルフラッシュが発射の合図だ。

「――ぶっ飛びあそばせ！」

ミリアリアの叫びと同時に鉄球に開いた穴からチカリと激しい閃光が瞬いた。

「！！！」

キュンと甲高い音が空気を切る。

視認すら出来ない速度で弾き出された弾丸は、ワイトエンペラーを容赦なく吹き飛ばした。

ガン！　と衝撃でのけぞったワイトエンペラーの頭には拳大の大穴が穿たれていた。

「いけますわ！　テレポート！　連続転送!!」

ミリアリアは容赦なく銃弾を浴びせ続けた。

何度か座標のミスで不発もあって、そのたびにヒヤリと背筋が凍る。

ワイトエンペラーは銃撃を避けようと部屋を跳ねまわるが、ミリアリアは撃てるだけ銃弾をバラ撒いた。

「い、いい加減しつこいですわ！」

「ガ……カカカ」

数秒後、強靱なはずの闇の衣もぼろくずとなって粉砕され、ワイトエンペラーは崩れ落ちていた。

「はぁ……はぁ……はぁ……はぁ……やりました？　やりましたわよね？」

ミリアリアは動かなくなった残骸をちょんちょんつつく。

そして残骸が燐光を帯びて消滅するとミリアリアは拳を握り締めて突き上げた。

勝利である。

緊張していたのかその瞬間、ミリアリアの体からドッと汗が噴き出した。

「……やったー!!　ホーッホッホッホッホ！　大勝利！　ですわ！」

ああ、この戦法は思い付きだったが十分使える。

貧弱な腕力を補って余りある、仕様外のチート戦闘方法は通用した。通用してしまった。

それもレベル差を覆すほど圧倒的な形で。

ミリアリアにはボスの撃破で解放された隠し部屋の扉が、黄金色に輝いて見える気がした。

――レベルが上がる。

勝利のファンファーレを聞いたような達成感は、ミリアリアの本格始動の合図でもあった。

ミリアリアは戦えるのだ、この隠しダンジョンで。

ここから先はもたもたする必要は欠片もない。

いくつもの失敗する要素は、嚙み合った歯車の前にもはやないも同然だった。

「さて……でも、さすがに疲れましたわね」

ミリアリアは自室に帰って気絶するように眠った。

その日の夢は黄金のワイトエンペラーに胴上げされながら、鉛弾をジャラジャラ振りまく夢だった。

THE VILLAIN PRINCESS
DIVES INTO THE
LABYRINTH TODAY

第三章

悪役姫は迷宮を探索する。

「流石はミリアリア様。お見事でございます」

「こちらこそ、素晴らしいレッスンでしたわ」

宮廷マナーの先生。吊り目で気が強そうなところに妙な親近感を覚えてしまうミセスサマンサは授業形式のお茶会で合格点を出してくれた。

マナーの授業は中々興味深いと今のミリアリアは感じた。

まぁ美学の話である。

細かすぎる所作へのこだわりと、細かすぎる作法の数々。

美しさという概念を指先にまで求めた偏執的なこだわりの中には人類が美しいと思えるノウハウが詰め込まれている。

ついこの間まで「何だこの無意味の無意味乗せ無意味フルコース！　飯がまずくなりますわ！」なんて思っていたのは美を探求する乙女にあるまじき浅慮だったと恥じ入るばかりである。

レベルが上がった今、そう言うところにまでこだわっていきたいとミリアリアは思った。

なんとなく美しくなりたいでは届かない更なる高みへミリアリアは到達するつもりである。

まぁ要するに計画に少しばかり勝算が見えた余裕のなせる技だったわけだが、だからこそミリアリアは思うところがあった。


自室に戻って来たミリアリアは勢いよくドアを開ける。

こればかりは美しさとは程遠いが、勢いをつけることは必要だった。

「メアリー！　ドレスの準備を！」

「ヒィ！」

ガンガラリン！

メアリーの銀のお盆が落下した。

よくお盆を落とすメイドにミリアリアはご機嫌で微笑みかけた。

「焦る必要はないんですわよメアリー？　お盆がかわいそうですわ」

「すみません。ええっと、それでどうしたのですかミリアリア様？」

「だからドレスですわ！」

「ドレスですか？　……なにかお茶会のお誘いでもあったのですか？」

聞いていませんけどとメアリーは首を傾げていたが、ミリアリアは不敵に笑った。

「お茶会ではなくパーティですわ！　……まぁ、お披露目しない特訓ですけれどね！」

「よくわかりませんが……、先日大量にお売りになったわけですし、いつもの仕立て屋にお願いしましょうか？」

そう提案をするメアリーをミリアリアは制止する。

「いいえ。お気に入りのやつはしっかり残してありますわ！　メアリー着替えますわよ！」

そう。余裕があるのなら晴れ舞台に適当なものは着ていけない。

まして今までダンジョンに着て行っていた、コソコソファッションなど論外である。

これから行うのは地の底で行われる地獄のパーティだ。

説明出来るわけもないが、気合を入れてしかるべき場所なのは間違いなかった。


「オーッホッホッホッホッホッ！　オーッホッホッホッホッホ！」

ミリアリアは甲高い笑い声を響かせながらダンジョンを歩く。

それはもう、廊下の真ん中を堂々とである。

赤いドレスに愛用の鉄扇を携え、マナーの授業で叩き込まれた歩き方でダンジョンを闊歩する爽快感は思わず寒気がするほどだった。

ただミリアリア的にはまだまだ完全とは言いがたい。

ドレスはお子様仕様だし、踵の高い靴だって履きたい。

飾り気のない無骨な浮遊鉄球も今後の改善点だった。

「道の端っこをコソコソと歩くのなんてもう終わりですわ！　さぁ来なさい経験値共！　我が糧となるのですわ！」

レベルが上がったミリアリアの体には力が溢れんばかりに漲っている。

持ち上げられる鉄球も三つ程度は軽々だ。

隠しダンジョンとはいえボスならともかく、エンカウントするザコ程度に早々後れをとりはしない。

遠くから無数の足音が走って来る。

巨大な鶏の体と蛇の尾を持つモンスター、バジリスクが見えた瞬間、ミリアリアは即時に狙いをつけた。

さぁ蹂躙の始まりだ。

「行きますわよ！　――――ファイア！」

鉄球達はふわりとミリアリアの前に並び、閃光は弾け、バジリスクを穴だらけにして薙ぎ払う。

モンスターが崩れるように消え、ポコンと空中に出現したのは丸々太ったお肉だ。

そしてその周囲にはキラキラと光る石がたくさん飛び散っていた。

「ふむ……これがダンジョン。解体しなくて良いことを喜ぶべきか、今更気が付いてしまったこの不自然さを訝《いぶか》しむべきか判断に困りますわ！　だけど都合が良いのでよしです！　……この上飛び散った魔石を売るとお金になると……。これはチョロヤバですわ！」

とにもかくにも勝利である。

楽勝と思えるほどに戦法が見事に刺さっている現状に、ミリアリアは喜びで小躍りした。

現在このフロアの通路は基本的に狭い。

本来であれば常に一対一に近い状態を強いられ、モンスターの相手を余儀なくされるわけだがミリアリアの戦闘方法なら相手が近づく前にとどめを刺せた。

ミリアリアの攻撃力によらない、遠距離攻撃からの固定ダメージによる連続攻撃！　相手は死ぬ！

今のミリアリアの戦法は良い方にハマッていて、結果はすぐにカバンの中に溢れていた。

「ホーッホッホッホ！　魔石は売れればお金になるし！　こいつは笑いが止まりませんわね！　テレポート最高ですわ！」

ミリアリアは頬ずりして、自らの鉄球を褒め讃えた。

もう全く、このテレポート銃（仮）に恋してしまいそうなほどである。

この戦い方はいわば、謎知識があるゆえの裏技のようなものだが、この手の裏技はどんどん開発していきたい。

元のミリアリアはどんな戦い方をしていたんだったか？

確か闇の大技以外は、ナイフをたくさん浮かべて、飛ばすくらいだった気がした。

「考えてみるとすでに浮遊と転移の応用だけは旧ミリアリアは超えましたわね……」

ミリアリアは何よりかっこよさと優雅さは段違いだと自負していた。

「さて！　どんどん行きますわよ！」

ミリアリア的には出来る限り最速でダンジョンを攻略したいと考えていた。

序盤に同レベル帯で粘るより、どんどん下に行ってレベリングを行う方が効率が良い。

ワイトエンペラーなど最初のスタートダッシュに過ぎない。他にもおいしい狩場はまだまだ存在した。

だが焦りすぎるのはいけない、浅層でも外せないイベントはある。

小道でのファーストコンタクトは、やや小ぶりな宝箱だった。

「フッフッフ……やっぱり醍醐味はこれですわね」

取れるものは取っておかねば、むしろプレイ効率は悪い。

レベルアップも大切だが、役立つアイテムの入手は最強への最も大切な近道。アイテムの充実は急務である。

ミリアリアが宝箱を開けると、中から出てきたのは液体の入ったガラス瓶が三本だった。

「マップの知識は良い感じですわね。おお、これは良いものですわ！　なんでしたっけこの色は？」

ミリアリアはちょっと白色っぽい変な汁を適当にカバンに放り込んでおく。

まだまだ冒険は始まったばかりである。

その日、潜った時間は二時間ほどだが収穫は中々のものだった。

ちなみにワンフロアごとに転移のポイントがあり、攻略済みのフロアに自由に行けるのはエンドコンテンツゆえの割とぬるめの仕様だった。

「獲物が大量ですわ！　さすが、手つかずのダンジョンはやばい宝が山盛りですわ！」

ミリアリアはホクホクしながら自分の部屋に戻ると爆睡した。

その日はバジリスクの焼き鳥を作る夢を見てめっちゃ焼き鳥が食べたくなった。

「ふふふんふーん♪」

ミリアリアは上機嫌で鼻歌を口ずさみながら、唐突に思いついた計画を実行すべく、朝から自分の離宮を走り回っていた。

そして昼食前、バラに囲まれた離宮の庭園にて人目につかない完ぺきな位置を割り出したミリアリアは、こっそり七輪っぽい物と網っぽいものを見つけ、今に至る。

今日はお勉強の類はお休みで、何の憂いもないオフを楽しむ予定である。

「探せば結構あるものですわね串って！」

嬉しくなって、ついついバジリスク肉を一羽分捌いて、下ごしらえなどしてしまった。

やっぱりミリアリア、マジ天才である。

そして謎知識の情報元よ、よくぞ鳥の下ごしらえなんて経験があったもんだと賞賛したい。

ミリアリアは生まれてこの方料理なんてしたこともないのに、なんとなくの知識のみで内臓系まで調理出来た辺り、我ながら器用という他なかった。

出来上がったまさに焼き鳥は、完全に異世界らしい素晴らしい出来で、今から唾液が止まらない。

「おっと、いけないいけない、はしたないですわ。……結局塩が一番ですわよね、塩があればすべてが解決するのです」

そしてこれを今から炭火で焼くと。……こんなの素晴らしいに決まっている。

ミリアリアは炭に火をつけ落ち着くのを待ち、ついに準備は完了した。

網に綺麗に鳥を並べて、火にかける。

じっくりと丁寧に、ここでの火加減が味のすべてを左右すると言っても過言ではない。

炎と鳥串をジッと見る。

しかしあまりにも集中しすぎて、ミリアリアはいつの間にかすぐ隣で座っていたチビッ子に気づくのが遅れた。

「……」

「！」

ふわふわの金髪に王子様のような格好のチビッ子はミリアリアの焼き鳥を見ながら指をくわえていた。

「……なんですの？」

どこから出て来たのだろうか？

訝し気にミリアリアが話しかけると、どえらくかわいらしいチビッ子はジッとミリアリアを見ている。

いや、これは違うな。

試しにミリアリアは串を一本持ち上げてみた。

ジーと固定されていた視線は、間違いなくその串を追っていった。

これにロックオンとは小癪なチビッ子である。さてどうすべきか？

焼き鳥は秘密ミッションである。

食材を調達したキッチン組にはきつく秘密と言い含めた手前、どこの誰ともわからないチビッ子に口を滑らされるわけにはいかない。

ただ、あげないと断言するには、目の前のチビッ子の視線は清く澄みすぎていた。

「……うぬぅ」

ミリアリアは根負けして肩を落とした。

「……まぁここで渡さないのも気分が悪いですわよね」

ミリアリアは仕方なく串を差し出すとチビッ子はガブッと串に食らいついた。

「おおっと！　危ない！　危ないですわ！　串は！　串は食べてはダメですわ！」

心配をよそに器用に肉だけ平らげるチビッ子はもぐもぐ口いっぱいに肉を頬張り、ゴクリと飲み込む。

「い、いかが？」

ついそう尋ねるとチビッ子は輝かんばかりにニパッと笑って、七輪に視線が戻って来た。

どうやらチビッ子の口にこの焼き鳥は合ったらしい。

ミリアリアは天を仰ぐ。

あぁ、見つかってしまったのだから仕方がないか。

「焼き鳥……一緒に食べますか？」

そう尋ねるとチビッ子はコクリと頷き、嬉しそうに串を一本また持っていく。

ああ、砂肝ちゃんが……まぁよい。

ミリアリアは皮を手に取り食べてみると、悪くない。いやむしろ極上の味がした。

「ということがあったんだけど、あれは何だったのかしらメアリー？」

かくかくしかじか夕食の時間に雑談のつもりで話すと、カランとメアリーはお盆を落とした。

メアリーの表情は驚愕に染まっていた。

「そろそろそのお盆、円の形をとどめていられないんじゃないかしら？」

「何をやってるんですかミリアリア様……。そ、それはもしかして……公爵家のご子息なのでは？」

「……なんですって？　なんでそんなのがいるんですの？」

公爵と言えば王に次ぐ地位の大御所である。そのご子息が離宮になど来ることはまずないはずだった。

「そ、そんなのなんて言ってはいけません！　なんでも公爵様がお仕事に連れていらっしゃったと聞いていましたので」

「……わたくし。知らないのだけれど？」

「久しぶりのお休みでしたのでお知らせしませんでした。何分突然の話でしたので」

公爵家の令息とはいえ、子供が来たことをわざわざ子供に伝える必要はないか。

おそらくは自分とそう変わらないか年下の相手と顔を合わせる機会は王城では珍しい。

もっと言えばあそこまでかわいらしい子は……まぁこの世界ではそう珍しくもないだろうけど得した気分なのは間違いないミリアリアだった。

ミリアリアはなるほどなー公爵かーとぼんやり考え、浮かんだ疑問を口にした。

「名前はわかるの？」

「はい。エドワード様と聞いています」

「んぐ!?」

だがその名を聞いたミリアリアは、口に突っ込んだでっかいステーキで、思わず喉を詰まらせた。

「お嬢様!?」

大慌てのメアリーは銀のお盆でミリアリアの後頭部を強打。

つっかえた肉は取れたけど、目の前に火花が散った。

「今のはさすがにないんじゃないですの!?」

「すみません！　緊急事態かと！」

「まぁ緊急事態ではありますわね……ええとっても」

悪気がないというのなら許しても良い。つっかえが取れていなかったら、顔面にパイでもぶつけていたが。

正直に言えば、ミリアリアもさすがにメアリーが口にした名前は聞き捨てならなかった。

公爵家のエドワードとは、「光姫のコンチェルト」のヒロインと共に魔王ミリアリアを打ち滅ぼす攻略キャラの名なのだ。

中でも金髪碧眼の、ザ・王子様エドワードはメインルートだと言っても差し支えない、物語の中心人物である。

そりゃあ美形なはずだわ。ははは。でも恋をしなかったのはたぶん不幸中の幸いだった。

ミリアリアはフゥとため息をついた。

「だ、大丈夫ですか？　ミリアリア様」

「大丈夫ですわ。ちょっと肉を大きく切りすぎただけです」

「お、お気を付けください。心臓に悪いです」

「ステーキごとき飲み下せないほど食道は狭くありませんわ！　わたくしを殺したかったらもっと分厚いアメリカンな奴を持って来ていただけるかしら？」

「あめりかんとは？　……いえ、落ち着いてお召し上がりください」

それはそうですわね！

今度からどんなにお腹が空いていても、お肉の切り方は心持ちミニマムにするとしよう。

まぁ登場人物についてはもうミリアリアには関係のない話だという自覚はあった。

そんなことより最近はお腹が空いてしょうがないのだ。

この頃、日々やることが増す一方で、ちょっとハードワーク気味だった。

特にエンドコンテンツでの迷宮攻略はゲーム時代でもやりこみの世界。敵の強さもさることながら、複雑な構造の迷宮攻略には時間がかかる。

第一王女という立場上、大手を振って迷宮に入れないミリアリアには切実な問題である。

わかってはいたが、大変だとミリアリアは頭を振った。

「はぁ……何事もスマートに片づけてしまいたいものですわね。何もかもわたくしは美しさが足りませんわ。精進しませんと」

「そうですね。お転婆はほどほどにですよ」

「やかましいですわよ」

メアリーの苦言はちょっと違う気がするが、お盆で主人の頭をぶんなぐる方がよほどお転婆だと思うミリアリアである。

とにかく現時点で恋になんて現《うつつ》を抜かす暇はないほど目先の大問題が山済みなのだと結論して、ミリアリアはちょっとだけお肉を小さく切って咀嚼《そしゃく》を開始した。


「ヤキトリが食べたいですお父様！」

「ヤキトリ？　なんなのだそれは？」

この日からエドワード様が、好物にヤキトリなる謎の食べ物を挙げて、度々公爵を困らせることになるのだが、まぁそれはミリアリアには関係のないことだった。

地下六階。睡眠不足によるお肌の荒れはもちろんのこと、ミリアリアはここにきて更なる問題に直面していた。

「歩きづらい……」

広めの通路には蔦や苔が生い茂り、木の根らしきものも沢山あってボコボコだった。

なぜか石畳のフロアを抜けると地下のくせに土の地面が存在する全く整備されていない道だったのだ。

つまりミリアリアの靴ではとても歩きにくいのである。

ゲームではさすがに全く気にならないような問題は、自分でやってみると冗談ではない過酷さだった。

「この先こういう場所、他にも沢山ありましたわよね？　これは問題ですわ……」

本来お城を歩き回るような靴で歩く場所ではない。

そんじょそこらのお嬢様なら諦めてしまうか、靴を歩きやすいものに履き替えるところだが、現ミリアリアはちょいと思考回路が他と違っていた。

「これは……地面をまっすぐにする精霊術を考えましょう！」

最近精霊術に本腰を入れているミリアリアは自然とそんなことを考えたわけだ。

馬鹿な話ではある。

確かに馬鹿な話ではあるのだが、しかしミリアリアの才能を踏み台にして伸ばした実力はそろそろ――人の枠を飛び越えつつあった。

ミリアリアは大きな木の根を見つけ、そこに座って首をひねる。

「そもそも精霊術ってよくわかんないんですわよ。ただの遠距離攻撃手段？　いえいえ、その割に色々出来るんですわよね」

浮遊もそうだが、テレポートも大きく見ればそう。マジカルバッグも精霊術が関連していないとは思えない。

その応用の幅はかなり大きいのではないかというのがミリアリアの見立てである。

「属性を使う精霊術が攻撃だけってなんですの？　しょぼすぎですわ」

例えばミリアリアの適性属性の雷で言えば。

ゴロア、ゴロンド、ゴロアドンの三つの術。

闇属性は。

アンク、アンコクウ、アンクラシアである。

三種類に分かれてはいるものの、相手を破壊する術であることに変わりはなく、この威力で力量を推し量る精霊術使いは多い。

「精霊術って、もっと不思議で便利であってほしいですわ」

ゲームだからと言ってしまえばそれまでなのだが、ゲームのシステムに囚われない発想こそ、ミリアリアの武器である。

そう考えるとやる気がメキメキ湧いてきたミリアリアだった。

ミリアリアはさっそく、最も得意な闇の精霊術で試してみる。

イメージするのは平たい地面である。

でこぼこした地面を進むための、靴で歩きやすい道をカーペットのように敷き詰められたらすごく便利だ。

そう言えばと、ミリアリアはワイトエンペラーを思い出した。

あのモンスターが体の周囲に作っていた衣のようなものは、おそらく闇の精霊術の産物なのだろう。

あの術を参考にすればとっかかりになりそうだ。

ミリアリアは目的地までの道を大雑把に思い描いた。

そしてそこにカーペットを敷きつめるイメージを作る。

「名前は……そのままブラックカーペットですわ！」

なんとなくで精霊術を構築して開放すると、ミリアリアのイメージに従い、ロール状の黒いエネルギー体が現れる。

それはまさにカーペットのようにミリアリアの前から転がって、でこぼこした地面を黒い道へと変化させた。

「おお！　こんなにも簡単に！　チョロヤバですわ！」

なんだ精霊術めちゃくちゃ簡単にアレンジが出来るじゃないか！　そんな感想が浮かぶのが、ミリアリアという規格外の才能あってのことだとミリアリアが気付くことはなかった。

なんか唐突に見たこともない技を使ってくる、ラスボス特有の現象ともいう。

ミリアリアは試しに出来上がった真っ黒な道に乗ってみた。

「……成功ですわよね？　踏んだ瞬間押し潰されたらどうしようかと思いましたわ」

触ってみると黒いカーペットはふわふわである。

ダンジョンの中でやりすぎじゃない？　なんて声が心のどこかから聞こえてきたが歩きやすさが一番だとミリアリアは割り切った。

「良い術を生み出してしまいましたわ……よぅし！　サクサクいきますわよ！」

どこまで効果があるものかと内心半信半疑なところがあったミリアリアだったが、新しい精霊術は思ったよりも便利だということはすぐにわかる。

なんというか、歩きやすい道というのは偉大だった。これならばゆくゆくはハイヒールでだってダンジョンを踏破出来来そうだ。

そして歩きやすくなれば目的地はあっという間である。

この階層の階段は門番のモンスターに守られていた。

こういう形式はボスを倒さなければ先に進めない。

そして以前までの通路ではミチミチに詰まって歩くことが出来なさそうな巨大ブタがさっそくフロアの広さを生かしてボスとして立ちはだかった。

「ブオオオ……」

「こいつはまた丸々太ったものですわね……」

ゲームを思い返せばもう少し可愛げがあったはずだが相手の足元にいると、とてもそんな感想は出てこない。

ミリアリアはブタのタックルなんてどうってことはないなんて考えていたが、絶対修正が必要だった。

ＨＰが高く、持久戦を強いられるが攻撃パターンが単調であるがゆえに、ミスさえしなければそう危険な敵ではない。

ちょっとテクニカルな精霊術まで使えてしまった今日のミリアリアはフフンと鼻を鳴らした。

「手堅く行きましょうか！　さぁわたくしの華麗な技の数々を見せてさしあげましょう！　どこからでもかかって……」

余裕をかましていたところにズドンと、意表を突いた地ならし攻撃。

「キャン！」

地面が激しく揺れ、ミリアリアは尻もちをついた。

「……」

ああ、そういう攻撃パターンもあったか。失敗、失敗。

ミリアリアは服の埃を払ってスクリと立ち上がる。

ダメージもあったがそんなことより……ミリアリアの頭の中を塗り潰したのは激しい怒りだった。

「かっこ悪い真似をさせるんじゃありませんわ！　ゴロアドン!!」

「プギィ！」

手加減抜きの雷は、ブタをこんがり焼き上げた。

「うん。なるほど、なんも考えずにぶっ放せる属性術最高ですわ！　ちょっと見直しました！」

でも直撃のはずがシュウシュウ煙を上げながらブタは、まだ立っていた。

「ええ！」

「ブヒィ！」

嘶《いなな》くブタに戦意の衰えは微塵もない。

ミリアリアは鋭く相手を睨み据え、鉄扇を抜いた。

「タフなのはわかっていましたが、最高の術を喰らっても元気なのはショックですわね……」

少々気が緩みすぎていたかもしれない。

反省したミリアリアはその時、漂ってくる匂いを嗅いで、ハッとひらめいた。

そう言えば、今日は夜食を持ってくるのを忘れていた。

「……明日のおかずはとんかつですわね！」

ミリアリアは浮かぶ三個の鉄球に弾丸を叩き込んだ。


カラカラカラカラ……。

パン粉の揚がる音がとても心地よい。

ミリアリアは突発的にキッチンを占領して料理に励んでいた。

襲撃、食材の略奪、権力を振りかざしての職場の占拠はコックたちを嘆かせる。

そばでミリアリアを監視しているメアリーはミリアリアのそうした蛮行に完全に呆れていた。

「お嬢様……そんなに油を使ってしまって。食べ物で遊んではいけませんよ？」

「ちゃうでございますわよ、おばかちん。わたくしは今日、揚げ物を食べねば死ぬのです」

「また妙なことをおっしゃらないでください。そもそもなぜ料理など？　コックがまた泣きますよ？」

「残念ながら、もう豚肉を強奪して泣かせてしまったわ。後でトンカツを食べさせてあげましょう」

「はぁ……しかし大丈夫なんですかそれ？　すごい音がしてますが？」

「よくってよ。油も脂身から作った特製ですわ。おいしくないわけがありませんわ」

メアリーの心配をよそに、ミリアリアは静かに耳を澄まし、その時を待った。

よし食べ頃！

ミリアリアは見切り、神業的タイミングでトンカツを取り出す。

最高のきつね色をしたカツはすさまじい存在感で皿の上に盛られていた。

これぞ豚のうま味をすべて凝縮した、集大成。

キャベツとレモンを切って添え、ゴマたっぷりケチャップベースのなんちゃってトンカツソースを添えれば完成である。

「フッ。……また一つ素敵なモノをこの世に生み出してしまいましたわ。ではいただきましょう！」

どんと用意されたトンカツは、すでにミリアリアの胃袋を大いに刺激していた。

そしてメアリーの方からも先ほどから視線を感じていた。

「これは……おいしそうですね。悔しいですが」

「でしょう？」

メアリーの侍女としての沽券を保つためにも、よだれが垂れる前に食事を始めなければなるまい。

熱いうちに食べないと。わざわざ不味くして食べるなんて、この完成された芸術に対する冒瀆である。

ミリアリアが厚いカツに、ざっくりと歯を立てると極上のブタの油が口いっぱいに広がった。

言葉にならない歓喜がミリアリアの体を身悶えさせた。

うまいうまいとじたばたするミリアリアに、メアリーもゴクリと喉を鳴らす。

「えーっと。……私も食べて良いでしょうか？」

「あら？　わたくしの作る料理はお遊びで、不安なのではなくて？」

「もう……意地悪ですよミリアリア様」

せっかく揚げ物をするのだ、もちろんメアリーの分も作ってありますとも。

メアリーはミリアリアに差し出された皿を嬉しそうに受け取って、ミリアリアの真似をしてレモンを絞る。

軽い食感に仕上がった衣にメアリーが歯を立てるとザックリと小気味の良い音が響き、メアリーの瞳が見開かれた。

「〜〜こ、これは！　確かにおいしいですね！」

「でしょう！」

うむうむやはり、このうまさは格別だ。また一つ異世界の知識チートノルマを果たしてしまった。

脂質は大量にとってしまったけれど、ミリアリアが満足感に満たされていたその時である。

この試作料理に何か建設的なことを言おうとしたらしいメアリーはたどたどしく言った。

「ええっと……でも私はこのすっぱい汁は入れない方が良いと思います。それに飾りの葉っぱは、ぱりぱりした皮が湿ってしまうのでいらないのではないですか？」

バチッ！

カッカララン……っとメアリーの持っている銀のお盆に電撃が走った。

「何です!?　お盆に何の恨みがあるんですすミリアリア様!?」

「イエナンデモアリマセン……ケンセツテキナイケンアリガトウゴザイマスワ。……ちょっと火花が散ってしまっただけです」

いけないいけないちょっと雷が暴発してしまった。

なるほど、レモンとキャベツはダメと申すか。

ほほー、そんなこと言っちゃうのかメアリー。世界が世界なら戦争が始まっちゃいますわよ？

それはともかくミリアリアはコックのトムに出来上がったカツを持っていくと更に泣かれてしま

った、不思議と悲しそうではなかったが。
一体トンカツの何が彼の涙腺を刺激したのだろう？
きっとマスタードの効きすぎだとミリアリアは思った。

THE VILLAIN PRINCESS DIVES INTO THE LABYRINTH TODAY

第四章

悪役姫はイベントをこなす。

ミリアリアだって、ふと暇してしまう瞬間というモノはある。

具体的には長距離移動中の馬車の中でミリアリアは口寂しくなり、用意された乾燥した芋を食べた。

でも何で干し芋？　お姫様に差し入れるスイーツとしては若干色味に欠けないだろうか？

そうは思うが、考えてみると昔からこういうスイーツは多い。

まぁおいしいけど……今となってはいまいち納得出来ないミリアリアである。

そんな脳内問答を繰り返すのにも限界があり、ミリアリアは口を開いた。

「……退屈ですわね、メアリー。ちょっとそこで歌でも歌ってくださらない？」

「なんですか、その微妙な横暴は」

「それくらい退屈なんですわ。このままだと……もうわたくし自ら歌って踊るしかなくなりますわよ。……それはそれで楽しそうなのではないかしら？」

「馬車の中で踊らないでください。狭いんですから」

記憶が増えて割とフランクに付き合いはじめてからメアリーのツッコミが厳しい。

気軽で良いのだけれど、ちょっと寂しいミリアリアである。

現在馬車での移動中。目的地は祖父の屋敷というとてもレアなイベントである。

流石に遠出となると修行もお休みだった。

「でも、外はあんなに楽しそうなのに……」

「ミリアリア様？　あれは遊んでいるのではありません」

おや？　そうなのだろうか？

のどかな道をガタゴト進む馬車の外では、楽しそうに遊んでいる騎士達の声がミリアリアの耳に届いてきて、ミリアリアはひょっこり窓から顔を出す。

「ゼリーだ！　ゼリーが出たぞ！」

「馬車に近づけるな！」

ゼリー？

まず最初に頭に浮かんだのは夏場に食べるとってもおいしいフルーツ味のアレであった。

だがすぐに頭の中のモンスター図鑑が、それがモンスターの名前であると教えてくれる。

「……楽しそうですわね？」

「何を言うのです。ゼリーも立派なモンスターですよ？」

「……まぁそうなんですけど」

ミリアリアはもう一度それを見る。

鎧をつけたごっつい男達がバスケットボールくらいの緑のゼリーと確かに戦っていた。

ミリアリアはソッと視線を逸らして、思考を整理した。

そう言えばこの世界のモンスターのチョイスは女の子向けという関係上、スイーツをモデルにしたものが多かった。

それが実に手抜きな話で、ゼリーやプリン、パフェなどそのままの名前を付けられているモンスターも多い。

危険ですとか言われても、一見するとスイーツのお化けと騎士が戯れているようにしか今のミリアリアには見えないのだ。

「……なんというかおいしそうですわよね。あれ？」

「……え？　お嬢様……まさかそれはゼリーを見ておっしゃっているのですか？　さすがにおいしそうと思ったことはありませんが？」

「えぇ？　おいしそうでしょう？　プルプルしてて――」

あんなおいしそうな緑色で透明感のある色をしているのに？　そう考えた瞬間ハッとミリアリアは世界の真実にたどり着いてしまった。

実はミリアリアも薄々思っていたのだが、この世界はスイーツが少なすぎる。

メジャーどころは壊滅的で、現在のミリアリアの感性で言えばあまりに地味なものが多い気がしていたのだ。

単純に砂糖が貴重で菓子の類が発達していないだけだと思い込んでいたが……その答えがここにあるような気がしてならなかった。

つまりスイーツにそっくりのモンスターが存在する以上、それがおいしそうに結びつかないのだと。

ミリアリアはゾッと背中に寒気が走った。

考えてみれば当たり前である。

フルーツの汁を固める方法が見つかったとしよう。おいしいと思うんだけど、と相談すると返ってくる答えはこうだ。

「なんかゼリーっぽくて気持ち悪くない？　もうちょっと見た目何とかならないのか？」

「……！」

異世界の記憶がミリアリアの頭と感情をかき乱す。

つまりはスイーツが少ないのはあいつらのせいか!?

そんな結論が出るとおいしそうなんて感想が吹き飛んでしまった。

「……確かにそうですわ。わたくしが戦うことがあったら全存在をかけてアイツらを駆逐してあげますわ」

「お嬢様？　なんだかとってもおそろしいお顔をしていますが……そんなに唇を噛まれると切ってしまいますよ？　お嬢様？」

おおっといけない、ちょっと疑問が解けて殺意が噴き出てしまった。

暇というのは余計なことを考えすぎてしまう。

そしてまたモンスター繋がりで一つ余計なことを思い出した。

そう言えばミリアリアには幼少期にトラウマイベントがあったはずだ。

それはまだ起こっていない未来の出来事のはずだが、どこかへの旅行の途中、ミリアリアは強大なモンスターに襲われる。

その時にミリアリア自身も傷を負ってしまい、何日も静養することになったが、そんな時でも女王はミリアリアの様子を見に来ることもなく、ただでさえわがままだったミリアリアは愛を疑い、更に極悪に拗らせていく……確かそんな話だったはず。

確かにミリアリアの記憶の中でも数えるほどしか両親に会ったことはなく、もっぱらミリアリアの世話は使用人に任されていた。

これはしかしハミング王国の伝統によるところが大きい。

ハミング王国は女王の治める国なのだが、強く、自立した女王を育成すべく、王女達は城の敷地の中に離宮を与えられ、侍女達に囲まれて暮らす。

現女王のお母様も同じような環境で育っているのだから、責めるのも酷だろう。

ただ普通のチビッ子にそれで納得しろというのもまた酷な話なのだろう。

ミリアリアも色々と変わった知識を得なければ例に漏れなかったというだけだった。

「……いつ起こるのかしらイベント?」

ミリアリアはぼんやり呟く。

大抵ゲームのイベント戦闘というやつは、負ける前提だと敵がめちゃくちゃ強いものなのだ。

だがぶっちゃけイベントが起こるタイミングなんてわかるはずもない。

出かけることはまぁ頻繁にではないにしてもあるし、モンスターは出る時は出るものなのだ。

いつかはやって来るのだろうけど、それまでにはもうちょっと強くなっておきたいものだとミリアリアは思った。

ただミリアリアとしてはいつ来るか予想出来ないイベントよりも、確実に訪れるイベントの方が気になる。

例えば今この馬車は自分の祖父に当たる人の屋敷に向かっているのだから、そちらに気を使うべきなのは間違いなかった。

「おじい様にお土産とか必要なかったかしら？」

「そう言ったものはこちらで用意していますので……」

「でもなにか、そう、味気ないですわ」

退屈なこともあって、聞いても意味のないことを口にするミリアリアだったが、その時大きな物音にメアリーの言葉が遮られた。

「敵襲！　モンスターだ！」

「隊列を組め！」

おおっとまた来ましたわ。

今度は馬車が止まり、メアリーが真剣な表情でミリアリアの側に移動する。

「ホーンベアだ！　でかいぞ！」

そんな声にミリアリアは反応した。

「ホーンベアですって!?　ちょっとお待ちなさい！」

「ミリアリア様!?」

ミリアリアは馬車の扉を蹴り破って外に飛び出した。

そこには森の木々をへし折って出て来た体長五メートルはありそうな角の生えた黒いクマが、ジッとミリアリア達を見ていた。

「あ……ああ、ミリアリア様」

メアリーの聞いたこともないような絶望の声が妙に耳に残る。

そしてミリアリアもまた……頭の中の記憶がすさまじい勢いでメッセージを伝えていた。

ホーンベア。

中級クラスのモンスター。タフでパワーがあるが精霊術は使わない。

肉は若干硬めだが絶品。右手が甘くておいしい、蜂蜜風味。

毛皮を一部愛好家が高額で取引している。毛皮の傷が少なければ少ないほど良く、頭の角が無傷ならより高額。

そしてダンジョン以外のモンスターは倒しても消えない。

つまり――――隅から隅まで極上のお土産である。

それがわかればミリアリアの行動は早かった
「騎士達！　いったん後退なさい！　毛皮を傷つけるんじゃありませんわよ！」

ミリアリアは大慌てで叫んだ。

ミリアリアの声は甲高く、よく通る。

ホーンベアはギロリとこちらを睨み、警護の騎士達は血相を変えた。

「なぜ姫様を外に出した！」

「何が何でも止めろ！」

ずいぶん取り乱しているようだが、毛皮を傷つけるなと言っているのに剣を構えるとは、指示を聞き逃すのはいただけない。

ミリアリアはまっすぐホーンベアを眺めて、ペロリと赤い唇を舐めた。

慌てふためいて狼狽えるなんて品がない。

こういう時こそ落ち着いて、優雅に最大の成果を上げるのが、美しい強者の余裕というものだ。

「おどきなさいな」

「え？」

ミリアリアは剣を構えてモンスターに襲い掛かろうとした命令違反者をザッと目視で確認して術を発動。騎士達を拘束したのは、それぞれの影から生えた触手だった。

「「「うわあああ！！！」」」

新開発、影から飛び出す触手くんである。

そうしてミリアリアはホーンベアの動きさえ触手でガッチリと拘束して、これ以上暴れて傷つくのを防ぐため押さえつけた。

お土産ゲットである。拘束する術を作っておいて良かったとミリアリアは鼻の穴を膨らませる。

実戦で使うのは初めてだが成果は上々だと言えた。

ミリアリアはきっちりと動きを止めたホーンベアの体をザッと眺めて、出来る限り一撃で仕留めるよう愛用の鉄球を転送し、構えた。

「初めまして。ではごきげんよう――――ファイア！」

ニッコリ笑ってズドンと心臓を狙えば狩りは終了である。

「……素晴らしいですわ。これでおじい様への良いお土産が出来ましたわね♪」

ミリアリアは上機嫌で振り向く。

するとものすごい雰囲気の自分の従者達がいて、ミリアリアは首を傾げた。

そしてこの空気の原因を思い返して、ああと手を打った。

「お仕事の邪魔をしてごめんなさい。おじい様へのお土産を用意出来ないか考えていたものだから、この毛皮と肉が欲しくって。もちろん運搬はわたくしも手伝いますわよ？」

「そういうことじゃないです！」

「じゃあ何ですの？」

騎士団長のレミントンがキレの良いツッコミを披露していたが、一仕事終わったのだから喜べば良いだろうに？

獲物を狩ったその時が、ハンターの至福のひと時である。

だがこの時ミリアリアは完全に忘れていた。

自分がハンターではなくお姫様だということを。

そしてレッスンでさんざん実力を披露した気になっていたが、実戦のそれとは全く意味合いが違うということをである。

全員が呆ける中、ミリアリアだけが仕留めた獲物の大きさに小躍りしていた。

よしよし、向こうからお土産がやって来てくれるとは幸先が良い。

危険なイベントもこれくらい順調なら良いのにとぼやきながら、ミリアリアは適当な馬車の天井に仕留めたホーンベアを術で括り付けた。

大きなお土産を馬車に乗せ、ミリアリア一行は旅路を急ぐ。

今回招かれたミリアリアの祖父の住む屋敷は、端的に言えば田舎である。

政治に深入り出来ないが、失礼にならない程度には王都に近いそんな場所にミリアリアは何度か訪れたことがあった。

作中ではスチルすらないが、快く出迎えてくれたロマンスグレイでナイスミドルな祖父の顔にミリアリアはミリアリアとして見覚えがあった。

同じ色の赤い瞳を見れば、その血の繫がりを強く感じることが出来る。

久しぶりに訪れた孫と祖父という構図。

ここはもしかしなくとも、かわいい孫力の見せ所であった。

「おじい様！　本日はお招きいただきありがとうございますわ！」

「おお！　よく来たな！　ミリアリア！」

祖父のシンバルに、ミリアリアはにこやかに挨拶し、スカートの裾をちょっぴりつまんでご挨拶。

そんなミリアリアを見たシンバルは笑みを深めて、頭を撫でた。

「うむ、無事で良かった。しかし少し遅かったのではないか？」

「ええおじい様。少しトラブルがありまして。でもおじい様に良いお土産も手に入りましたし、充実した旅程でしたわ！」

「ほう！　わしに土産を！　なんという……！　そうかそうか。いったい何を持ってきてくれたのかな？」

目頭を押さえて震えるシンバルにミリアリアはさっそくとっておきのお土産を紹介することにした。

その時なぜかミリアリアの従者達の表情が一斉に緊張した。

「はい！　クマ（野生の）ですわ！　良いクマを見つけたので是非おじい様にと思いまして！」

「クマ（ぬいぐるみ）かね？　……うーん。そうか！　ありがとうな！　そのクマはどのようなものなのだね？」

「はい！　とても大きくて侍女のメアリーも驚いていたので、きっとおじい様も驚いてくださるのではないかと思いますわ！」

「そうかそうか……大きいのか。そのクマはどこに置こうかな？　お前の部屋でも溢れてしまうのではないかね？」

「……え？　わたくしの部屋だなんて無理ですわ。玄関か居間にでも置いてくださいな。あとは夕食に一品添えるのがおすすめですわね！」

「…………夕食？　夕食にクマ（ぬいぐるみ？）を出すのか？」

「やっぱりおかしいかしら？　でもクマ（野生）は珍味と聞いたことがあるのですわ」

「チンミ？　クマの名前か？」

「いえ、だから食べるのですよクマを。珍しい味だそうです」

　ここまでで、ようやく意味が読まれぬままに進む会話に疑問の余地が生まれる。

　言葉に詰まったシンバルは、ミリアリア以外に視線を向けた。

「う、うーむ？　……食べられはしないと……思うのだが。すまぬが侍女よ。ミリアリアの言うクマとはどのようなものなのだ？」

　指名を受けたメアリーはものすごく引きつった笑みを浮かべ、しかし職業意識に従って、簡潔に説明した。

「それは……巨大なホーンベアです」

「わたくしが仕留めたんですわ！」

　ミリアリアはようやく会話が通じたかと腰に手を当てて、力強く主張した。

　ハンティングが殿方の娯楽で、獲物の大きさはステータスだということをミリアリアは知っているのだ。無垢な孫として、ここは自慢するところである。

「おう？　そうか……ん？」

　一方でシンバルの方は聞いてもなお、いまいちミリアリアの説明を飲み込めなかったようで、首を傾げていた。

「なんだかよくわからんな。そのクマとやらを見せてみよ」

「最後尾の馬車の上です！　布を被せてあるからすぐわかりますわ！」

　シンバルはミリアリアの言葉に従い、馬車の最後尾にやって来る。

「これですわ！」

そして恐ろしく大きな布が被せられた馬車を見上げて、シンバルは目を瞬かせていた。

「う、うむ……これがクマ？　おい、布を取れ」

「こ、ここで……ですか？　大丈夫なのですか？」

「大丈夫？　なにがだ？　いいから早く取りなさい」

「はっ！　失礼しました！」

動揺している騎士達に命じて布を取り払ったシンバルはそれを見た瞬間、顔を強張らせてミリアリアを見た。

「これを……ミリアリアが仕留めたと？」

「一発でズドンですわ！　ミリアリアは今精霊術のお勉強をしていますの！」

ミリアリアが記憶をたどった所、一般的なホーンベアのサイズの三倍は大きい大物である。

毛皮は敷物にするのも良し、角は素材でも売れるはず。

おいしいと噂の手の肉など食べてみるのも良いかと思う。

ワクワクと祖父の言葉を待っていたミリアリアは、その顔色が真っ青なことに気が付いた。

「これが……襲ってきたのか？」

「はい！　見事返り討ちですわ！」

ミリアリアが断言すると、ふぅと祖父は気絶して崩れ落ちた。

「おじい様!?」

そう言えば祖父は武門の出とかではなかったことをミリアリアは遅ればせながら思い出していた。

○月×日

到着早々トラブルの連続でしたが、せっかくのバカンスをエンジョイしました。

おじい様との団らんも、いつもと比べれば退屈だとかそういうことを言わなかった分、円滑だったのは間違いないでしょう。

団らんと言えばおじい様と森の散策中、木々が密集した場所は管理が行き届いていない森なのでモンスターがたまりやすく危険だという話を聞きました。

流石はおじい様、確かにゼリーが森の暗がりから大量に襲い掛かってくるというハプニングが起こって大変でした。

不意打ちとかマジありえないです。靴が汚れました。

それにこの世界の真理の関係でちょっぴり怒髪天を突いたので、闇精霊術で叩き潰してやりました。

森はそりゃあもう景気よく木がへし折れて日当たりが良くなったので良かったと思います。

一人で来ることがあれば出来る限り暗いところに突っ込んで、木々ごと薙ぎ払ってやろうと思いました。

「ふぅ……こんなものですわね！」

本日のミリアリアちゃん最強育成日誌を書き上げたミリアリアは満足げにペンを置いた。

ダンジョン攻略も勉強時間もなかったが実に有意義な休日である。

「低レベル帯のモンスターとも戦えましたし、かわいい孫アピールも完ぺきですわね」

そして今回ミリアリアはかなり自重なく戦い、自分の実力を示せたと自負していた。

「こういう時、実力を示すことで、原作をなぞらないことで生まれる微妙なアクシデントフラグを一掃出来るという寸法ですわ！　まさに王者の振舞。最高ですわね！」

誰しも強そうな相手に好き好んで喧嘩は売らないに違いないという、野獣スタイルのトラブル回避術だった。

「んー。どうにも道を踏み外している気がしますが、仕方ありません！　なにせこの世界はＲＰＧですからね！」

忘れそうになるが、そういうことである。

さて楽しい思い出が胸いっぱい溜まって満足したミリアリアは、とても心地よい気分でベッドにもぐり込んだ。


だが、同じく屋敷の一室。

屋敷の主、ミリアリアの祖父であるシンバルの書斎では、ミリアリアとは対照的な重苦しい空気が立ち込めていた。

その原因はわざわざ夜中に呼び出された侍女のメアリーと騎士団長のレミントンである。

そして眉間に大きく皺を刻んだシンバルは手を固く組み、二人を椅子に座って待ち受けていた。

「……お前達」

「「は、はい！」」

「申し訳ないが……少し聞きたいことがある」

呼び出された二人はビクッと体を強張らせた。

ふうーと長めに息をついたシンバルは、呼び出した二人にたっぷりと間をおいてから問うた。

「なぁ……お前達。ミリアリアは……アレはなんというかヤバくないか？」

「……ヤバくないです」

「……ヤバくないです」

ブルブル首を振る侍女と騎士。

シンバルの疑惑は深まった。

「本当か？　ちょっとメアリーとやら？　怒らないから思うところを言ってみなさい」

続いてピンポイントで侍女の方に尋ねると、メアリーはビクリと身を強張らせ、答えた。

「いえ……その、少々気難しいところが多かったミリアリア様も、最近はお勉強にも精力的にお取り組みになって、王女にふさわしい成長を……」

「王女にふさわしい？　いや確かに前に会ったミリアリアはわがままなところもあったが、前の方がまだ常識的だった気が……いや可愛いよ？　つまらなそうなふくれっ面じゃない孫は、かわいかったよ。気遣いも出来て、確かに成長は感じた。でもなんだね？　あの精霊術の威力は？」

「そ、その。精霊術の上達っぷりは天才的だというお話は聞いております。ミリアリア様も精霊術のレッスンは特に頑張っているとおっしゃっていましたが」

「……うん。特に頑張っているのは間違いなさそうだね。でもあれはー……天才とかそんな言葉で済ませて良いの？　森、穴になっちゃったんだが？　モグラの穴みたいなのじゃないぞ？　地形が変わっちゃったんだぞ？　レッスンとやらで教えているとでも？」

そこ大事なところだぞとシンバルが語気を強めると侍女の視線はとうとう逸らされた。

「……教えていないと思います」

「そうだろうとも。だがまぁ良い。精霊術が強い分には。女王の資質に求められるところだよ。我が妻も、娘も皆も知っての通りすごかったよ。……しかしあの年齢でモンスターをああもたやすく倒すのは……その、どうなんだ？　余った奴は何なら踏み潰していたんだぞ？　……どうなんだ？ん？　レミントン？」

なんだか見たこともない武器を操り、恐ろしい威力でたやすくモンスターを屠る孫はプリティながらもおっかなかった。

そこのところどうなのだとシンバルが騎士に尋ねると、彼も戸惑い気味だった。

「……いえ、その。ミリアリア様は、護身術を身につけたいと武具全般の扱い方も学んでおられますが……とても筋が良いというお話だけは聞いております」

「筋が良いで済むのか？　お前が教えているのか？」

「いえ……その、うちの副団長です」

「おまえんとこの副団長、伝説の勇者とかじゃないよな？」

「ち、違うと思います」

「そうだよな？　じゃあなんでミリアリアはあんなことに？　何か知らないのか？」

「いえ……」

「その……」

どうやら二人は、本当にあのミリアリアの戦闘能力の秘密は知らないらしい。

だが戦闘能力に限った話ではなく、今のミリアリアはシンバルの知るミリアリアとかなり違っていた。

あの子は頭は良かったが、もっと手のかかる子供だった気がする。

しかしまるで変ったのかと言えばそうでもなく、見た目は間違いなくかわいらしい孫で、やり取りすれば共通した思い出も確かにある。

そして性格の変化も……前の印象がまるでなくなったわけではなく、何かがきっかけでより明るくなったということはわかるのだ。

シンバルは頭を抱えた。

「……そうなのだ、何かがきっかけで変わった感じだ。何か大きな問題が解決したような明るさだった。あの子は難しい子なのだ。この国の女王は強い光属性の素養を持つ者が代々続いていた。生まれ持った属性と立場のせいでこの先苦しむことは多いだろうと思っていた」

「……」

「……」

「だから私は多少甘やかしてでも、居場所を作りたいと……そう思っていたのだ。あの子が自力で頑張り、精神的に成長したというのなら……それは素晴らしいことだ」

「はい」

「おっしゃる通りです」

シンバルは思いのたけを漏らしながら重々しく頷いた。

侍女と騎士も同感なのか、力強く頷いて同意する。

この二人も常識的な大人なんだろうとシンバルは思う。

「うむ。確かにミリアリアは頑張ったのだろう。自分で考えた武器を作って非力を補い。闇という属性さえも受け入れて精進している。その結果あんなにすごい精霊術を使えるようになったんだとしたら……それもまた素晴らしいことだな?」

「おっしゃる通りです！」

「全くその通りだと思います！」

「でもあの威力は……なんというか……ヤバいよな？」

「「ヤバいです」」

「やっぱりお前達もそう思ってるんじゃないか!?」

シンバルが声を荒らげると侍女と騎士は心底困り顔で頭を下げた。

「申し訳ございません！　ですが精霊術が強いことが悪いことではありませんので！」

「文武両道も責められるようなものでは！」

「……それは……そうなんだけどな？　だが物には限度というものがあるだろう？　お前達理由はわからんのか本当に？」

「……わかりません」

「……皆目見当がつきません」

「そんなわけあるか？　なんかこう……人間を改造する邪法とかそういうのに手を出してたりはしていないよな？　な？」

「してないですよ！」

「なんてこと言うのですか！」

「だって！　おかしいだろ!?」

大人達の夜は長い。

その日、中々喧騒が途切れることはなかった。

おじい様との田舎生活を終えて、ミリアリアは城に帰って来た。

後は土産話でも語っていつもの日常に戻るものだとばかり思っていたのに、その予想は外れた。

ガッツリ寝ようと思っていたミリアリアは、大慌てのメアリーからその知らせを聞いた。

「え？　お母様が呼んでいるって？　なんでまた急に？」

死にかけても会いに来なかったから、捻くれるんじゃなかったっけ？

わたくしの願い叶っちゃったじゃんとミリアリアは混乱した。

では死にかけるより大変なこととは何だとかなり怖くもなってきたミリアリアに、メアリーは気まずそうに言った。

「……いえ、それは。やはり今回の旅行が原因ではないかと」

「えー。なにも心当たりはありませんわよね？」

本気でわからないと答えたミリアリアに、メアリーは肩をすくめてため息をついた。


彼女は神々しい光そのもののようだったと、ミリアリアは後日証言した。

それは心の問題だけでは決してない。

彼女と出会った人間は口をそろえて言うセリフだったが、ミリアリアもまた例外にはなれなかったようである。

「よく来た。ミリアリアよ」

「……お久しぶりです。女王陛下」

謁見の間は精霊の気配に満ちた、とても厳かな場所だとミリアリアは感じた。

大きなステンドグラスから差し込む光は、玉座に座る王を祝福するように照らし、輝くような黄金の髪の女王が黄金の瞳で自分を見ていた。

驚くほどに美しい相貌からの品定めするような視線は幼女には少々つらいプレッシャーだ。

「楽にしなさい」

そう言われた瞬間、逆に強張るミリアリアだった。

「はい……ありがとうございます」

「ふむ、なるほど……精霊の気配が濃い。その身に宿す力はよく育っているようだ」

お礼はかろうじて言えたものの、その後が続かなかった。

自分にはこの人の前で楽にすることすら難しいらしい。

だが黙ったら黙ったで視線が痛い。

ジッと自分の方を見る女王に、ミリアリアは恐る恐る尋ねた。

「その……此度はどのような御用でしょうか?」

「うむ。実はお父様から連絡が届いた。お前を私自らの目で一度見定めた方が良いのではないかというのでな」

「おじい様が!?」

お母様に直接忠告とは、おじい様もやってくれる。

やっぱり狩りのモンスターを横取りして根に持たれていたのかもしれない。

くそう。おじい様め。もうクマの右手とかあげないんだから。

ミリアリアはまだ記憶に新しい祖父の顔を思い浮かべて、怒りの念を送っておいた。

お母様。女王クリスタニア＝ハミングは、史上最も光の精霊に愛された女王だと言われている。

そんな女王が玉座から立ち上がって、いきなりミリアリアに向かって強い光の精霊力を解き放った。

言ってしまえば戦闘直前のような状態で感じる圧は相当なもので、護衛すらも圧倒されていた。

だがミリアリアは圧の中、ジッと女王の目を見る。

圧倒されるものは確かに感じるが耐えられないほどではない。ただ、女王が何を考えているのかミリアリアにはいまいちわからなかった。

「……ほう。確かにこれは子供とは思えない」

「お母様？」

「お母様ではない。女王と呼ぶように」

「すみません！」

いけない、いけない。つい咄嗟に普通の呼び方をしてしまった。

ミリアリアが即謝るとなぜか圧は止み、女王は不思議とわずかに狼狽えて、咳払いをしていた。

「いや……よろしい。優秀だとは聞いていたが中々面白い成長をしているようだ。此度そなたが仕留めたホーンベアはどうであった？」

ただ続いた話題に関しては、ミリアリアは咄嗟に一つの答えしか思い浮かばなかった。

「はい！　おいしかったです！」

ミリアリアが元気に答えると、女王の目は点になる。

そしてミリアリアも驚いたのだが次の瞬間女王は笑っていた。

「フッ！　フフッ……そ、そうか、おいしかったか。よく食べ、よく育つと良い。ところで、お前の倒したホーンベアは通常のものの三倍ほどに育った大物で、すでに被害報告もあった強力なモンスターなのだそうだ。知っていたか？」

「仕留めた時は知りませんでしたわ。確かに大きかったです。ですがさして強いとも思いませんでしたわ」

「そうか……。お前の護衛騎士からは、アレを仕留めるには、戦力が足りなかったと聞いている」

「謙遜が過ぎますわ。適切に精霊術を使えば対処出来る相手です」

実際ミリアリアには瞬殺出来たのだ。

それにレベルはともかく騎士の数はゲーム内でのパーティの上限数を超えていた。

遠出したとはいえ、ダンジョンでもなく街道に出てくるモンスターに城の精鋭である騎士達が後れを取るようなことはないとミリアリアとしては信じたいものである。

「ほぅ……まぁよいか。現物があるのだ。お前がいかに謙遜しようと報告通り、相応の褒賞を与えよう」

だが予想もしていなかった事態に、ミリアリアは困惑してしまった。

「褒賞ですか？」

「そうだとも。好きなものを言ってみるとよい」

素っ頓狂な声を出してしまったが、突然の申し出はミリアリアの胸をときめかせた。

自由に使える立派なキッチン……とか言ったらさすがにまずいか。

なら無難にお金か？　いや、すでに好きに出来る金銭はもらえている。

それに今となってはダンジョン攻略アイテムをそのうちお金に換えるのが楽しみなくらいで、この局面で軽率に現金を要求するのもどうかと思う。

ならばドレスや装飾品……。

そこまで考えて、ミリアリアには一つ思い浮かんだものがあった。

ミリアリアは一瞬で思考を巡らせて、恭《うやうや》しく頭を下げると願いを口にした。

「では……ブラックダイヤモンドをいただけませんか？」

「ほう。装飾品か？」

「はい。ブラックダイヤモンドです。可能であれば賜りたいですわ」

「ふむ……」

女王様の値踏みするような目が落ち着かない。

そしてどこかその視線には落胆のようなものがあることをミリアリアは察することが出来た。

「……良いだろう。ブラックダイヤモンドだな。最高品質のものを用意が出来次第お前に与えよう」

「はい。ありがとうございます」

「理由を問おうか。――なぜ、ブラックダイヤなのだ？」

純粋に疑問に思った風に尋ねられ、ミリアリアは顔を上げる。

色々と理由はあるが、ミリアリアにとってそれはとても大切なことだった。

「そうですわね……ゆくゆくは必要になると考えているからですわ」

「なぜ？」

「この闇色の髪に似合う装飾品だからですよ。女王陛下から賜れるというのならこれ以上の喜びはありませんわ」

「――ほう」

女王は目を細める。

まぁ咄嗟に出てきた返事は自身の闇という評判の悪い属性をつついたちょっぴりデリケートな問題だった。髪の色は属性の色を反映しやすいのだ。

何でこんな属性に産みやがったんだという皮肉と取られてもおかしくないセリフに空気がピリリと張り詰めた。

しかしミリアリアは構わず続けた。

「わたくしは美しさに憧れがあります。しかし最近悟ったのですが、己を偽るのは一番美しくありません。わたくしはわたくしの美しい人生を飾るにふさわしい輝きを欲しているだけですわ」

そう言った時の女王は完全に驚いていた。

そしてその上でニヤリと感情を乗せて口元で笑う女王の顔は、毎日見ている自分の顔と少しだけ似ていた気がした。

「……良かろう。今後お前がどのように美しく己を磨き上げるのか。私はゆっくりと待つとしよう」

「ええ。きっと楽しくなりますわ」

微笑む二人のやり取りは、親子の語らいというには迫力が過ぎて、周囲の家臣一同は終始顔を青くしていた。

「……」

ミリアリアが退出した後、女王クリスタニアは軽くため息をついた。

これはどう判断したものか？

前に見た時はもっと子供らしかったと思ったが、この数年で何があったのか妙に大人びた気がする。

そして何より、自分の気迫に動じない子供というのは中々のものだとクリスタニアは評価した。

確かに父上が慌てて連絡をよこした理由もわかる。だが褒賞で望んだのは装飾品……。これは今までの報告書から感じ取った、優秀だがわがままな子供のミリアリアの印象に近い。

だがその後のセリフは、思い切りが良いというだけでは一蹴出来ないものだった。

この国は良くも悪くも初代女王の得意属性が光だったことから、光属性を特別視する傾向にある。そして一部以外には秘匿された話であるが、その初代女王が闇の精霊神を封じ込めたという逸話から、闇の属性を忌み嫌う悪習もまた存在した。

ただこの二つの属性は相反するもののようでとても近い性質なのか王家には闇の属性の者が生まれることがあった。

闇属性を色濃く受け継いだミリアリアは多くの苦難にさらされたことだろう。

先ほどの発言はクリスタニアに対する皮肉とも、今後生来受け取ったものと共に歩むという決意表明ともとれる。

色々な意味で腹が据わったものだった。

子供特有の蛮勇なのか、それとも何か思惑があっての態度なのか。

どちらにしてもクリスタニアは面白いと感じた。

そのくらいの反骨心など王位を獲るというのなら、基本でしかない。

闇を抱いたまま頂点に上り詰めるなら、常識など鼻で笑ってみせるほどの圧倒的な力が必要となる。

「……さて、玉座までたどり着くのはどのような者になるか」

先が楽しみだと、いつの間にか笑っていたクリスタニアはすぐに表情を引き締め、公務へと戻っていった。

第五章

悪役姫はレベルアップに勤しむ。

謁見の間を後にしたミリアリアは久しぶりに遭遇した緊急イベントを無事乗り越えて、自室でほっと息をついた。

そしてその成果を、侍女へ報告した。

「お母様におねだりしてしまいましたわ。テヘ」

ガランと銀のお盆を取り落とすメアリーは顔色が真っ青だ。

そんなに怖いかお母様。ミリアリアはお盆を落とす前にメアリーが用意してくれていた冷たい飲み物を確保して間を置くと、メアリーの方も落ち着きを取り戻したようだった。

「……大丈夫なんですか？　ものすごく不安に駆られるのですが？」

「大丈夫でしょう？　貴女のお盆はもう大丈夫ではなさそうだけれど。まぁ、いつもの浪費と大差ないと……思いますわ？」

「浪費という自覚はあったのですね」

「必要経費だとは思っていますわよ？　社交界だって立派なお勉強ですわ。比重がおかしかっただけです」

妙なところに反応してジト目のメアリーである。

だがしかし、余計なこともしてしまったような気はするが、おおむね最大の成果を得られたのではないかとミリアリアは自負していた。

ブラックダイヤモンドはゲーム中では闇属性の精霊術を強化する装飾品で、最も強力な倍率のアイテムである。

闇属性のキャラ自体が少なかったゲーム中では、半分くらいコレクションアイテムだったが、今のミリアリアには喉から手が出るほど欲しい最重要アイテムなのだ。

本来であれば終盤のダンジョンの宝箱で一個だけ手に入るアイテムだったが、ものが宝石なのだから手に入れる手段がそれだけとも思えない。

そこに転がり込んで来た、女王の褒賞である。

いかなレアアイテムと言えど、流石に女王様に頼めば手に入るはずだ。

勝ちの確定しているプレゼントを想像して、ミリアリアはかわいい笑顔で答えた。

「なんかこの間倒したクマがすごいモンスターだったんですって。ラッキーですわね！」

「幸運は幸運なんですが……あんなモンスターに襲われて無事で済むのがおかしいんです。本来は命拾いしたんですよ？　わかっていますかミリアリア様」

「あー……わかっていますわよ。被害がなくって喜ばしいですわね」

「反省してないでしょ？　ミリアリア様？」

「……どこに反省する必要が？　倒せるものはサクッと倒せばよいのですわ」

本音をこぼしミリアリアは口を尖らせる。

あんなモンスター程度にビビってなんている場合じゃない。

例えば、クリスタニア女王なんてレベル帯は80台だった気がする。あのクマなんてデコピンでも倒せるお人なのだ。

「というか、あのクマより、お母様の方が断然強くありません？　わたくしだってお母様が森から出てきたら全力で戦闘回避ですわよ？　場合によってはわたくしの首でもあっという間にちょんぱですわ、あの女王。マジヤバですわ」

「シー！　お嬢っ様！　シー！　不敬すぎて死人が出ますよ！」

「大げさな。我らが女王陛下はそんなちっさい方ではありませんわ。これでも尊敬しているのです。歴代屈指の女王ですわ」

それは偽らざる本音で、ミリアリアは力を込めた。

クリスタリア女王は厳格で最強で、国を導くまさに王だった。

それに比べて少なくとも作中のミリアリアはわがまま横暴が服を着て歩いている、国を傾ける毒婦だったし、主人公にしても恋愛脳のゆるふわ系で決めるところで決めるものの根本的に甘々だった。

少なくともミリアリアに女王の資質はない。記憶の影響か、あれだけ拘《こだわ》っていた女王という地位には全く興味はなくなってしまった。

まぁオールバッドエンドの結末をすべて知っていて資質があるとはミリアリアにはとても言えなかった。

ゲームの中では、ミリアリアとライラの二人が女王候補として名前が挙がっていたが、そのどっちが女王の後を継いだとしても、あの人以上の女王になれたかと言えば絶望的としか思えない。

気が付けばミリアリアは妙にニヒルな笑みを浮かべて、この世の無常さを憂いていた。

「まぁ……ままならないものですわよね。お母様もっと子作りに励めば良いのに」

「ふっけーい！　ちょっとミリアリア様いい加減にしてください！　ここだって離れとはいえ城の敷地なんですよ！」

「いっけね。そうでしたわね。ゴメンゴメン。しかし面倒なことになりそうですわ」

「……そうなんですか？　なんだかノリが軽いですが？」

「ええ。ひょっとするとメアリーも再就職先を探した方が良いかもしれませんわ？」

「やっぱり何かしたんじゃないですか!?」

「そんな泣きそうな顔をしなくても、大丈夫。いざとなったらメアリーの口利きくらいしてあげますわ」

「ミリアリア様!?」

ミリアリアは必死の形相のメアリーに苦笑いを浮かべる。

そりゃあ、まぁ突然呼び出されたらボロの一つも出ると思う。

ミリアリアは、これでも一応お子様なのだ。


さてお気楽なことを言ったが、内心ミリアリアはとても焦っていた。

改めて考えてみても、今回の突発的に起こった母とのイベントはよろしくない。

いやミリアリアとしては、喜ぶべき大事件なのであるが、自分の対応を思い返して、ミリアリアはやはり肩を落とした。

そりゃあ原作通りに進めるつもりがないのだから、何か想定外のトラブルが起こることは予想していた。

しかしよりにもよって自分より強い女王であるお母様が違和感を覚えたことは、ミリアリアの死活問題にも繋がりかねなかった。

親子の前に女王様だ、いざとなれば容赦はすまい。

まして禁忌に等しい秘密のダンジョンにこっそり侵入していたことがバレたらどんな反応をされるのか、正直ミリアリアには予想がつかなかった。

「もとより監視はされていたんでしょうけど、強化されたりしたら厄介ですわ……」

だが考えたところで対策らしい対策が思いつかないのが何より問題だった。

「そうですわね……そろそろ、コソコソやっている場合ではないかもしれませんわ。結局見つからないうちに必要なことを全部済ませてしまうしかないんですわよね」

幸い旅行明けで三日ほどはスケジュールが空いている。

ならば、ここらで一つ短期集中特訓の始まりとしようとミリアリアは決意した。

「じゃあ、用事も終わったし……メアリー、わたくしそろそろちょっと出かけてきますわね」

「え？　どこに行かれるんですか？」

流石に見咎められたが、ミリアリアは笑ってごまかした。

「ちょっとよちょっと！　ちょっとだけですわ！　何とかごまかしておいてねメアリー？」

「ごまか……！　ちょ！　ミリアリア様!?」

メアリーの悲鳴に近い叫びなんて聞こえなかった。

シュンと一瞬でミリアリアの視界が切り替わる。

そこはテレポートによってやって来た、隠しダンジョン前だ。

やはり転移出来る距離はレベルアップで伸びている。

となれば今後はもっと便利に使えそうだった。

「さてさて。色々と検証が必要のようですわね」

とにかく何があっても大丈夫なように、レベルは上げておかなければならない。

さもなければラスボスとして討伐されるしかないゲーム内の運命に抗うことさえ出来ないだろう。

「どこまで強くなれるかはわかりませんが、……最低限レベルさえ上げてしまえばどこででもやっていけるはずです！　短期集中特訓スタートですわ！」

実はミリアリアは前々から思っていたのだ、夜な夜な短時間潜るのでは効率が悪いと。

いつかはやろうと思っていたが、三日くらい集中して潜れば、ゲーム的には相当なやりこみである。

「確か……十五階層で良いレベリング場所があった気がしますわね。そこでレベル上げをしながら、もう一段上の戦い方のスタイルを確立しましょう」

色々と出来るようになってきて、工夫が楽しくなってきたところだ。

ミリアリアは最効率を求めてダンジョン探索へ向かった。

さて地下十五階層が他の階層と違うところは、レベル上げに最適な経験値の多いモンスターが出る、その一点である。

「メタルプリンプリン……これですわ！」

ミリアリアの次の狙いはすでに決まっていた。

スイーツ系モンスター、その上位種は名前のままプリンに顔があるタイプのマスコット枠だが、経験値の量が半端じゃないことで有名だった。

遭遇率の低いレアなモンスターだが、多少苦労してでも倒す価値がある。

そしてこのモンスターにはもう一つ集中して狩る利点があるのだ。

「光姫のコンチェルト」において、キャラクターの最後の武器は店にアイテムを持ち込む鍛冶によって作られる。

そして最終武器すべてに使える特殊金属素材をこのメタルプリンプリンが落とすのである。

他にも三十五階層のキングメタルプリンプリン。

四十九階層のゴールデンメタルプリンプリンが落とすことがわかっているが、こいつらはとにかく更に輪をかけて出てこない。

アイテムを狙うなら回転率重視でこのメタルプリンプリンを狙うのがうまいというのが定説である。経験値も大量に手に入れられる一石二鳥の方法だった。

「その名も精霊鋼でしたか。わたくしの専用装備を作れるのか……はわかりませんが入手出来ればカチカクですわね！」

そもそもゲーム中でミリアリアは仲間にならないので専用最強装備があるのかどうか疑わしいが、良い金属には違いない。

鍛冶屋の知り合いもいることだし、ダメならダメで何か出来るものを作ってもらうのも楽しそうだった。

「まぁなんにせよ回転数の問題ですわね！　さぁがんばりますわよ！」

ミリアリアの心の片隅にいる、ゲーマーの記憶にも火が付く。

とにかく十五階層をアホほどグルグル回ってプリンをプリンプリンしまくる作業を始めねばならない。

だがミリアリアはまだ本当の意味で気が付いてはいなかった。

ゲームならまだしも、現実の周回作業など修羅の道でしかないことを。

聖水を駆使してなるべく戦闘を回避。

宝箱も無視してストレートに目的地を目指し、そう時間もかからずミリアリアは十五階層にたどり着いた。

十五階層は通路が長く、とても広い迷路のようなフロアであった。

そんなフロアの一番長い外周を延々と回り続けるのが、メタルプリンプリン狩りの基本スタイルである。

その姿はまさにマラソンのようで、リアルでやると体力の限界を試されそうだが、それとは別にもう一つ解決すべき問題があった。

「奴を倒すのに遠距離攻撃は下策ですわ。直接攻撃かつ、一撃必殺が最適解……そこでこれです！」

ミリアリアは愛用のキャリーバッグに手を突っ込んでズルリとそれを引っ張り出した。

出てきたのはモザイク処理された一本のバットだ。

隠しダンジョン内では様々なアイテムが入手出来る。

そんな数あるアイテムの中で耐久力が並外れたメタルプリンプリンを倒すために最適のアイテムが存在した。

「これぞ一撃必殺バット！　ちょっと見せられないトゲトゲしたギミックで当たれば必ず会心の一撃ですわ！　でもこのモザイクはどういう理屈か謎ですわね！」

それはともかくバットである。

一撃必殺バットはその名の通り、そもそも当たりにくいが、当たればクリティカル確定。

そしてクリティカルは相手の防御力の数値を無視出来るため、やたら硬いが体力の少ないメタルプリンプリンを一撃で倒すことが出来る優れものである。

「さぁ行きますわよ！　……これから三日間ぶっ続けでマラソンですわって……人類ってそんな耐久力ありましたっけ？」

まぁ、ちょっと大変そうだけど仕方がない。

ミリアリアはモザイクのかかったバットを片手にダンジョン十五階層を駆けた。


カラカラと石畳を削る音がした。

メタルプリンプリンは追って来る音に反応して、必死に逃げる。

しかし音は全く遠のかない。

カリカリ……。カリカリ……。

カカカ。

カッカカッ――。

更に音は間隔を狭めて、追って来た。

恐怖にかられたメタルプリンプリンは振り返ってしまう。

しかしそこには誰もいない。

きっと他のモンスターが立てた音だったのだろう、そうメタルプリンプリンが元の進行方向へ視線を戻すと。

「――見つけましたわ」

「ぷりーん！！！」

ばちょ！

飛び散るバニラ臭。

覗き込む赤い目が、メタルプリンプリンの見た最後の光景となった。


「……フフフ」

長い戦いは、ミリアリアを経験値を狩る生き物へと変えていた。

モンスターに狙いを定め、飛び掛かり、仕留める。

一連の動作は最適化され、命中率の低いはずのバットの一撃が外れなくなって久しい。

そして気が遠くなるほど同じ作業を繰り返し、ようやくそれはドロップした。

「ででで……出ましたわ！　精霊鋼！」

ミリアリアの目にキラキラと光が戻る。

手の中にある鉱石はものすごいバニラ臭だったけれど、心なしか光って見えた。

「いや、気のせいではなく、実際ちょっと光ってますわね！　ピカヤバですわ！」

粘りに粘っただけにその輝きはミリアリアにしても特別なものになりそうだ。

手のひらに感じるひんやりとした感触の金属にミリアリアは思わず頬ずりしていた。

「それにしても、ダンジョンのモンスターってやっぱりどこかから湧いて出るんですわね。そうじゃないと生き物なんてすぐに死滅してしまうでしょうし。不思議ですわー」

倒しても倒しても、いくらでも一定数湧いて出るモンスターは助かるが不気味である。

だが苦労のかいあって、狩った経験値はかなりのものだった。

漲る力は、レベリングを始めた頃から比べるとかなりのレベルアップをミリアリアに感じさせていた。

ここは一つ、精霊鋼ゲット記念にこの階層のボスにでも挑んでみるのが良いかもしれない。

「まぁ、これもいわゆる冒険です。毎度安全にとはいかないですわね」

ミリアリアは高ぶる気持ちのままに、このフロアのボスを探すことに決めた。

散々走り回ったフロアだけに、ミリアリアはおおよそこの辺りにいるのではないかという予想もついていた。

次の階層に行くために討伐が必要なボスは階層徘徊系で、うっかり遭遇すれば、激しい戦いになること間違いなしの強敵だった。

ここだと思う位置で待つこと十分ほど、そいつは闇の中から金属音を響かせて現れた。

「オオオオオ……」

人間が着るには明らかに巨大な鎧姿のモンスターは、無骨な兜の隙間から赤い瞳を輝かせ、ミリアリアを睨んでいるのがわかった。

「あら、おそろいの瞳ですわね……。風評被害が心配ですわ」

ミリアリアにしてみても、強がりを言わなければ一歩引いてしまいそうな不気味さをそのモンスターから感じた。

ナイトメアナイト。

そいつは人間であれば両手でも扱うことが難しそうな大きさの両刃の剣を片手で軽々と操る騎士

型のモンスターだ。

ミリアリアが鉄扇をパンと広げて口元を隠すのは正直に言えば不安の表れだった。

圧力がすさまじい。

近々にお母様の圧を感じていなければ、ミリアリアだって逃げ出していたかもしれなかった。

「これは……中々。ですが先手必勝ですわ！」

だがどんな敵でも、この戦法なら関係ない。

ミリアリアは鉄球を浮かせられるだけすべて展開。今回のアタックは肉弾戦で頑張っていたこともあって残弾は十分だ。

「ファイア！」

ミリアリアは五つの砲門から弾丸を一斉掃射する。

ストックを出し惜しみすることなく叩きつけると、ナイトメアナイトは派手にのけぞって、全身に火花が散った。

「やりましたわ!?」

今までの必勝チート戦法に信頼感はあった。

だが、濛々《もうもう》と立ち込める土煙を見ていると、ミリアリアには漠然とした不安が生まれていた。

それはレベルを上げたことによって生まれた勘みたいなものだったのかもしれない。

そして、不安は的中する。

「……オオオオオ」

煙の中から姿を現したナイトメアナイトの鎧は砕けることなく、弾丸を弾いていた。

「ぐぉ……！　マジヤバですわ！」

ミリアリアはブワッと全身の毛穴が開くのを感じた。

「ぐぅ……わたくしとしたことがフラグを立ててしまうなんて！　ついに来てしまいましたか……思い付きのチート武器で越えられない壁が！」

敵のレベルが上がれば上がるほど、そんな日が来るとは思っていたが、いざ目の前にすると動揺せずにはいられない。

だがミリアリアの事情とは関係なしに、ナイトメアナイトは動き出す。

「ゴアアアア！」

「！」

一声吠え、体が霞んだかと思う速度で駆け出すそいつは脅威以外の何物でもない。

ミリアリアは追撃をかけるが、弾丸をかいくぐるナイトメアナイトの体技は本物だった。

飛んでくる弾を、紙一重で避けている。

もちろんすべてではないが、当たった弾丸も大したダメージになっているようには見えなかった。

「弾丸見切ってんじゃありませんわよ！」

ミリアリアに迫る剣の一閃。

首がもぎ取られそうな一撃をミリアリアはかわす。

「……っ！」

だが攻守が入れ替わったとたん、連撃は苛烈だった。

長い剣をよくもまぁここまで器用に操れるものだとミリアリアは思ったが、その動きはかろうじて見えていた。

ミリアリアの脳は相手の動きを予測する。

だがそれでも、接近戦は向こうに分があったらしい。

予測を裏切る意識の外から、絶対に避けられない攻撃は繰り出された。

「……！」

剣をかわしたと思ったら、鎧の鉄拳がミリアリアのボディに突き刺さる。

放たれた一撃は全身をバラバラにしそうな衝撃だった。

ガンと派手な衝突音が響き、ミリアリアの軽い体はゴムボールのように飛ぶ。

ミリアリアはしかし無理やり空中でバランスを保ち、地面に何とか踏みとどまって、歯を食いしばって痛みを耐えた。

いった……いけどやってやりましたわ！

だが拳が当たった瞬間、その硬質な音をナイトメアナイトも聞いただろう。

手ごたえに困惑しているナイトメアナイトに対して、ミリアリアは口元から流れる血を親指で拭い取り、ナイトメアナイトに鉄扇を突き付ける。

「わ……悪いですわね。期待を持たせてしまいましたわ！」

ミリアリアの服はボロボロだったが、拳が命中した腹には咄嗟に編んだ黒い闇が纏わりついていた。

　カーペットを作ることが出来た時点で構想はあった。

　繊維ほどに細かく術を編めるのならば、服や装飾も精霊術で作り出せるのではないかと。

　そうして作り出した服ならば力量しだいで高度な防御手段として使えるかもしれない。

　密かに練習した結果だったが、命を拾うとは儲けたものだ。

　ミリアリアの纏った闇は、イメージに従って形を成し、服を覆うように編み込まれてゆく。

　そうして闇は赤いドレスを真っ黒に染め上げ、ミリアリアを彩った。

「めちゃくちゃ効きましたわ……胃の中がひっくり返りそうです……」

　一方でミリアリアの体の中で痛みの熱が暴れていた。

　ダメージで生じた体の損傷で膝は笑い、頭にはチカチカ星が瞬く。

「でも不思議と……闇属性は今まで以上に使えそうです」

　ちょっと前だったら泣き叫んで、のたうち回っただろう。

　しかし頭の中の記憶は、こんな時に溢れるほどの情報をミリアリアの頭の中で喚きたてる。

　同時にとてつもなく高度な闇の精霊術がミリアリアの体内を駆け巡るのを感じた。

「……打撲十カ所の損傷、血管及び神経を修復。肋骨罅《ひび》を固定後修復……。今年のトレンドドレスのおすすめ……ちょっと大人なデザイン……闇属性と光属性は相反する属性だと思われているが実は非常に似通った特性を持っている。違うのは得意分野で闇属性は物質、光属性は精神に寄っている点。出来ること自体の違いはあまりなく、闇属性は攻撃に優れ、光属性は回復に優れているなど。

精神への影響については、光属性は人に好かれやすく、人の深層心理を刺激しやすい。対して闇属性は精神に与える影響が中途半端なため洗脳という形が限界で大きな衝撃で影響が解けたりする。

――『光姫のコンチェルト公式ファンブック』抜粋……何ですのこれ？」

ほぼ無意識に口ずさみ、ハッとミリアリアは顔を上げた。

なんだか情報過多である。

だが今は痛みに集中せずに済むので助かる。

破れた服が生まれ変わり、痛みがマシになったことをミリアリアはシンプルに喜ぶことにした。

戦闘はまだ終わっていない。

初のまともなダメージで混乱していたが、冷静になればそのダメージが生命を脅かすものではないことは明らかだった。

「わたくしとしたことが……無様をさらしてしまいましたわ」

ミリアリアはニヤリと不敵に微笑む。

「だけど確信しました。貴方は強敵だけど……もはや戦えない相手ではありませんわ！」

「……！」

攻守はまた入れ替わる。

銃撃が効かないとなると、きちんとレベルが反映される攻撃手段が重要になってくる。

ミリアリアは右手を天にかざし精霊術を放つべく強く念じた瞬間、いつもよりも強力に力を感じた。

「いや――これは……溢れる！」

予想を遥かに超えて膨大に湧き上がってくるそれを、ミリアリアは持て余し気味に解き放った。

「――喰らいなさい！　アンク！」

咄嗟に最下級の精霊術を発動するとナイトメアナイトを中心に黒い波動が集まってゆく。

小手調べのつもりだったが、思ったよりもずっと規模が大きい。

そして聞こえる、割と聞きなれた断末魔である。

「キエエエエ！！！！」

甲高い悲鳴を残してナイトメアナイトは周囲の床ごと綺麗に消滅した。

「ええ……マジヤバですわー」

その威力は明らかに最下級の精霊術の範疇を超えていた。そしてもちろんミリアリアの実力からも逸脱している。

一体何が起こったのかわからないが、抑えめにしておいて本当に助かった。

ミリアリアは闇のオーラ渦巻く破壊跡を眺め、こいつは気軽に使えないなと若干引いていた。


短期集中特訓は、思っていたより成果があり、そしてそれ以上に過酷だったとミリアリアは振り返る。

熾烈な特訓を経て一皮むけたミリアリアは、心の中に誇りという名の勲章を下げて凱旋した。

ところがどっこい帰ってきたミリアリアの現実は行き先を告げずに行方不明だった三日間という時間と、ボロボロのドレスである。

そりゃあ怒られた。

特にメアリーは半泣きで、ちょっとダンジョンに籠っただけなのにメタメタ怒られた。

「もう！　どこに行っていたんですかミリアリア様！」

「どこって……修行の旅ですわよ」

「なんでそんな流浪の戦士みたいな返しなんですか!?」

「ちゃんといつ帰って来るかは前もって書き置きしていましたわよ？　部屋の机に置いていたでしょう？」

「そういう問題ではありません！　三日も行方不明で、お城は大騒ぎでしたよ！」

そんなこと言われても、なんだか思ったより心配されて予想外のミリアリアだった。

しかし今回のダンジョン攻略は実に実りの多いものだったから、怒られても仕方がないと受け入れようと一瞬思ったけれど――――やめた。

「何言っているのですかメアリー。行方不明はテレポートがレベルアップした証ですわ。むしろ大いに祝いなさいな。行方不明はテレポーターの宿命ですわ。まぁ……アレです、能力が暴走して云々とかそんな感じです。なるべく予告して飛びますからあんまり気にしないで良いですわよ？」

「なんで肝心なところがすさまじく曖昧なんですか！　そんなの気にするに決まっているでしょ

う！」

そりゃそうなんだけど、まぁこれからはちょいちょいやるので許してほしい。

勉強とかは頑張るので。

そもそも自分がいなくなって大騒ぎになること自体ミリアリアには驚きなのだ。

ミリアリアは評判が悪く、第一王女であるものの、疎ましがられている空気があったはずなのだが？

変な噂に、誇張や尾ひれは当たり前。

昔は、ちょっとした嫌がらせだってなくもなかった。

現状肩書きばかりの第一王女なのだけれど、そういうこともあるのかしら？

なんだかほっこりしたミリアリアはその日、いつもより多めに夕食を平らげた。

今夜の夢はプリンのプールで溺れる夢だったけど、案外それはそれで寝起きは良かった。

THE VILLAIN PRINCESS
DIVES INTO THE
LABYRINTH TODAY

第六章

悪役姫はパーフェクトを目指す。

集中強化訓練を終え、十分に休息を取ったミリアリアは自室の姿見を眺めていて気が付いてしまった。

「むー」

映る下着姿のお子様ボディは、しかし確実な変化があった。

「むー……大きくなってますわね」

ミリアリアの体は確実に大きくなっていたのだ。

縦ではなく横にである。しかもぽっちゃりではなくがっしりと。

まだわずかではあるがうっすら腹筋は割れて、肩幅も若干だが確実に大きい。

「これは……まずいのではなくって？」

ミリアリアは眉を顰《しか》める。

全身の筋肉が肥大化しているのをミリアリアは実感してしまった。

ちょっとくらいの筋力トレーニングでは体形が大きく変わるようなことはない。そう思っていたミリアリアだったが、実際は結構なスピードでゴツゴツしてきているように見える。

これが天才肌というものか。いや、成長期の力か？　ミリアリアは戦慄した。

打てば響く天性の肉体は毎日筋トレして、連日ダンジョンに潜り続けるミリアリアの体に神を宿しつつあるらしい。

だがそれは美の神ではなく、間違いなくマッスルの神だった。

「……悪くはないけれど、確実に目指すべきところが違いますわよね」

筋肉を極限まで鍛えた肉体美に興味がないわけではない。

だがこの世界に残念ながらボディビルという概念は存在しないのである。

そしてミリアリアの理想は出るところは出て引っ込むところは引っ込んでいる、ドレスの似合うスラッとしたモデル体形美女だった。

だがこのまま子供の内から筋トレの負荷を増やし続け、戦闘に明け暮れれば、行きつく先は間違いなくモデルではなく、戦闘に特化したアマゾネスであることは容易に想像がついた。

「うむむ……ここのところ根を詰めて色々やっている成果ですわね。食事の量もお腹が減るからって増やしていましたし……」

高タンパクは心がけていたが、カロリー計算が甘かったか。心当たりがありすぎて困る。

成長期とハードな日常を加味した結果がこれである。

「普通、脂肪が付きすぎて悩むものじゃありませんの？　お姫様としてどうですのこれ？」

何かが激しく間違っている気がしたが、今の望んだ生活の成果であるから困りものだった。

「……まだ、よく見ればという程度です。バランスの見直しが必要ですわ」

トレーニングと食事。これは美しさにも強さにも当然関係してくる。

だが、それもこれからは、よりシビアになることが予想された。

なにせ今回の攻略では確かに成果はあったが、反省点も山盛りだとミリアリアは振り返る。

ミリアリアは正直に言えば焦りの感情を否定出来なかった。

「ついに出て来ましたしね……わたくしの連続テレポート銃撃で倒せない敵が」

とても安定した良い攻撃方法だったのだが、残念だ。

深く潜れば敵も強くなってくるとは思っていたが、ここからはチートに頼らない実力を磨く段階に来たということだろう。

まったく楽しみなことだが、少し気になるのはナイトメアナイト戦で感じた異常な力の高ぶりのことだ。

ステータスも確認したが、ミリアリアには全くわからなかった。

一番の謎が自分自身だということにミリアリアは大きなため息をついた。

「そもそもどことも知れない記憶もそれが何なのかはわかんないんですわよね。でもとりあえず妙な力に頼るんじゃなくって安定感が必要ですわ。もう一つパラメーターを急激に上げる何かがあれば……」

などと都合の良いことを考えていたミリアリアはとても大事なことを思い出した。

「あっ！　そうでしたわ！」

ミリアリアは思いついた瞬間にチリチリとベルを鳴らした。

「メアリー！　メアリー！　ちょっと来て！」

「は、はい！　なんでしょう！　ミリアリア様！」

「今すぐに鍛冶屋に行きますわ！　ついていらっしゃい！」

外出の支度をしながら叫ぶミリアリアにメアリーは目を白黒させる。

「えぇ！　いえ！　三日も姿を消していらしたのに、そういうわけには！」

「後で巻き返しますわ！　それより頼んで、すぐは出来ないんだから注文しに行きますわよ！」

「それなら私が行ってきますから！　何が欲しいかだけ教えてください！」

「ダメですわ！　自分で注文するんです！　他の店にも梯子するから一緒に来なさい！」

「えぇぇぇ！」

メアリーには悪いが、気づいてしまった以上は強行せざるを得ない。

そしてこればかりは人任せに出来ないのだ。


というわけでミリアリアが馬車を飛ばし、大慌てでやって来たのは鍛冶屋である。

もちろん用件は手に入れたアイテムを加工してもらうためだった。

「これを武器に加工してくださいな！」

ゴンとカウンターに布から取り出した精霊鋼を置く。それを見た鍛冶屋のアーノルドは、厳つい顔を限界まで驚愕に染めて固まっていた。

「お嬢ちゃん……こいつを一体どこで？」

「乙女の秘密ですわ！」

震える手で精霊鋼を持ち上げるアーノルドは、一度深呼吸して頷いた。

「そ、そうだな。こいつが手に入る場所なんて、簡単に漏らすもんじゃねぇな。しかし武器に加工は……無理だな」

「……なんでですの？」

これはまたいきなり無理とはどういうことでしょう？　ゲームでは普通にやっていたのに。

戦ったモンスターとのあれこれがあるから、今ならちょっと無茶が効くくらい懐も温かいのだが、どうもそういうことではないようだった。

「精霊鋼を加工するには……この石に認められなきゃならない。精霊鋼には意思があるんだ。選んだ持ち主のためにその姿を変える。金で買ってきてもただの石ころなのさ、こいつは」

「なるほど……」

そんな秘密があったなんて！　思わぬところで専用武器の秘密発見だった。

ミリアリアはおおっと、心の中で感動したがどうやって認められれば良いのかなんてさっぱりわからなかった。

「どうすれば認められるんですの？」

だからミリアリアがストレートに尋ねるとアーノルドは頭をバリバリ掻いて、首を横に振った。

「あー……それはわからん。選ばれた血筋なんて言うやつもいれば、魂の資質だって言うやつもいる。だが精霊鋼の武器を持っているやつは、相応の実力を備えているもんだ」

なんとも抽象的すぎる話だった。

ミリアリアは首を傾げる。

「どうやったら認められたかわかるんですの？」

「それは……精霊鋼に認められると、うっすらと光り輝くんだそうだ」

「ん？　光り輝く？」

そう言えば、この精霊鋼はちょっと光っていたはずだが、今は光っていない。

もしかしてとミリアリアは精霊鋼をガッと掴むと、途端に精霊鋼は光り始めた。

「光りましたわよ？」

「なぁにぃ!?」

アーノルドよ。興奮するのは良いが、血走った目で顔を寄せるのはやめてほしい。

ミリアリアは鉄扇で迫るドワーフを押しのけた。

「何ですの急に！　これで認められたんですわよね？」

「……ハハ。すげぇな、本当になにもんだ嬢ちゃん」

「ただのやんごとなき美少女ですわ」

驚くアーノルドにミリアリアはなんだかよくわからないがドヤ顔をして見せた。

条件がそろったのなら結構。ならば依頼するだけである。

「……そ、そうか。だがこれならやれる。お嬢ちゃんはこいつにしっかり選ばれているようだ。じゃあもう一つ良いか？」

「何ですの？」

「お前さんの手になじむ武器を材料にしなきゃならない」

そう言われて真っ先に思い浮かんだのは、いつも傍らに浮かせている鉄球だった。

「武器ですか……じゃあ あの鉄球」

「鉄球は……ちょっと厳しいかもな。ていうか鉄球って武器なのか？」

「大活躍ですけれど？　ぶつけると痛そうですわよね」

「そりゃあ痛いというか死ぬかなぁ」

「まぁ……手になじむっていうと違うかもですわ」

カテゴリー的には術攻撃かな？　はっきりしたことはわからないし、極めて特殊なのは間違いなかった。

ならばと次点でミリアリアは自分の手に持っている鉄扇に目をやり、それをアーノルドに差し出す。

「じゃあ、これはいかがです？」

「ああ、鉄扇か……どれ」

アーノルドが鉄扇を預かると精霊鋼の側に近づける。

すると不思議なことに精霊鋼はミリアリアが触った時と同様に光り始めたのだ。

なるほど、なんてわかりやすい鉱石だろう。

鉄扇は愛用こそしていたが口元を隠すくらいで、武器として使ったことなんて数えるほどしかないのに、中々節穴だった。

「……これだな。嬢ちゃん……この仕事、本当に俺に任せてくれんのか？」

そう言ったアーノルドの目は燃えていた。熱い男の目である。

ならばミリアリアにはどこにもためらう理由は存在しなかった。

「わたくし、最初に贔屓にするとこの口で言いましたわ。この鉄扇も生みの親の手で生まれ変わるのであれば本望でしょう」

「……ありがてぇ。絶対良いものにしてみせる」

「よくってよ」

何やら感動しているアーノルドには悪いけれど、注文はこれだけではない。

「ああそれと、この間の鉄球を追加で十個。大至急頼みますわ」

「えぇ……大丈夫か嬢ちゃん？　精霊術の浮遊は筋力に比例するんじゃなかったか？　あんまり無茶するとチビのゴリラになっちまうぞ？」

「だ、大丈夫ですわよ！　ゴリラになどなるものですか！　比例なんてさせないですわ！」

なんてことを言うんだアーノルド。

パラメーター上のパワーが、イコール筋肉でないとミリアリアは実証してみせるつもりだった。

だからゴリラになんて絶対にならない！

ちなみに鉄球を近づけてみたが、精霊鋼は光らなかった。

どうやら気に入らなかったみたいである。


続いてミリアリア達が向かったのは細工師の店だ。

装飾品を専門にしている細工師のスティーブンは目の前に置かれた鉄球を見て眉間に皺を寄せ、ゴクリと喉を鳴らしていた。

「あの……お嬢様。この鉄球は一体？」

「これを綺麗に装飾してほしいんですわ。ツルツルに磨いて、あっ！　穴は絶対にふさいじゃダメですわ！」

ミリアリアは満面の笑みでそう言った。

ちょっと効かないモンスターがいるからって、苦楽を共にしたこの鉄球はお気に入りである。

今後とも末永く愛用していくことに変更はない。

これで見た目もバエるはず。

こんなに素晴らしい提案なのに細工師はしかし非常に曖昧な表情を浮かべていた。

「は、はぁ」

「……メアリー。アレを出して」

「はい……お嬢様」

ミリアリアの指示に従いメアリーは金貨の入った袋と、宝石をいくつか取り出す。

どれもダンジョンで手に入れた大粒の一級品だった。

「これを使ってくださいな。なるべく急いでくださると嬉しいですわ」

ミリアリアはニコリと笑い圧を掛けた。

全員が全員正気を疑うような目でミリアリアを見ている気がするが、そんなものを気にしていては話が進まないのでこのまま頑張る。

「……本気ですか？」

「もちろんですわ！」

実はメアリーからも信じられねぇみたいな視線を感じていたが、ミリアリアはあえて黙殺した。

これは大いなる実験なのだ。

浮遊で浮かべる鉄球に、宝石で装飾を施せば、果たして装備品としてサポートが加算されるのか？

鉄球だって身を飾るという意味では立派なアクセサリーに違いない。ミリアリアとしては、実に興味深い実験である。

こちらの本気具合は店主に伝わったようで、彼は頭を下げてミリアリアの仕事を請け負ってくれた。

「……わかりました。おまかせください。完璧な仕事をお約束いたします」

「そういうの大好きですわ。追加で十個ほど同じサイズの鉄球が運び込まれるので同じように細工してくださいね。楽しみにしていますわ！」

「わかりました。ではそちらもお受けいたします」

余計なことは言わずに、静かに頷く。

こちらはノータイムなあたり、中々誠実で順応するのが早い店主のスティーブンはただものではないとミリアリアは直感した。

一仕事終えて満足したミリアリア達が帰りに寄ったちょっとおしゃれな喫茶店。

紅茶にアップルパイを頼んでみたが、出来れば食べたかったプリンはやはり存在しないらしい。

ミリアリアは紅茶の香りを楽しみながら、正面に座らせたメアリーに質問した。

「ねぇメアリー？　プリンプリンはいるのになんでプリンがないのかしら？　モンスターのプリンプリンがいるから、お菓子にプリンと名付けないのかしら？」

「よくわからないですが、プリンプリンを食べたいと思ったことはないです」

「えー」

卵が先か、鶏が先か。

もしミリアリアがプリンを再現しても、「うえープリンプリンみたいでキモイ」なんて言われちゃって悲しい上に納得いかない展開はノーサンキューだ。

「それはともかく甘いものは幸せの味ですわね」

「はぁ……」

「どうしたのですかメアリー？　ため息は幸せが逃げますわよ？」

一応尋ねてみるとメアリーは不服そうに肩を落とした。

「いえ……今日一日お嬢様のお供をしていて、全く何をやっているのかわからなかったものですから」

困り顔のメアリーだが、ミリアリアも説明した覚えはない。

だが説明したところで意味があるのかは疑わしいとは思っていた。

注文したものはいわば異世界の、この世界にはないメタ的な知識準拠のものがほとんどなのだ。

理解しろという方が非常識なのはミリアリアだってわかっている。

「そうなの？　かなり楽しいことをしていましたのに。完成が近づいてきましたわよ？」

「完成ですか？　何が完成するのかお聞かせいただいても？」

「そんなの、パーフェクトミリアリアちゃんに決まっていますわ！」

「……」

ミリアリアが即答したら、メアリーが黙った。

なんとも言えないその表情は完全に理解を放棄したようにも見えた。

ミリアリアはちょっと気に入らなかったので頬を膨らませて、アップルパイの幸せ成分を補給した。

「まぁ良いですわ……。わたくしとて、濃霧の向こうにボンヤリと見えているだけのものです。理解するのは難しいでしょう。ざっくり言うと武道も精霊術も頑張って一流の装備もそろえちゃおうという話ですわ！」

非常に大雑把ではあるが、計画としてはそれ以上でもそれ以下でもなかった。

だが説明自体はわかりやすかったらしくメアリーは首を傾げてミリアリアを見ていた。

「そ、そんなにお強くなりたいのですか？」

「当然ですわ！　それとも貴女から見て、見込みがないかしら？　わたくし、我ながら最近の上達っぷりは中々のものだと自負しているのだけれど？」

「そ、それは間違いありません。というか、ここ最近のお嬢様は……本当に素晴らしく成長されていると思います。……時々奇行が目立ちますが」

「奇行とか言うんじゃありません。お姫様マインドが傷つきますわ。そういう貴女もちょいと最近遠慮がなくなっているのではありません？　ちょん切りますわよ？」

「やめてくださいお願いします。以前は何というか……強烈ではありましたがわかりやすくはありましたので」

「……どんな感じだったか、十五文字以内で答えなさいな」

「……わがままが摩訶不思議に」

「はいふけーい。ミリアリアは傷つきましたわー」

「も、申し訳ありません」

頭を下げるメアリーに、ミリアリアはちょうど届いた新しく注文したアップルパイと紅茶を差し出した。

「まぁ貴女も食べておきなさい。おいしいですわよ」

「そ、そういうわけには……」

「あら？　わたくしが注文したものなど食べられないと？　メアリーが食べないと捨てるしかありませんわよ？」

「……いただきます」

「よくってよ」

観念して一口食べたメアリーにミリアリアはニッコリと微笑む。

今はわからないことはあるだろうが、おいおいゆっくりと説明はするつもりだった。それにメアリーなら説明しないでもついてきてくれる気がしている。絶対なんてことはないんだろうけれど、信じることくらいは許してもらいたい。

「まぁこれから、頼る機会は沢山あるのだから、メアリーには今まで以上に協力してもらいますわ」

「……このタイミングでそういうことを言ってしまうのですね」

「そりゃそうです。多少変化しようとミリアリアはこんなものですわ」

だけど、そろそろ強さも安定してきた頃合いだ。

先日の狩りの件で本格的におかしいと思われているわけだし、そろそろミリアリアという存在がどれほどの実力があるのか周囲に認識させた方が、結果的に問題は少ないはずである。

例えば、適当にモンスターと戦えることを示しておけば、大手を振って狩りの機会も増えるという寸法だ。

物事を隠すにしてもすべて嘘ではメッキが剝げるというもの。ミリアリアが秘密にすべきはメインの狩場のみである。

「今までだって別に隠してはいませんでしたが、これからはわたくし、もっとオープンに行きますわ。ただの優秀で美しいお嬢様では収まらないところを見せてあげましょう」

「と、言いますと？」

「わたくしの実力を本格的に見せてあげますわ。たぶん……半端ないですわよ？」

「……なんだか怖いんですが。頑張ってください」

もぐもぐ開き直ってメアリーはアップルパイを頬張る。

それなりに語って満足したミリアリアはお茶を飲んで立ち上がった。

「アップルパイも良いですけど、やっぱり今はプリンですわね。城に帰って作りましょうか？」

「ええ……いやさすがにそれは……マズそうでは？」

ふてぶてしい侍女を持てて、ミリアリアとしても頼もしい限りだ。

まぁ嫌な顔をされたからといって、ミリアリア自身が食べたいのに遠慮する気など欠片もないが。

ちなみに後日振舞ったプリンは見た目はともかく味は好評だった。


「て、手に入れてしまいましたわ……」

褒賞を手にしたミリアリアは、手に入れるのは難しいと考えていた重要アイテムを手に入れて喜びに震えていた。

「さすがはお母様！　太っ腹ですわね！」

女王様から届いた特大のブラックダイヤモンドは全く不純物もなく完璧な仕上がりでペンダントにされていた。

ミリアリアはワクワクと高鳴る鼓動を抑えて、そのペンダントを身につける。

闇を中に閉じ込めたような漆黒は、確かにミリアリアに力を与えているような気がした。

「悪くない……悪くないですわ！」

中々上品で、ミリアリアの黒い髪にも合っている。

試しに精霊力を流してみると、自分の力によくなじみ、増幅さえしているように感じるのは気のせいではない。

これでより一層闇属性をうまく使えるというものだった。

「なんでこの国の人間は気が付かないのでしょうね？　こんなにも力が漲るのにわからないのも不思議ですわ」

やれやれとミリアリアは肩をすくめるが、そもそも宝石を身に着けて戦いに行く発想がないというだけの話なのかもしれないと思い至った。

「結婚指輪の文化でもあればわかりやすかったんでしょうけど、残念ですわね」

それでパワーアップしても奇跡の一言で片付けられてしまいそうだけれども、それはそれである。

せっかく手に入れたレア宝石なので、その効果も少しずつ試していくとしよう。

実際に使ってみると闇属性というやつは本当に奥が深い。そして最近で最も気になる術はアレだろうとミリアリアは自分の服に手を当てた。

「というか今回の最大の収穫はでもコレですわよね！」

ミリアリアはドレスをイメージ。闇の精霊術で漆黒のドレスを編み、着ているドレスに纏わせるとデザインをモデルチェンジする。リボンをつけたり、フリルをつけたり、ドレスの形を次々に変更して、ミリアリアはしばしファッションショーを楽しんだ。

「おおー自由自在ですわね。為せば成るものですわ！」

これは楽しい。闇属性いけるやん。

ミリアリアは闇属性に新たな可能性を見た。

「やっぱりレベルが上がると違いますわね……何が出来るのか楽しみになってきましたわ！」

手のひらからウネウネと黒い触手を出しながら、ミリアリアはふと余計なことまで考えた。

「……これ、液体とかに出来ないかしら？」

ただ思いついたのは結構危険な発想である。

ポーションだって精霊術師が作ったもののはずだから、液体に作用する精霊術は存在するはず。

確かにそうなのだが、それが自分から出たものだと考えると思うところはあった。

しかし思いついてしまった以上やってみるのは、新たな発見の基本である。

ミリアリアは適当なカップを見つけて、手のひらをかざし、念じてみた。

「むむむ……」

ぼんやり煙のように渦を巻いた闇が、ドロリと液体に変化してカップの中に注がれる。

最後に指先からポタリと雫《しずく》が落ち、波紋を広げる水面を見てミリアリアはゴクリと喉を鳴らした。

「で、出来ましたわね……闇属性の液体？　一見するとコーヒーのようですが……」

実に興味深い。

イメージが甘かったのか、液体は何秒かで蒸発するように消えてしまったがなんとなくきちんと液体化することも出来そうな気がした。

「なるほど……こっちもイメージに左右されますか。ではまさか味まで再現出来るのでは？」

出来るかどうかわからないが、ちょっとやってみよう。

まずはコーヒーから。

再びミリアリアはカップに手をかざすと、今度はよりコーヒーっぽい液体がドロリと出てきて、香ばしい香りが立ち上る。

「こ、これは……いけたんではなくって？」

カップを満たしたコーヒーっぽいものを凝視しながら、恐る恐るミリアリアはカップを持ち上げる。

見た目と匂いは完ぺきである。

「なら、後は……味ですわよね」

恐る恐るミリアリアは暗黒の液体に口をつけ――――次の瞬間ウエッと下唇に滝を作った。

「なんという苦さ……苦いとはイメージしましたけど、味は練習がいりますわ」

舌がしびれるほどの苦みにのたうち回りそうだが、でもミリアリアはこの術に無限の可能性を感じた。

炭酸飲料や……ひょっとするとエナジードリンクのようなものまでいけるかもしれない。

若さと上がったレベル頼りで、睡眠時間を削るのにも少々しんどさを感じていたのだ。

まぁドーピングが健康に良いのかはともかく、ミリアリアは実験の継続を決定した。

その日から謎の液体を配り歩くミリアリアの姿がたびたび目撃される。

そのたびに毒を飲まされているんじゃないかと不安になった使用人達の評価がまたちょっと下がることになった。


鉄球を預けて数週間後、ミリアリアはついに待ち望んでいた日を迎えた。

ドキドキと高鳴る胸を抑えて、ミリアリアはメアリーに尋ねる。

「さて……今日はアレが届いているんですわよね？」

「はい、届いております……ミリアリア様」

「よくってよ！　では早速始めるとしましょうか！」

急げと口を酸っぱくして催促した甲斐があった。

荷物の入った木箱は相当に重く、持って来た従者が一体何が入っているんだと首を傾げていたのが面白い。

そして部屋に運び込まれたでかでかとした木箱の蓋を、ミリアリアはむしり取るように引っぺがした。

「おお！　素晴らしい鉄球ですわ！」

美しく磨き上げられ、高級な陶磁器のように装飾されたマイ鉄球の輝きをミリアリアは思わずウットリと眺めた。

金をあしらい、アクセントに大粒のトパーズをあしらった鉄球達は相変わらずズッシリと重かった。

つい涎が垂れそうになるのをグシグシとふき取り、ミリアリアは締まりのない顔を引き締める。

「おっといけない。見蕩れている場合ではありませんわね。先生をお待たせするわけにはいきませんわ。メアリー！　では準備を始めますわよ！」

「はい……お嬢様。それとこちら例の鍛冶屋からです。扇だそうですが」

そしてメアリーは真新しい細長い箱を差し出してくる。

更にもう一つ本命のお届け物まで届いていると聞いてしまったら、ミリアリアは小動物のように俊敏にメアリーに詰め寄ってしまった。

「来たんですの！　そっちも!?　大本命じゃありませんの！　鉄球を急かしたからもう少し時間がかかると思いましたわ！」

やだ！　あのアーノルド、これは本格的にわたくしのお抱え職人に格上げしてさしあげようかしら！

ミリアリアはごくりと喉を鳴らして箱を開ける。そして送られてきた荷物の中身を確認すると目が釘付けになった。

「とても良い仕事が出来たとそう言っておりました」

「ええ……そのようですわ」

メアリーも絶賛するほど、ミリアリアのニューウエポンは素晴らしい出来だった。

なにより手に取るまでもなくミリアリアにはその武器に秘められた力がわかる。

これはぜひとも試さねばならない。

それにミリアリアはすでに、お披露目の機会を計画していた。


「お待たせしましたわね。先生――」

「ええ、ごきげんよう……」

演習場にやって来たミリアリアは赤いドレス姿にキャリーバッグを転がしてザッと大地を踏みしめる。

そして気力をいつも以上に張らせるミリアリアにホイピン先生は、気圧されたように後ずさった。

「ミリアリア様……。えっと、これは何事なのですか？　レッスンを始めたいと思うのですが……」

「レッスンの前にほんの五分ほどお時間いただきたいんですわ！　大したことではありません！　精霊術の訓練を頑張ろうという心意気の表れです！」

「……ええ、それは構いませんが」

ホイピン先生が不審に思うのも無理はない。

ミリアリアから迸《ほとばし》る気合を見れば、今日は一味違うと誰もが察したことだろう。

それもそのはず、本日は完全武装、パーフェクトミリアリア（仮）のお披露目である。

精霊術の授業はある程度自由に力を使ってよいと許可されている。そういう時間は、非常に貴重だった。

「実はちょっと先生に見ていただいて、ご意見を伺いたいと思いまして。わたくし、精霊術の運用法に改善を加えましたの」

「それは……素晴らしい試みですね。一体どのような？」

ホイピン先生は、ちょっと警戒していらっしゃる。

ミリアリアはホイピン先生に肩の力を抜いてもらうべく、見た目華やかなところから攻めてみることにした。

「それを今からお見せしますわ！」

「そ、そうなのですか？」

ミリアリアはキャリーバッグの中から十五個の鉄球を転送させ、一斉に浮かび上がらせた。

宝石で美しく装飾の施された鉄球は統制の取れた動きをするとかなり見栄えがした。

「む……」

が、ズシリと重さのあるそれは十五個ともなるとかなりきつい。

レベルアップして精霊力は増したはずだが、まだ慣れの方が足りないとミリアリアは実感させられる。

だがひとまず狙い通りホイピン先生の興味を引くことには成功したようだった。

「これは精霊術で浮遊させているんですね。数もですが安定感が大変素晴らしいです」

「わかりますか！　中々苦労しましたわ！　しかし鉄球十五個ともなるとさすがに自在には難しいですわ。しばらく常に浮かべて慣れる予定です！」

「鉄球……これって鉄球なんですね」

「そうですとも。鉄球ですわ。そして更に――」

ホイピン先生がゴリラを見る目で見てきたが黙殺。続いてミリアリアは闇の精霊術をドレスに纏わせる。

その名もダークドレスと名付けた術は、ドレスを一瞬で黒く染め上げ、飛躍的に防御力を増大させる。

更にはデザイン変更も思うがままという大変お得な術だ。黒にしかならないが。

服と同じように着られて、鎧にも負けない強度を得られるだけに、大変重宝する。

ホイピン先生もこの術には一目で目の色が変わっていた。

「こ、これは初めて見る術ですね！　どういったものなのですか？」

「服を闇属性のオーラで編み、鎧としていますわ。重さは殆ど感じませんし、物理にも術にも高い防御力を発揮しますわ」

自慢の術は、やはり画期的らしい。

先ほどまで混じっていたホイピン先生の恐れは消え去り、興味津々でミリアリアのドレスを見ていた。

「おお……術の物質化はより専門的で強固なイメージが必要になると聞きます！　ミリアリア様はここまで自在に精霊力を操るのですか！」

「先生のご指導の賜物ですわ！　思ったよりもずっと応用が利いて驚きです！」

興奮しているホイピン先生の反応に気を良くしたミリアリアは気合を入れ直して実践に移ることにした。

「ですがわたくしの戦闘スタイルの本番はここからですわ！」

「せ、戦闘スタイルですか?」

「そうですわ。ではお見せしますわね！」

ミリアリアは貰ったばかりの扇を抜いて、流れ込んでくる強烈な力の波動に酔いしれた。

可視化出来るんじゃないかと思うほどに扇から迸る力はミリアリアの体をしびれさせる。

それは新たな主人への挨拶のようで、この武器に命が生まれた瞬間でもあった。

これが専用装備「ミリアリアの闇扇」。

パラメーターを恐ろしいほどに底上げする最強の武器は、手に取った瞬間、普通の武器とは違うとミリアリアを唸らせた。

「素晴らしいですわ……」

では戦闘演習を始めよう。

ミリアリアはまず鉄球十五個で列を作り前方に展開。

演習用に立てられた的に狙いを定める。

そしてミリアリアは、扇をかざしてすべての鉄球に意識を集中した。

「転送開始！　ファイア！」

連続してテレポートを起動し、弾丸を装填し、撃ち出す。

十五個の鉄球の中に正確に送られた弾はチカチカと瞬き、まさに雨のように連続して的に殺到した。

隠しダンジョンの凶悪なモンスターさえ血霞に変える驚異的な威力が、更に数を増やしてさく裂すれば木の的なんて一瞬で穴だらけだ。

「このように先制攻撃を加え、雑魚を一掃しますわ！　更に！　ゴロア！」

立て続けにミリアリアは手をかざし、雷の精霊術を放った。

浮かぶ鉄球に埋め込まれた宝石が連鎖的に反応したのを確認すれば、勝ったとミリアリアは心の中で拳を握る。

ミリアリアの精霊力が手のひらに集まり、雷撃となって放たれた。

宝石によって増幅されたそれは稲妻というよりも高出力のレーザーのように的を一瞬で焼き尽くした。

「ヒュー！　まるで荷電粒子砲ですわね！」

もちろん木製の的は根元から灰になって跡形もなくなってしまった。

我ながら見事な威力だ。

今回はお披露目だからと手加減してもこの成果だけに、今後は出力の調整を更に細やかにする必要があるかもしれないとミリアリアは心に留めておいた。

「銃撃で突破不能と判断した敵には従来の精霊術で対処します。出来れば術の名も口に出さずとも使えれば面白いですわね！」

闇属性の応用幅を見るに、攻撃術も回数をこなせば口に出さずともイメージは固められそうだ。

だが、叫ぶのも気分が乗るしかっこいいので、そこは適切に使い分けていくのが理想である。

「遠距離、中距離はこんな感じですわ。そしてこれらの攻撃を耐え、距離を詰めてくる敵には接近戦で応戦します！」

「いや……あの的を見る限り、あれで生き残るようなモンスターはいないと思うのですが」

「接近戦で応戦しますわ！」

「……はい」

それがいるから困りものなのですよ。ホイピン先生。

だが接近戦を見せるには的も消えたし、手ごろな相手ももういない。

そこでミリアリアは闇を人型に三体作って並べると、自分に向かって襲い掛かってくるように指示を出した。

デモンストレーション用に開発した術は、なかなか動きが良い。

襲い掛かる人型に向かってミリアリアは構えた扇を振りかぶり、ついでに影から無数の触手をはやして、猛烈な勢いでそれを振り回した。

全力で暴れることは久しくなかったが、闇属性の触手は闇色の竜巻となって、標的を破壊する。

「これで……ラストですわ！」

そしてミリアリアはわざと見逃した最後の一体に飛び掛かって距離を詰めると、畳んだ扇で殴りつけた。

ズドンと一撃だ。

音がもう、打撃というよりも大砲が間近で炸裂したみたいだった。

自分で作ったそれなりに強度があるはずの闇人形がプリンプリンをぶちまけたみたいに飛び散る様は、とてもシュールだ。

ミリアリアは自分の手と新品の扇を驚きの表情で凝視してしまった。

「お……おおぅ。手ごたえが軽くてマジヤバですわー」

専用装備というやつはここまで手ごたえが違うのか。

ミリアリアは専用装備のあまりの威力に戦慄しつつも、歓喜で震えた。

それはコツコツと進めた苦労の集大成だ。

ゲーム上でも感じることが出来る、積み重ねのエクスタシーである。

闇のドレスによる防御に、近接の攻撃手段が加われば戦闘における隙はかなり埋められる。

ようやくぼんやりと考えていた戦闘スタイルが形になってきて、ミリアリアは自らの力を改めて実感した。

「ホーッホッホッホ！　良い感じですわね！　どうです先生？　まだまだ形にしたばかりでお見苦

しいところはあると思いますが、中々面白い使い方でしょう？　このパターンをひな型に更に洗練させていこうと考えているんですが、何か効果的な訓練方法はありませんか？」

ミリアリアの希望としては、もっと細かくかっこいいドレスを形成したいし、鉄球は数を増やした上で安定感を増したい。

他にも浮遊を念動力のようなものだと考えると相手を見えない力で拘束したり、それが無理ならドンと弾き飛ばしたり押さえつけたりなんて浪漫しかないいんじゃないかと思う。

つまり先生にはレベルアップではどうにもならない、器用さを鍛える訓練方法をご教授願いたいわけだ。

見た目だけ完成されても、中身が伴わなければ張り子の虎である。

真の完成に持っていくには有識者の推奨する効果的な訓練が必要だと考えたミリアリアだった。

「……」

「先生？」

返事がないのでもう一度呼びかけると、ホイピン先生はグラリと傾き、ひっくり返った。

「せ、せんせー！　どうしたんですの！」

「申し訳ありませんが……私ではミリアリア様を教えるのは無理なんじゃないかと……」

「ええ!?　いや、これから！　これからが重要なんですわ先生！」

言い残して気絶してしまった先生に叫ぶミリアリアの声は城に木霊した。

ついでにかつての悲劇からもう一度完膚なきまでに破壊された演習場も含めて、メアリーからこっぴどく叱られた。

そしてこの日から、城内でのあだ名がわがままお姫様から破壊姫にランクアップして知れ渡り始めたらしいのだが、ミリアリアの知るところではなかった。


誰も見ていない自室でのティータイム。

本を片手にミリアリアはそれをじっくりと読み込んでいた。

そんな姿を見た瞬間、メアリーは持っていた銀のお盆を取り落とした。

「ミリアリア様がそんなにじっくりと見知らぬ本を……まさか何か良からぬ書物ではないですよね？　密かによくわからない呪いの書物に手を出していたりしませんか？」

見当外れというか、もはや意味不明の詮索をしてくるメアリーだが、何かあったのだろうか？

たまに探りを入れられている気がしないでもないが、大事なところで尻尾を出すミリアリアではない。

「わたくしを何だと思っているんですのメアリー？　わたくしは比較的勤勉な方だと思うのですが？　それと、そのお盆もう金属製じゃなくて木製とかに変えなさいな。咎めたりしないですわよ？」

「嫌ですよ。かっこ悪いじゃありませんか」

「変なこだわりがありますわね……」

こだわりがあるなら仕方がない。ミリアリアもそういう譲れないこだわりはリスペクトが信条だった。

ミリアリアはまぁ良いかと再び書物に目を落とす。

そんなミリアリアにメアリーは心配そうな視線を向けて言った。

「それでミリアリア様……一体何を読んでいらっしゃるんですか？」

「冒険者ギルド発行、月刊危険モンスターリストですわ」

「やっぱりろくでもないじゃないですか！　……なんでそんなものを読んでいらっしゃるんですか!?」

「そりゃあ気になるからでしょう？」

「危険モンスターのどこに一国の王女が気にする要素があると!?」

いちいちリアクションの大きなメアリーを煩わしく思いながら、ミリアリアは視線をモンスターリストから外した。

「そりゃあ……面白くありません？　恋愛小説なんかよりもらしいと思うんですけれど？」

「それは……それで問題があるのでは？」

メアリーは冷静に突っ込んでくるが、一瞬考えてやはり今はどうでも良いかとミリアリアは首を振った。

「あるとしても些事ですわ。ああ、でもこのコブ山の大ムカデって素敵じゃありません？　確か中々防御力が高いとか？」

「とても危険なモンスターだと聞いたことがありますが……素敵な要素がありますかね？」

ブルリと震え、心底訳がわからないという表情のメアリーにミリアリアはもちろんだと頷いた。

まだ討伐されていないのなら、ぜひ一度見に行きたい。

それというのもこの大ムカデというモンスターは作中で大変重宝されたモンスターなのだ。

気にはなるが、おじい様のところに行ってからこっち、かなり無茶を続けている。

黙って外にまでモンスターを狩りに行くのは姫様的にアウトなラインを越えている気がミリアリアもしていた。

「でも……さすがにちょっと今は出歩きづらいですわよね」

試しにメアリーに話を振ってみると、メアリーの頬はぷっくりと膨らんだ。

「そうですよ。最近ミリアリア様は自由が過ぎます。せめて突然いなくなるのはどうにかした方が良いです。そんなことだから人体改造してモンスターになっているんじゃないかなんて噂になるんですよ？」

「そんな面白い噂なら、放っておくのが面白そうですわね。どこまで尾ひれがつくか試してみたいですわ」

「やめてください！　冗談じゃないんですよ！」

「いやー……それが冗談じゃなかったら、もうわたくしじゃどうすることも出来ませんわ」

恐るべき想像力にミリアリアも驚きである。

最終的にイベントなんてなくても、噂だけで魔王になれそうだなーなんて考えていると、メアリーがガクリと肩を落とした。

「……どうにかしてください。演習場もひどいありさまだったじゃないですか」

「残念ながらお断りですわ。まぁ色々やらかしましたが、戦闘スタイルの確認は出来たのだし、今はこれで良しとしましょう」

「良くないです。お嬢様は一体どこに向かわれているのですか？　それとこの浮いている鉄球はずっと浮きっぱなしなんですか？」

「気になります？」

「かなり」

「これでも歩み寄っているつもりですわ。城で浮かべるならタダの鉄球では浮くと思って、デコレーションしたんですから。中々絵になると思いますわよ？」

「歩み寄れていませんよ。十分どちらの意味でも浮いています」

「そうかしら？」

わざわざ職人に特注しただけあって、その輝きは高品質なツボのごとしだ。

どんなコーティングを施したのか、触り心地も抜群である。

このまま美術館にだって飾れそうなのに、残念ながらメアリーにはこの良さがわからないらしい。

「絵になるというか……理解不能で、なんだこれ？　って感想なのですが」

「心身ともに鍛えられる優れモノなんですけど……こうなったらわたくしが何としても流行らせて

みせますわ！　デコレーション鉄アレイとかから始めたら貴族のトレンドとしてワンチャンいけるんじゃないかしら？　ほら、やっぱり部屋に置いてあると無骨だと思いますし」

「ど、どうなんでしょうか？　鉄球が浮いてる時点でかなり異様だと思いますけど」

ふむ。メアリーの戸惑い気味の反応を見るに、やはり新しいものというのは戸惑いを生むものらしい。

こういう時に効果的な魔法の言葉をミリアリアは呟いた。

「とにかく鉄球は必須です。……精霊術の訓練には欠かせませんわ」

「お嬢様。……全部訓練だからでごまかされると思ったら大間違いですよ？」

「ええい！　これは譲れないところです！　なんと言われてもやめるつもりはないですわ！」

「やめさせはしませんが……精霊術は王族にとってとても大切なものですから」

「でしょう？　大事なことですのよ？」

結局ミリアリアも大事なところは曲げるつもりはなかった。

いえね？　本当に生命線になるくらいには大切なんです。

これから先、ミリアリアちゃん最強育成データをフルに活用するなら、何も隠しダンジョンだけがすべてではない。

ミリアリアに言わせればこの大ムカデもそうだ。

本当を言うならもっと早い段階に戦ってみたい相手ではあったがグッと我慢している。

問題はわがままを押し通せるほどミリアリアは日頃の徳の積み方が足りないということだろう。

まぁ、「何かあってもミリアリア様なら大丈夫よね？」みたいな空気感が圧倒的に足りないのだ。

「ところでメアリー？　わたくし遠くにお出かけがしたいのだけれど？」

「だめです」

メアリーはかぶせ気味に即答した。まぁこの通りである。

ミリアリアはなんかめんどくさいなーとため息をついた。

やはり出歩くには何かいつもと違う理由ときっかけが必要らしい。

「はぁ……なにかこう……面倒を丸っと肩代わりしてくれる方はいらっしゃらないかしら？」

「ミリアリア様？」

メアリーの顔がそろそろ怖いので、今日のところはこれくらいにしておく。

ミリアリアは仕方がないとお茶を飲み干して席を立つ。

「今日の精霊術の授業はお休みよね？　ちょっと気晴らしに城内を散歩でもしましょう」

「そうです、そういう息抜きの仕方でよろしいのです。すぐにご用意いたしますわ、ミリアリア様」

「じゃあ、どこに行こうかしら？　メアリー、何か面白いことありません？　お城に都合よく伝説の剣士とか来ていないかしら？」

「残念ながら。……騎士の修練場ならありますが？」

「考えようによってはこの国最強の戦士が沢山いるんでしょうけど。まぁ行ってみますわ」

「え？　騎士の修練場にですか？」

「もちろん。貴女が言い出したんでしょう?」

ミリアリア的には肉弾戦も今後の課題である。

最強装備を手に入れたのだからぜひ使いこなしたい。そう考えると騎士の訓練風景にはかなり関心があると言ってよかった。


ミリアリアとメアリーは身支度を整えてから本当に騎士の修練場に赴いていた。

騎士の修練場は精霊術の鍛錬をすることもあってかなりの広さがあった。

離宮のしょっちゅう壊してしまう小さな広場とは比べ物にもならない施設にミリアリアは軽い嫉妬を覚えてしまう。

前世で言うとまさに軍隊の基地のような施設で、現役の騎士はもちろん、騎士見習の若人達も日々訓練に励み、汗を流しているわけだ。

そんな場所をキャリーバッグを転がしながら見学して、ミリアリアは思った。

「さすがは乙女ゲーム……美形の入れ食いですわね」

「ミリアリア様?」

「ねぇメアリー?　ひょっとして騎士の募集要項にただし美形に限るとか書いていない?　お母様やらかしてません?」

「ミッリアリアサマ……!」

そういう女王いじりは外ではやめろと訴えるメアリーの目力がすごい。

イヤーだって、本気で右を向いてても左を向いてもダンディな美形かフレッシュな美形しかいないんだもの。考えちゃいますわよね？

ミリアリアは「やっぱこういうとこゲームっぽいですわよねー」なんて心の中で呟きながら、頭のメモリーにナイスショットを記憶しておくことにした。

新開発の闇精霊術「暗室」にて後で紙にでも焼き付ければ、離宮の侍女辺りには喜んでもらえるかもしれない。

さて本題の方にも触れておこう。

みんなどんな訓練をやっているのかしらとミリアリアが騎士達の訓練を見た感じ、素振りの類は正直あまり参考にならなかった。

「何か……こう技の練習とかしてないのかしら？」

ミリアリアが言うこの場合の技は、ゲーム中で使える項目で、いわゆる技名のついた「技」のことだ。

「光姫のコンチェルト」において戦闘面のコマンドは主に精霊術と技で構成されていた。

技は使っている武器によって習得出来、その武器での熟練度が溜まり習得する流れである。

技は精霊術に比べると溜めが少なく、速射性が高いものが多い。

そして威力もかなり高いので、ゲーム内ではかなり多用される攻撃手段だ。

例えば攻略対象の一人、アーサーという名のキャラクターの最強の技フレアザンバーには必ずお世話になるだろう。

炎を帯びた斬撃の連続攻撃はヒット数が多く、クリティカル判定が一発一発に乗って非常に使い勝手が良い。

ミリアリアにも何か面白い技があればもうちょっとメタルプリンプリン狩りが楽になった可能性はあった。

「せっかく最強装備のおかげでわたくしの得意武器がわかったんですものね。扇で戦う技とかゲームになかったからよくわかんないんですけど」

何か参考にならないかなーとぼんやり騎士の修練を眺めていると、自分に近づいてくる人の気配を感じてミリアリアは視線を向ける。

アラこれまたかわいい赤毛の男の子、眼福だった。

「……」

だが同い年くらいの彼は大股でまっすぐこちらにやって来て、間合いを詰めてくる。

彼はあまりにも近すぎる距離から右手を突き出そうとしていて、ミリアリアはハッと悟った。

これは突っ張り……ではなく壁ドン！　乙女を籠絡する殿方の技！

乙女ゲーなら当然である。

だがミリアリアとて乙女ゲーの住人。こういう時の備えはしていた。

繰り出された右手がドンと壁を打つ前にミリアリアは動いた。

テレポートの応用で回り込むのは相手の背後だった。

「おっと――そいつは残像ですわ」

「なん……だと？」

「こっちが何ですわ。乙女のパーソナルスペースに踏み込みすぎではなくて？」

編み出した緊急回避の成功にミリアリアは扇で口元を隠していたが、渾身のドヤ顔である。

これぞ対乙女ゲー壁ドン緊急回避術「残像ですわ」。

こいつを繰り出せば恋愛フラグなど恐れるに足りない。

美形共はその手の中にミリアリアを収めることは叶わないであろう。

一瞬ギョッとしていた赤毛君だったが、すぐに怒りの感情が勝ったのかミリアリアを振り返った。

「……お前がミリアリアだな？」

「ああ、ちょっと待ってください？　不機嫌そうな顔を一枚……では改めて、なんですの？　藪から棒に」

「……俺と勝負しろ！」

「良いでしょう！　受けて立ちますわ！　ゴロアドン！」

「ええ？」

雷鳴が轟く。

なんか驚いているが、自分から挑んでおいて驚かないでほしいとミリアリアは思った。

ミリアリアの雷系最強術式ゴロアドンは、突如として天空より降り注ぎ、騎士修練場を爆砕する。

ギャー！　っとそこら中から聞こえる悲鳴の中、ミリアリアは腰を抜かして倒れている赤毛君を見下ろしていた。

「さて……ロイヤルなレディに無作法にも決闘を申し込む愚か者には無様な敗北を進呈しますわ。大声で威嚇すれば泣き出すとでも思いましたか？　残念！　わたくし、そういうの燃えるタチですわ！」

「な、なななな……」

いきなり挑戦してきた男の子は、赤毛のワイルドなヘアスタイルが乱れ、その場にへたり込んでいる。ふむ、かわいい。

だがそれとへこますか否かは別の話だ。

しかし気になることがあった。

ミリアリアは初対面のはずなのにその顔に見覚えがある気がしたのだ。

ほんのわずかな、デジャブのような感覚だが、ミリアリアは喉の奥に刺さった魚の小骨のようで気持ちが悪い。

誰だっけ？

喉のところまで出かかったが、今はどうでも良いかとミリアリアは違和感を脇に置いた。

すると騎士団長と話していたメアリーが泡を食ってこちらに走って来た。

「ミリアリア様！　何事ですか！　いきなり上位精霊術をぶっ放さないでください！」

「そんなに慌てなくっても大丈夫ですわメアリー。誰にも当ててないし、修練場しか壊してないですわ。ちょっとした勝負というか子供のケンカです」

「子供のケンカで雷落としたらダメでしょう！」

「えー、でもメアリーだってわたくしによく雷落とすでしょう？　今だってホラ、落とされていますし」

「本物の雷落とすアホはいません！」

「アホとか言うんじゃありませんわよ。お下品な」

打てば響く鋭いツッコミ。メアリーは素晴らしい。

でも確かに、右往左往する騎士団の皆様方を見ていると、ちょっとやりすぎたかとミリアリアは反省した。

「もうちょっと修練場を広くした方が良いかもしれませんわね。これじゃあ喧嘩も不完全燃焼ですわ。わたくし反省しましたメアリー」

「待ってください？　そういう問題でしょうか？」

そりゃあ国を守るべき騎士達が十全に訓練出来ないなんて由々しき事態だ。

雇い主としてはもちろんそこが大問題だとミリアリアは頷いた。

だというのにメアリーは眉間にしわを寄せて訝しげな表情を浮かべていた。

「なにを企んでいるんです？　なんだか物言いがミリアリア様らしくありませんね」

「メアリーはわたくしを何だと思っているの？　なんのことはありません。素敵な男の子からのお誘いを楽しむには、ここでは狭かったということでしょう？　メアリーの助言でよくわかりましたわ！」

「えぇ？」

そう、ここでは狭かったのだ。これはいけない。

こんな時は、もっと広いところでのびのびと雌雄を決すべきである。

ミリアリアはそう結論してニッコリ笑う。

「ではメアリー。そういうことなので……ちょっくら勝負して来ますわ！」

「ミリアリア様？　……それは一体どういう？」

「もう受けちゃった決闘はケリをつけなきゃお肌に悪いでしょう？」

「それを一番やめてほしいんですけど！」

ミリアリアは止めないでほしいと涙を呑んで、メアリーから顔をそむけた。

「そんなこと言われても……決闘は神聖なものでしてよ？　ところで勝負を挑んだ貴方は誰ですの？」

「そこは受ける前に、先にはっきりさせてほしかったです！」

主が決闘を吹っ掛けられたというのに、決闘相手よりもメアリーの方がうるさい。

むしろ決闘相手は借りてきた猫みたいだ。

これ以上メアリーに関わっているとより身動きが取れなくなりそうだと考えたミリアリアは赤毛君を捕まえて優雅にみんなに向けて手を振った。

「では……ごきげんよう！」

「ミリアリア様!?」

「え？」


こうして逃亡……もとい、決闘にふさわしい場所に移動することに成功したミリアリアだった。

やはりテレポートは偉大である。

「ふぅ……成功ですわね！　素晴らしいですわ！」

そしてはずみだったが、初めて複数人のテレポートを成功させてしまった。

ミリアリアの進化が止まらない。

城の外まで長距離移動出来るというのなら、来るべき日に逃亡も視野に入れられるのは画期的だった。

しかし喜んでいたのはミリアリアだけだった。

初披露の術に混乱している赤毛君はまるで怯えるハムスターのようである。

「な、なな。なんだここは！」

「さて、では決闘するとしましょうか！　勝負の内容はここにいるモンスターを先に倒した方が勝ちでどうです？」

「人の話を聞け！」

「何言ってますの？　問答無用で勝負を吹っ掛けて来ておいて。場合によっては子供だろうと首と胴が泣き別れですわよ？」

「いや、それは……」

「あるでしょう。わたくしこれでも第一王女ですし。守るべき相手に勝負を吹っ掛ける騎士なんてどうなんだという話ですわ。まぁ……うちの気風から言って大丈夫だとは思いますけれど」

「うっ……」

お母様、結構脳みそ筋肉だからなぁとミリアリアはため息をつく。

だからこそ危ない気もするが、勢いとかノリとかで押し切れそうな気がしないでもない。

だがまぁ今回の一件、ミリアリア的にはむしろ赤毛君に感謝したいくらいだった。

外に行く口実としては素晴らしい。

ちょっと派手に無茶をしたので、怒られはするだろうが全面的にミリアリアだけが悪くないのならきっとうやむやになってくれるに違いなかった。

その上レアモンスターのドロップ品でもお土産に持って帰れば、実績作りにもなって一石二鳥である。

ミリアリアは悪だくみの成功を確信して早速周囲を見回した。

転移してきたのは大ムカデのいるコブ山ではあると思う。

見たこともない景色だが、ミリアリアのレベルアップした空間把握能力はここが目的地であると告げていた。

「それでどうしますの？　決闘なんてしなくてもわたくし一向に構いませんが？　せっかく来たのでわたくしは行きますわよ？」

「な、なな」

完全に混乱している赤毛君には悪いことをしたとちょっぴりミリアリアは思った。

まぁ決闘云々は正直どうでも良いミリアリアだが、赤毛君にも闘志は残っていたようだった。

「やる！　俺はあんたの力が知りたいんだ！」

「ならば結構ですわ。では勝負の内容も先ほど提案したものでよろしくて？」

「ああ！　構わない！」

なんともちょろいお子様である。ミリアリアはちょっと心配になって来た。

このまま別れたら死んじゃうんじゃないかな？　とそう思ったミリアリアは少しサービスしておくことにした。

「あら？　でも貴方ひょっとして丸腰？　ちょっと危機感が足りないんじゃなくって？」

「お前がいきなりこんなところに連れてくるからだろうが！」

虚勢を張る赤毛君にアラアラとミリアリアは自分の頬に手を当てて煽った。

「そんなこと言われても。わたくしもこんなに唐突に都合のい……不本意な勝負を挑まれるとは思わなくて。急いだ方が良いかなって思ったんですわ？」

「挑んだ俺が言うことじゃないかもしれないけど、それはおかしい」

それはそう、思い付きのやっつけ仕事だから粗もあるだろう。

しかし最終的に帳尻が合っていればミリアリア的には成功だった。

「要望通りになっているんだから喜びなさいな。でもわたくしもちょっと悪かったかな？　と思わなくもないから、武器くらいあげますわ。貴方の得意な武器はなんです？」

「……剣だ。片手剣。しかしそんなものどうやって……」

「片手剣ですわね」

ミリアリアはキャリーバッグの中から一本の剣を取り出す。

隠しダンジョンのドロップ品で火属性の片手剣はイフリートというらしい。

その剣を見た赤毛君は魅入られたように固まっていたが、瞬間正気を取り戻して叫んだ。

「こ、これを俺に？　ダメだこんな良い剣！　か、返せば良いんだよな？」

「差し上げたつもりですわ。返さなくて結構」

「そういうわけにはいかないだろう!?　この剣なんか……すごい奴だろう？　父上の持ってる魔剣よりすごい力を感じるぞ!?」

興奮して早口で混乱を口にする赤毛君は、このダンジョン産の剣に秘められた力が理解出来るらしい。

ミリアリアは目利きも前途有望そうで何よりと頷くが、説明はめんどくさいので、先を急いだ。

もっともよくモンスターからドロップするのでゲームなら即売るやつではあるが。

「まぁ気にする必要はありませんわ」

勝負など建前でしかない。大事なのはこの場所に住む大ムカデだ。

ミリアリアは手配書の出現ポイントに向かって意識を向け呟いた。

「ブラックカーペット」

すると黒いロールカーペットが現れ、クルクルと延びながら岩山に道を作り出す。ミリアリアはその上に飛び乗って歩き出した。

「なんだその術！」

「山道用の術ですわ！」

赤毛君はカーペットに驚いていたが、勝負の最中にそんなことを気にしている暇はないはずだ。

ミリアリアは改めて問う。

「……逃げるならさっさと逃げなさい？　死んじゃうかもしれませんわよ？」

「死？　……いや！　だ、誰が逃げるか！」

明らかに虚勢を張っている赤毛君に、ミリアリアは軽く溜め息をつく。

まぁモンスターに襲われて死なれてもめんどくさい。

ミリアリアは赤毛君がついてこられる程度にゆっくり目的地を目指すことにした。


ゴツゴツとした岩ばかりの山道のワイルドな風景を眺めながら一時間ほど。

驚くほどモンスターにエンカウントせず、スムーズに進めたわけはすぐにわかった。

ひとまずこっそりと岩陰に隠れて様子をうかがうミリアリアは、口に扇を当て感想を口にした。

「うわーマジヤバですわー。近くで見るとでっかいですわねー」

「……！！！」

赤毛君が声も出ないほどビビっている。

そりゃあ確かに、どでかいムカデがクマを長い体で絡め取り、頭からモリモリ食べている光景はかなりショッキングだった。

狙い通り見事な大ムカデにミリアリアがヒューと口笛を吹く。

その傍らで必死にミリアリアの袖を引っ張る赤毛君は顔色を真っ青にしていた。

「モンスターって食事するんですわね。食いしん坊ですわ」

「のんきか！　逃げるぞ！」

「馬鹿ですか？　アレに勝った方が決闘の勝者ですわよ？」

「……そんなのいいから！　俺の負けでいいから！　逃げるぞ！」

「あら、まぁ。ラッキーで勝ちを拾っちゃいましたわ。では心置きなくやったりましょう」

「だから何でだ！」

そんなこと言ったって逃げるのならもう遅い。

大ムカデはメインディッシュを食べ終わったが、まだ胃袋は満たされていないらしい。

そして今はちょうど良い具合に現れたデザートに視線がロックオン済みである。

つまりムカデは我々を見ていた。

「ヒッ！」

赤毛君の声が聞こえる。

足をギチギチ動かしている大ムカデがこちらに向かって突っ込んでくるまで三秒も掛かるまい
……いや来ましたわ。

ミリアリアは扇を構えて、戦闘準備は万全だった。

赤毛君を蹴飛ばし、攻撃をギリギリまで引き付けて、かわす。

すれ違いざまに扇で軽く一撃するとガキン！　と硬質な音が響いた。

「……硬いですわね！」

その外殻は鏃こそ入ったが、ミリアリアでも腕がしびれるほど硬い。

しかし大ムカデは堪《こた》えた様子はなく、打ち据えた傷は瞬時に泡に包まれて、ふさがってゆくのが見えた。

「なるほど、これが超再生か……ここまで早いと笑えますわ！」

「そんなこと言ってる場合か!?」

赤毛君は地面に転がってはいるものの、かろうじて叫んでいるから結構タフだと認めても良い。

しかしここにきてギャンギャン騒ぐのはいただけない。

「ちょっとお黙りなさい！　わたくし今少し忙しいんですわ！　せめて邪魔だけはしないように静かに隠れていなさいな！」

「なっ！」

楽しくなるのはここからなんだから、水を差されちゃかなわない。

ミリアリアはミリアリアで、獲物としての大ムカデを品定めする。

「さて……ここから本気で頑張りますわよ！」

ミリアリアは仁王立ちしたままパンと扇を開いた。

「あの姫は……ものが違う。強すぎる」

ミリアリアという少女がとてつもなく強いと騎士団長である父が褒めた時、アーサーが感じたのは強い嫉妬だった。

アーサーは騎士の家系に生まれ、物心ついた時から厳しい訓練を続けてきた。

そんな日々の中で、父が自分を褒めたことなど一度もなかったからだ。

もちろん相手は姫である。本来なら感情をぶつけてよい相手ではない。

しかしたまたま見かけたその姫はアーサーには自分と同じくらいの非力な女の子にしか見えなかった。

そして一度そう感じてしまうと、頭にカッと血が上って感情に任せてアーサーは言ってしまった。

「……俺と勝負しろ！」

短慮なセリフだったとアーサーは一瞬で後悔することになったが。

そして――――後悔は続いている。

「あ……ああ……」

見たこともないような魔剣を手にしたまま、それでもアーサーは一歩も動けないでいた。

目の前には天を衝くようなムカデのモンスターが暴れていて、それを一人で凌いでいるのはつい先ほど自分が勝負を仕掛けた女の子だった。

「す……すげぇ」

そうとしかアーサーは言えない。

ミリアリアは大ムカデの攻撃を紙一重で避けて、手に持った扇を恐ろしい勢いで叩きつけ、ダメージを与えていた。

それをもう何回も、何十回も繰り返して戦い続けている。

今まで見てきた騎士達の戦いのどれとも違う。

まるでダンスでも踊っているかのような身のこなしを、アーサーは美しいとさえ感じてしまった。

あんなこと大人だって出来やしない。

精神力はもちろん、あんなに小さな扇で巨大モンスターと渡り合う実力は、子供が見たってすさまじいものがあった。

まさしくものが違う。

いつしか戦いを見るアーサーの心からは小さな嫉妬なんてものは消え失せていた。

年齢も性別も関係なく、間違いなくミリアリアという少女はアーサーが今まで見てきた誰よりも強い者だった。

しかし延々と繰り返される攻防は、何かの拍子にミリアリアの小さな体がバラバラになりそうで、恐怖で目を背けたくなってくる。

ただ、すべては自分の軽率な言葉から始まったから、アーサーは後悔に打ちのめされながらも顔を背けることとさえ出来なかった。

「このままじゃ……」

アーサーの手のひらに汗がじっとりと滲む。

助けようにも、何も出来ない。

カラカラに喉が渇き、アーサーはミリアリアの後ろでただ無力な自分に涙さえこみ上げてきた。


オーッホッホッホッホ！

心はいつも高笑い、ミリアリアである。

それは恐ろしいモンスターが襲い掛かってこようともそういう自分であり続けたいなーと思うミリアリアは大満足で絶好調だ。

鎌首もたげて突っ込んでくる大ムカデにまっすぐ突進。当たる直前で華麗にターン回避。すれ違いざまにガツンと一発。

ルンタッタとステップをふんで距離確保。

「！」

ミリアリアに突然、ひらめきがやって来たのは、数十回それを繰り返した後であった。

ゲームでのセオリー通り、単純に叩いて叩いて叩きまくっていると早速扇の技をひらめいてしまったのだ。

花吹雪《はなふぶき》

舞い散る花のように相手を翻弄し、中ダメージの連続攻撃を与える技である。

「扇の奥義……なんちゃって……フフッ」

今のは誰にも聞こえないでほしいが、でも何かの折に披露しようと、心にメモっておくとしよう。

しかし開始数十分でもうすでに初技の習得とは。

ミリアリアは、抜群の手ごたえに御機嫌でグッと拳を握った。

「こいつは……おいしいですわ！」

大ムカデは「光姫のコンチェルト」内において、技スキル稼ぎにもってこいの敵として語り継がれる便利アイテム系中ボスである。

単調な攻撃パターンに、当たり所の多さ。

更に防御力と生命力に極振りしたような性能で自動回復までついている。大ムカデは手加減すれば高レベル帯でもなかなか死なずサンドバッグのように殴り続けられる、とても便利なモンスターなのだ。

しかもボス判定なのが、技の習熟速度を更に加速してくれるおいしい存在なのである。

攻略サイトでは「ムカデ道場」なんて呼ばれているお手軽修行技だった。

ミリアリアも知識では効率が良いとは知っていた。でも、正直隠しダンジョンと大差ないんじゃないかと疑っていたのだ。

ところが実際やってみると、モリモリ熟練度が稼げている様子。ミリアリアはあっさりと手のひらを返した。

ムカデ道場最高である。

こりゃあ日が暮れる頃までにいくつ技を覚えられるかとワクワクしていたミリアリアだったが、良いところでワンパターンだったムカデの動きがわずかに変わった。

「ん？　どうしたんですの？」

ミリアリアはたたらを踏んで、眉間に皺を寄せた。

よく見るとムカデ先生の体から煙が上がっていて、火の精霊術でもぶつけられたように見える。

そして聞こえたのは記憶の端に引っかかる、子供の声だった。

「おい！　こっちだ！」

剣を構えて叫んでいたのは赤毛君である。

そう言えばこれ、勝負だった！　とミリアリアはその瞬間思い出した。

戦意を喪失したふりをして、ダメージが蓄積したタイミングでタゲ取りとは小癪な。

まんまと赤毛君の思惑通りターゲットを奪われ、ミリアリアは大いに焦った。

「おのれ赤毛君！　負けませんわよ！」

地面を蹴って全力でジャンプ。空中で身を捻り、高速回転から扇で技を放った。

「花吹雪！」

「ギエエ！！！」

無数の連撃は、巨大なムカデを地面に叩きつけ、ミリアリアはガンと硬い外殻を踏みつけた。

だがここで新たな誤算がまた一つ。

ミリアリアが更に痛いのを一発入れようとしたその時、外殻が一気にひび割れて、派手に弾け飛んだ。

「！」

さしずめリアクティブアーマーのごとく攻撃を跳ね返す仕組みだったらしい殻は、その衝撃でミリアリアを跳ね飛ばした。

してやられたミリアリアは着地しながらムムムと眉を寄せた。

「おおっと！　こういう仕組みは予想外……さすがボスモンスター、不思議生物ですわね！」

こんなギミックあったかしらと首を傾げるミリアリアに赤毛君は叫んだ。

「なにやってるんだ！　今のうちに逃げろよ！」

「はぁ？」

ミリアリアは思い切り眉を寄せた。

そっちこそなに言ってんだ赤毛君。

せっかく面白くなってきたのにやめるわけがない。

これから夕方まで、このムカデをタコ殴りにせねば、この後こっぴどく叱られるかいがない。

ターゲットは奪い返した。さて続きを始めようと意気込むミリアリアに、赤毛君から更に物言いが入った。

「そんなに服もボロボロで……死んじゃうぞ！」

「ん？　服がボロボロ？」

なんだそれと視線を落としたミリアリアは、顔色を蒼白にした。

やばい。そう言えばドレスに術をかけてないんでしたわ！

先ほどの不意打ちはダメージこそ免れたが、ミリアリアのドレスに致命的な損傷を与えていた。

特に絶望的に汚れがひどい。

弾けた殻に体液でも混じっていたのか、残念ながらこのドレスはもうパーティに着ていくことは不可能だろう。

今日は朝から騎士の訓練場に出向くから、お気に入りのドレスを着ていたのも最悪だった。

「……」

あ、これ無理だ。忍耐力がダメ。

ガッツリ落ち込んだミリアリアはテレポートで赤毛君を回収して、続いて見晴らしの良い岩の上に転移する。

「え？　なに？」

「今日はもう終わりですわ……まぁ扇に技があることがわかっただけでもよしとしましょう」

眼下にはミリアリア達を見失って大暴れしている大ムカデがいた。

「フ、フフッ……では始めるといたしますわ」

ミリアリアは右手を高く掲げ、目標を見定めた。

全身から闇が迸り、体から力が溢れ出る。

溢れた力は右手に収束して、高圧縮された闇となった。

大ムカデは半端なダメージでは仕留め切れない。

しかし倒し方は単純明快。再生が間に合わない威力をぶつければ事足りる。

その場合、打撃耐性アリなので精霊術推奨である。

「よくも……わたくしのお気に入りのドレスをダメにしてくれましたわね！」

ボンボンボンと注ぎ込まれる力の分だけ巨大化する黒い闇に赤毛君は震えてミリアリアのドレスの裾を握り締める。

「夜を喰らう闇！　アンコクウ！」

出来上がった闇の塊をミリアリアは遠慮なく解き放った。

大ムカデに着弾したアンコクウはその瞬間一気に膨れ上がって周囲ごと大ムカデを飲み込んだ。

ミリアリアは涙目の赤毛君の首根っこを摑んで遠くに退避。

次に視界が切り替わった時、そこにはドーム状に広がったアンコクウと同じサイズのえぐれたくぼみがぽっかりと広がっていた。

終わった――――が勝つには勝ったが虚しい勝利である。

「……よし！　討伐完了……勝負はわたくしの勝ちですわ！」

だがそれでも勝負で勝利を収めた、そこ大事なところである。

爆風で乱れた黒髪をサッと手で払って、一応ミリアリアは勝利宣言した。

その後ちゃんと日が暮れる前に帰ったというのに、しこたま怒られた。

破れたドレスはゴミ箱に直行で、泣きっ面にハチである。

そして今日連れ歩いた赤毛君が騎士団長のご子息だと知って驚いたミリアリアはやっぱりしこたま怒られることになった。

「……ううう。服は汚したけど、ちゃんと送り届けましたのに」

満身創痍のミリアリアと赤毛君は別れ際に少しだけ話をした。

赤毛君は勢いがなく、落ち込んでいたようだが、ミリアリアの顔を見るなり謝ってきた。

「その……すまなかった。いきなりあんなことを言うなんて、騎士にあるまじきことだった……それと、その……モンスターから、かばってくれてありがとう」

「おおっと……それはずるいですわ」

ミリアリアはあまりにも素直に頭を下げる赤毛君に驚いていた。

ふむ、まぁ人には事情というものがある。

イライラする時は、埃が転がって来ただけで我慢ならないことだってあるだろう。

昔のミリアリアなら、とりあえず死刑を連呼していたかもしれないが、今はそこまで心は狭くない。

ミリアリアは扇を開き頷いた。

「よくってよ！　弱い者を助けるのも強者の務めというものですわ！」

だがその言葉を聞いた瞬間、赤毛君の表情が強張る。

そして涙目になった赤毛君は走り去った。

「俺は……弱い者なんかじゃないやい！！」

全力ダッシュである。

「あれ？」

うーむ、別に傷つけるつもりとかではなかったのだが、悪いことをしたかも。

それはともかく美少年の涙目は、うちの侍女連中には好評だった。

ミリアリアは頭のどこかで「そういうとこだぞっ」とツッコミを入れられた気がした。

THE VILLAIN PRINCESS DIVES INTO THE LABYRINTH TODAY

第七章

悪役姫は着飾る。

ミリアリアの一日は一杯のドリンクから始まる。

「えーフルーツ入れて、コマツナ入れてー、ダンジョン産の秘密のお薬を一瓶入れてー、術でミックスー。ハイ！　出来上がりですわ！」

愛用のジョッキになんとも形容しがたい色になった液体を注ぎ入れ完成。

ミリアリアは謎の液体を半分ほど口に流し込んだ。

「ゴエエッフ……」

あまりにも乙女にあるまじき胃袋の奥から出てくる声は、誰にも聞かせられないミリアリアの秘密だった。

「グフッ……全部、一度には飲みきれないんですわよね」

続いて二度目。

すべて口の中に流し込んだその時、侍女のメアリーはやって来て頬を膨らませているミリアリアを見て、深々とため息をついた。

「……ミリアリア様、何をしていらっしゃるんですか。先日のアーサー様誘拐事件もしばらく城では語り草になりそうですよ？」

ああ、そんな見られたくなかったものを見て冷たい反応をしないでほしい。

しかしあーさー……アーサーとは？

文脈から赤毛君の顔が頭をよぎって、ミリアリアの記憶が全力で警鐘を鳴らした。

「ぶふぉ！」

「ミリアリアサマ!?　クッサ！　臭いですよ、ミリアリア様!?」

大慌てで拭く物を取りに行ったメアリーの足音を聞きながら、ミリアリアは脳髄を氷漬けにされたような寒気に襲われていた。

自分と同じくらいの子供で赤毛のアーサーなど一人しかいない。

攻略対象の一角であるワイルド系美形騎士を思い出し、ミリアリアはブルリと身を震わせた。

「まさか……アレがアーサー君だったとはマジヤバですわ。勝てたから良かったものの危うくフレアザンバられるところでしたわ！」

一対一のガチの決闘とかにしなくて本当によかった。

でも、思い描いていた半分も凄味を感じなかったのだから、わからないのは仕方がない。

「ああでも、本編始まる前なんてクソザコですわよねー。まだ戦ってないんですもの……」

だがそれも無理もないことかとミリアリアは考え直した。

この世界の平均レベルはとても低い。

なぜならレベル上げなんてあやふやな目的でモンスターをチョメチョメしまくるのは、やベー奴だからだ。

ミリアリアは予定外の遭遇に冷や汗を拭いつつ、どうしたものかと息をついた。

「もうちょっと他人のステータスをしっかり見られたらすぐわかるんですけどね」

ゲームじゃ見られたはずなのに、ミリアリアには未だ精霊術でそれを完全再現出来ていない。

精々自分の能力値をある程度見ることが出来るくらいで、他人はダメだ。

主人公のライラは名前はもちろん、他人の好感度まで確認出来ていたのだが……これはおそらくはゲームの主人公の属性、光属性の得意とするところなのではないだろうか？

「お母様に聞いてみようかしら？　考えてみればレベルの数値化とか、女王にぴったりの技能なんですわよね……」

ミリアリアがいくら考えてみても、これはばかりはわからない。

ミリアリアが頭を抱えていると、若干秘薬の匂いを漂わせているメアリーが拭く物を持って大慌てで戻って来た。

「ミリアリア様！　大丈夫ですか！」

「だ、大丈夫ですわ……。まぁ、普通に見える方がおかしいですわよね」

「何か？」

「何でもありませんわ。もっと鍛えなきゃなって思っただけです」

「え？」

軽い世間話程度で苦笑してくれると思ったのだが、メアリーは銀のお盆を取り落とした。

「……え？　まだですか？　これ以上ですか？」

「何言ってるんです？　当たり前ですわ」

そこまで動揺しなくても良いと思うのだが。

ミリアリアはすぐさま闇を広げ、メアリーが落としたお盆を拾い上げて返してあげた。

ギョッとしているメアリーの考えすらわからないが、こんなに便利なのに突き詰めない理由は存在しない。

ミリアリアは冗談ばっかりと彼女の肩を闇で作った手で叩いた。


大きな問題はある日、突然やって来る。

本格的に攻略を始めたダンジョンはすでに地下三十階層。

ミリアリアのレベルはメタルプリンプリン狩りで高レベル帯に突入していた。

しかしこのやりこみ系ダンジョンでは、それでも死ぬ場合があるから注意が必要である。

「そして……この中層が鬼門……。鬼門なんですわ……」

このフロア自体は本来レベル70台くらいでも攻略出来るだろう。

ミリアリアの現在のレベルは90の大台に突入していたが、しかしソロであり、このフロアのモンスターすべてが弱点属性以外のダメージがほとんど通らないともなれば、正直しんどいと言わざるをえない。

「くぅ……どう考えてもパーティで使ってないメンバー使ってねとでも言いたげなこの仕様……ソロにはキツイですわ」

こんなめんどくさい階層はさっさと抜けてしまうに限る。

出来る限り戦闘を避けて先へ先へと進んできたが、厄介なことに倒さなければいけない敵は存在した。

「エリアボス……階段前居座りタイプ……タイタンゴーレムは土属性で水に弱いと」

ミリアリアは記憶を探り、攻略法を模索する。

雷属性は無効。闇と光は一応普通に効果的にダメージが通るので希望はあるが、弱点でもないのが悩みどころだ。

高いＨＰに硬すぎる耐久力が問題で、オートで回復までしてくるのだから始末が悪い。

最も有効な攻撃は精霊術の弱点属性を見極め、一気に削り切ることであるがそれが出来ないのなら総合的な能力値が段違いで高いのがきつかった。

「幸いノーダメージというわけではないのです。相手の回復速度を上回る攻撃を削り切れるまで、どれだけねちっこく、それでいて速やかに与え続けるかが攻略のカギですわ……耐久戦ですわね」

死闘の気配にミリアリアはゴクリと息を飲み、タイタンゴーレムは迎撃範囲に入った瞬間動き出す。

ミリアリアは覚悟を決めて、無数の術を空中に浮かべて、放った。

「うつべし！　うつべし！　うつべーし！」

攻略法はただ一つ。精神力が尽きるまで、精霊術を撃ち続ける。

遠慮なしに最高威力の精霊術を撃ちまくる。

フロアには絶え間なく破壊音が木霊し、タイタンゴーレムの体が小さくなってゆく。

相手は鈍足で術を当てるのはたやすいが……しかし結論から言えば、ミリアリアはゴーレムを削り切れなかった。

「……ぬー……もうちょっと。もうちょっとだと思うんですのよー。もうほとんど骨組みしか残ってない状態でしたしー……」

ダンジョンから戻って来たミリアリアは自室にて敗北の味を噛みしめていた。

タイタンゴーレムはミリアリアの術が打ち止めになった瞬間、モリモリ回復して元に戻っていったが……これは現状ゴリ押しでは突破出来ないと証明してしまったようなものだった。

「あとちょっとで……どうにかなると思うんですわー」

ミリアリアの手ごたえとしては、微々たる工夫で乗り切れそうな、そんな気がしないでもない。

技に期待していたが初期技以降、いくら殴ってもひらめきがないのが困りものである。

とりあえず思いつく火力アップは宝石のがん積みだが……。

指という指に宝石をはめ、ブレスレットにネックレスをありったけつけてみて姿見で自分を見たミリアリアは愕然とした。

「恐ろしくダサいですわ！」

震える手で頭を抱え、鏡から目を逸らす。

「これは……美学に反しますわ。いえ、負けっぱなしも十分美学に反するんですけど……。まぁしばらくつけて優雅に動く練習でもしてみましょうか？　いやしかし……」

記憶にも頼りたいところだが縛りが特殊すぎる。ちょっとダメっぽいのでミリアリアは代案も考えてみることにした。


妙な記憶が頭の中にあっても、実際の技術のすり合わせが必要な場合がある。

こういう時、王城の図書館は最強だった。

蔵書、質ともに最高品質で、調べ物に関して、ここ以上は中々ない。

ミリアリアも最近よく利用しているのだが、意気揚々とミリアリアが図書館に向かうと、本日は先客がいた。

可愛らしいメガネの少年がでっかい本を一生懸命読んでいる。

放っておこうかとも思ったが、メガネ君が読んでいる本が見たことのない精霊術の本だと気が付いたミリアリアは、なんとなく声をかけた。

「それは精霊術の本ですの？」

「…………そうですよ。何か？」

「いえ、わたくしも精霊術の調べものをしているんですわ」

「君が精霊術を？」

そう言って不躾な視線を向けてくるメガネ君がフンと鼻を鳴らした。

「僕には君が真剣に学ぼうとしているようには見えないけど？　そんなにアクセサリーをジャラジ

ャラつけて、趣味も悪い」

いきなりの挑戦的な物言いだが、ミリアリアはメガネの少年をジッと眺めて、深く頷いた。

何だろう、この小生意気な生物。

気分を害したらしいメガネ君は生意気かわいかった。

だが悪口は的確に嫌なところを突いていて恥ずかしい。

ミリアリアとしても意味もなく、こうして宝石をつけているると思われるのは心外だから、ひとまず扇で口元を隠して、鼻で笑い返した。

「えぇ？　あなた精霊術使いなんですわよね？　この宝石の意味がわかりませんの？　本気で言ってます？　まさかジョークですわよね？」

よくもまぁここまで小バカにするような声が出たものだと、ミリアリアは自らの悪役潜在能力に驚愕した。

そしてそれは効いたらしく、心底苛立たしげにメガネ君は顔を上げた。

「それは……どういう意味？」

「え？　教えてあげませんわ？」

「……なぜ？」

「だって、これって結構なお役立ち情報ですすし。教えるなら金貨とか積んでほしいですわ」

「……ならいい。どうせ大したことじゃない」

憮然として本に視線を戻すメガネ君。

このまま放っておいても良かったが、ミリアリアはヒョイと彼の読んでいる本を取り上げて、代案と扇を突き付けた。

「まぁ金貨ではなく別の物でも良いですわよ？　例えば情報とか。わたくしが知りたい情報を貴方が持っているのなら、教えても良いですわ」

宝石のバフ効果は侮れない。

世間の人はあまり知らないようなのだが、これくらいのことは言っても良いだろう。

胸を張り、自信満々のミリアリアにメガネ君は困惑していたが、軽くため息をつく。

どうやらメガネ君は好奇心に負けたらしい。

「……僕の知っていることなら」

「そう来なくては面白くありませんわ！　実はわたくし、精霊術の威力を底上げする方法を探していますの！　何か小技があれば教えていただけませんか？」

ミリアリアの考えはこうだ。

現状術のダメージよりも敵の回復速度の方が早い。

しかしすでに最高の武器と、ブラックダイヤモンドでの強化で、考えられるだけのダメージアップの方法は試している。

ただの物理攻撃も織り交ぜてみたが、なしの礫《つぶて》だった。

となれば一撃の威力を上げるしかない。

しかしいつかナイトメアナイト戦で使えた謎の力は再現不能。もっとレベルを上げようにも高レベル帯に突入したミリアリアはレベルを一つ上げるのも大変だった。

ひょっとしたらと思ったが、メガネ君は首を横に振った。

「そんな都合の良い話あるわけない……精霊術は地道に訓練するしかないよ」

「でも決まった術を撃ち続けたって、威力は上がらないでしょう?」

ごく当然と常識のように反応すると、メガネ君は意表を突かれた顔をしていた。

「訓練で精霊術は上達するよ?」

「いえ。そりゃあ訓練でも器用に扱えるようにはなりますわ。出力の増減や性質の変化は慣れでうまくなります。でもわたくしは出力そのものを上げたいんですわ」

「術の出力は、訓練では上がらない?」

「ええ。それと色々と調べてみてもどうも訓練って精神論が多くて、漠然としている気がしますのよ。でも漠然としているからこそ中には使える情報もあるかもしれませんわ」

ミリアリアは横目で積んである本を眺めながら、フゥとため息を漏らした。

我ながら都合の良い話をしているなとミリアリアは自嘲する。

敵を倒せばレベルが上がって、威力が上昇するのは間違いない。

だというのに調べてみると、どうにもそれが訓練すると威力が上がるにすり替わっている気がミリアリアにはしていた。

訓練があるなら本番があるものだ。

訓練をしてモンスターを倒したのなら、辛かった方に意味を見出すのが人の性というものなのかもしれない。

つまり、一般的に言う訓練しろは、テクニックを学んでうまく立ち回り、モンスターを倒してレベルアップしろってことだ。

でも今欲しいのはレベルアップでの底上げじゃないのだ。

ゲームシステム以外のところで大幅に術の威力を上乗せする裏技をミリアリアは期待していた。

ミリアリアが明かしたくない情報は伏せて答えるとメガネ君はいつの間にか本から目を離して、ミリアリアを見上げていた。

「で、ちょっとした工夫の話です。要は属性攻撃しか効かない敵を倒したいんですわ。でも、現状先に念が尽きちゃうんです」

「何それ？　なぞなぞ？」

「似たようなものですわ。何かありません？」

ミリアリアは答えにあまり期待はしていなかったが、ぶつぶつと何か呟いていたメガネ君は意外にもきちんと答えを出してきた。

「要は今の念じゃ足りないってことかな？　……そうだな……一つだけ知っているかもしれない」

「ホントですの!?」

意外にあっさり出てきたことに思わず興奮してメガネ君の肩を摑むと、メガネ君は目を白黒させて、何度も頷いた。

「ホ、ホントだよ！　……君は荒っぽいな」

「そんなことはどうでも良いですわ！　それで！　その方法って！」

手を離し聞く体勢に入ったミリアリアに、メガネ君は着崩れた服を直しながらガサゴソと積んでいた本の中から一冊を取って開いた。

「……騎士が使う技があるだろう？　あれに精霊術を上乗せさせることでより高度な技に進化することがあるらしい。そういう技は属性の効果が乗るし、精霊術よりも疲れず威力が大きいそうだよ」

「……え？」

だが思いもよらない話を聞いて、ミリアリアは固まってしまった。

それを見たメガネ君は、ちょっとだけ饒舌に語り始めた。

「技には……特殊な効果があるものがあるんだ。剣を振って炎が出たり水が出たり。そんなこと精霊術じゃないと不可能だろ？　あれはほとんど念を使わないから精霊術のカテゴリーではないけど、ほとんど精霊術みたいなものだと思う。得意な属性を思い浮かべて念を込めることを意識すると覚えられるらしいけど……」

「！！！」

むろんミリアリアとて技は知っていたが、目からウロコが落ちた気分だった。

ゲームシステムを知っているからこそ、明確に別のものだと思うあまり分けて考えてしまっていた。

しかし確かに「光姫のコンチェルト」においてキャラクターの使う上位の技は使える精霊術の属

性とエフェクトが連動していた。

炎の精霊術と高い適性のあるキャラクターは剣を振って炎が出る技を覚える。

つまりあのエフェクトは精霊術判定の可能性があるわけだ。

「同時ですわね？　……術を使う感覚で武器を振るんですわよね？」

「最低限の実力は必要だからね？　……少し要望とは違うかもしれないけれど」

「いえ！　十分ですわ！　やりますわね！」

ミリアリアはメガネ君の肩を荒々しく叩いた。

道理で初期技を覚えた後、叩いても叩いても次のスキルを覚えないからおかしいなと思っていたのだ。

てっきりミリアリアがラスボスだからそういう仕様かと疑っていたが、知識が邪魔をしていたとしたら残念すぎる。

やはり精霊術に大切なのはイメージ！

もし技を習得出来るのなら確実に手数が増える。そうすれば小技に頼る必要などなくなるはずだった。

「それなら、あるいは……ダメ押しになりますわね！」

「何のダメ押しか知らないけど……君も教えてくれるの？」

興奮しているミリアリアに、ちょっと怯えているメガネ君。

それでも好奇心を優先するあたり筋金入りである。

悪いことをしたなと反省したミリアリアはとっておきの情報を渡すことにした。

「ちなみに、貴方の精霊術の得意属性はなんですの？」

「……水」

「水ですか……ならちょうど良いですわ」

「え？　何？」

ミリアリアは頷いて、身につけている宝石の中からサファイアの指輪をメガネ君に手渡した。

水属性を増幅する他にHPをわずかに回復する効果がある装備品だが、きちんと水属性を持っている主人の方が指輪も喜ぶに違いない。

「今回のご褒美に差し上げますわ！　わたくしの小ネタはきちんとしたアクセサリーを身につけると、特殊な効果があるということです。粗悪品じゃダメですわよ？　特に宝石は、精霊術の威力を上げますわ。宝石の質によってかなり振れ幅はありますわね。上質なものほど実感出来るくらい変化があるはずですわ！」

精霊術を手っ取り早く強くするなら一番お手軽だと思う。

それを聞いたメガネ君は驚くほど大きく目を見開いて、ミリアリアが手渡したサファイアをジッと見ていた。

「そんなこと……聞いたことがない」

「ええ。みんな知らないみたいですわね。ちなみにそれは一級品でしてよ？」

「ええ？」

そんなことある？　って顔でメガネ君が見てくるが、ミリアリアからしてみたら検証済みの話だった。

ミリアリアは手っ取り早く自分のブラックダイヤに精霊力を流してみせる。

するとミリアリアの精霊力を帯びたブラックダイヤは力強く輝き始めた。

「コツは宝石を経由して、循環するイメージですわ。力が増幅するのがわかるはずです」

ミリアリアに言われて、メガネ君も宝石を握り締めてやってみていた。

中々才能があるようで、すぐに手のひらからサファイアの輝きが漏れているのが見えた。

これは中々に有能だとミリアリアは感心した。

「こ、これは……本当に？」

「貴方も、その宝石で色々試してみると良いですわよ！　それこそ訓練でかなり変わりますわ！」

「いや！　さすがにこんな……」

「なんですって？」

メガネ君の言葉が聞こえなかったミリアリアはズズイと顔を近づけた。

するとウッと怯んだメガネ君は慌てて視線を逸らすと赤い顔で呟いた。

「そ、その……なんかありがとう」

いきなりデレましたわこの美少年！

一瞬で尊くなったメガネ君にミリアリアは戦慄した。

しかしこの程度の不意打ち、回避する術は編み出している。

「気にしないでよろしくってよ――――」

「え？」

簡単な言葉だけ残して、スゥッとミリアアリアはゆっくり消えながら退避した。

これぞ必殺昇天エスケープ！

まるで幽霊が消えるように、言いたいことだけ言って消えるテレポートの荒業である。

メガネ君が何か言っていたがミリアアリア的には構っている暇がない。

新しい技がミリアアリアをまた一つ上のステージに連れて行ってくれるかもしれない。

そう思うとミリアアリアは居ても立ってもいられなかった。


シリウスという少年は高い精霊術の素養をもって生まれて来た。

貴族にとって精霊術の素養はとても重要で才能ある子供は大きな期待を寄せられる。

そしてシリウスは周りの期待に応えるだけの能力を持っていた。

幼い頃から精霊の声を聴き、簡単な術なら教えられずとも使いこなす卓越したセンス。

どんな本でも一目見ただけで内容を理解してしまえるほどの知能に両親は期待を更に大きくした。

だがどこまでも膨れ上がった期待は、ただの少年の心に重くのしかかった。

山のような書物を買い与えられ、何人もの教師をつけられた。

一日のほとんどは勉強に費やされたが、シリウスはそれでも期待に応え続けた。

その結果、精霊達によってあんなにも輝いていた世界が、少しずつ色あせてゆく。

ふと気が付くと精霊達の声は聞こえなくなっていた。


その日、シリウスは父について王城へやって来ていた。

後学のために見学をしてきて良いと言われたシリウスは城の図書館にやって来た。

別段興味があったわけではない。ただ、他に思いつく場所がなかっただけだった。

だけどシリウスは、そこで一人の少女に出会う。

黒髪と黒いドレスを着た、やたら宝石で飾り立てた派手な女の子は言いたいことだけ言うと、あっという間に消えてしまった。

「一体……何だったんだろう？」

見たことのない術だったけれど、精霊の気配をはっきりと感じた。

でも女の子が消えてしまったせいか、今までのやり取りがまるで丸ごと夢だったようで、シリウスは思わずクスリと笑ってしまった。

彼女の話は正直意味がわからないことが多かったが、本にも載っていないようなことが多くて、興味が湧いた。

シリウスにだって、嘘か本当かわからない。

だけど最後に彼女がくれた宝石は、彼女のすべての言葉を肯定した。

手の中に残る大粒のサファイアに念を流し込むと、図書館中から精霊達の嬉しそうな笑い声が聞こえる。

そしてシリウスが生み出した色鮮やかな青い輝きを祝福しているようだった。

シリウスは自分のメガネを少しだけずらして宝石を見る。

「……とっても、綺麗だなぁ」

それは何に向けた言葉だったのか、シリウスもよくわからない。

ただシリウス自身、自分でも生まれて初めて言うようなことを呟いて、サファイアをしばらく眺めた。

ほんの少しでも感情が動いた自分自身に驚いて、戸惑って。

なによりそれだけで世界が彩られていて、シリウスは無機質な世界から少しだけ外に出た気がした。


「さて……リベンジですわね」

結局自分に最適な、いつも通りの宝石で体を彩り、ミリアリアはダンジョンに立った。

下ろしたての黒いニュードレスには闇の精霊術がよく通る。

身だしなみは万全。

技の冴えはいつも以上で目的地にも、すぐにたどり着く。

「つまり……ベストなコンディションということですわ！」

ミリアリアは腕を組み、目標のタイタンゴーレムを睨みつけた。

待ち受ける巨大なゴーレムは、まさしくミリアリアの道をふさぐ障害物であり、叩けば叩くほど熟練度が上がる師匠でもあった。

「……ではご教授いただきますわ。今日こそ少しは摑める気がしますのよ？」

タイタンゴーレムのテリトリーに踏み入れば、命がけのレッスンの始まりとなる。

「すー……はー……」

ミリアリアは扇を開き、呼吸を整える。

今日こそはあの硬い体を削り切る。偶然得られた突破口を確信に変えるため、ミリアリアは走り出した。

タイタンゴーレムの手のひらが振り下ろされる。それをぎりぎりを見極めてステップを踏んでタタッとかわす。

流れるように相手の腕を利用してタイタンゴーレムの頭上まで駆け上がったミリアリアは、ゴーレムの無機質な顔面に狙いを定めた。

「扇に精霊術を纏うように――」

使いなれない技を意識して、口に出す。

精霊鋼の扇は効率的にミリアリアの力を吸収し、増幅して黒いひらめきをミリアリアにもたらした。

「！　キタキタ来ましたわ！　さぁ！　リベンジです！」

ミリアリアは扇を扇ぐイメージで振りぬく。

飛び出した黒い刃はトリッキーな動きでゴーレムへ飛ぶと、その体に纏わりついた。

たっぷりと闇属性の乗った鋭い刃が深々と無数の傷をゴーレムに刻みつけていた。

それを確認したミリアリアは新たな技の完成を見た。

「扇技・影鳥《かげどり》……良いじゃありませんの！　出足は速いし消耗は少ない！」

ならばやることは決まっていた。

「行きますわよ！　うつべしうつべしうつべしうつべし！」

情け容赦なく放たれる影鳥の嵐。

ガンガン削り取られるタイタンゴーレムの装甲はそこら中に飛び散った。

自動回復の速度を上回る波状攻撃にたまらずタイタンゴーレムがよろめいた。

だがここで油断してはいけないのがこいつなのだ。

装甲を削り切った後の仕上げこそ踏ん張りどころだと、ミリアリアは前回の敗戦で学んでいた。

「ゴ……ゴゴゴ」

装甲の岩など、所詮土の寄せ集めでしかない。

中の骨組とコアこそが最も守りが堅いのだ。

「わかっているんですわよ！　そんなことは！」

ミリアリアは渾身の念を燃やした。

そしてゴーレムのコアを完全に砕くべく残りのすべてを振り絞った。

「食らいなさい――――アンク！」

扇を構え、全神経を集中。

闇属性の玉は、回復の間を許さずタイタンゴーレムを砕いていく。

影鳥ほどの速度はないが、アンクの方がダメージが通った。

ミリアリアは出来る限り最短でアンクを放ち、リキャストタイムに影鳥を織り交ぜた。

「アンク！　影鳥！　アンク！　影鳥！　アンク！」

後は回復するより早く、あのコアに攻撃を届けるだけだ。

「うおりゃあああああ！」

ミリアリアはとにかく速く正確に相手にダメージを与えること以外考えなかった。

倒れろ倒れろ倒れろオオオオオ！

実際叫びはしなかったが、目が血走るほどに集中した精霊術は間違いなく速度記録を更新していただろう。

「ゴ……ゴゴ……」

「！」

そして最後に闇を乗せて繰り出したミリアリアの扇の一撃は、何かタイタンゴーレムの致命的なものを破壊した手ごたえがあった。

ゴーレムが膝から崩れ落ちる。

地面に転がったとたん砂と化したゴーレムを見た瞬間、ミリアリアは全身から汗が吹き出し、膝が砕けそうになったが、根性で踏みとどまった。

勝利の瞬間こそ乙女の意地の見せ所！

ミリアリアは扇をパチンと閉じて、勝利のポーズをバッチリ決める。

「うん！　勝利ですわ！　……マジヤバですわね！」

よかったーギリギリ勝てて本当によかった！　なんて半泣きになりつつ、ミリアリアは傷一つない扇で優雅に口元を隠して、ようやく大口を開けて高笑いした。

THE VILLAIN PRINCESS DIVES INTO THE LABYRINTH TODAY

第八章

悪役姫は新車を手に入れる。

精霊は万物の根源としているくせに、攻撃目的でしかそれを使わないことこそ不敬なのでは？　なんて思わなくもないミリアリアは、遠慮なく異端な使い方をバンバン試していた。

雷属性の方は今一うまくいっていないが、闇属性の応用幅がエグイ。

こいつは本当に思いついたら何でも出来るんじゃないかと思うほどに応用幅が広すぎる。

そして今日もまた一つ素敵な術が完成へと到達してしまったと、ミリアリアは自画自賛した。

目の前には丸い水槽に蛇口が付いたウォーターサーバーみたいなものが五つほど並んでいて、メアリーが興味深そうにそれを眺めていた。

「ミリアリア様？　これは何なのです？」

「ふふん。これは職人のおじさま方に作っていただいたものですわ。蛇口の作り方と、美少女の魅力の合わせ技です！」

「……へー」

「何です？　文句がありまして？」

「いえ、ないですよ。全然ありません」

含むところがありそうなメアリーは後でミリアリアプロマイドを城下で百枚売りさばく刑に処すとしよう。

子供が持ち込んだ未知の技術など、普通はそう簡単に現物にはしてもらえまい。

仮に図面と、闇の精霊術で現物を一時的に再現出来るとしても、作ってもらえたのは美少女であることが重大であったとミリアリアは確信していた。

「そこで本日の本題ですわ。メアリー。精霊術のすごい奴が出来たんだけど見るかしら？」

「おめでとうございます。それで……どのようなものなんですか？」

「ふふん……まぁ見ていなさい」

ミリアリアはしたり顔で頷き、唱えた。

「暗黒液体」

ウォーターサーバーに手をかざし、新術を唱えると、ウォーターサーバーはみるみる真っ黒な液体に満たされていく。

ミリアリアが蛇口をひねり中の液体をカップに注ぐと、香ばしい匂いが部屋いっぱいに広がった。

「どうかしら？」

「おおう……見た目最悪なのに、妙に良い香りなのが腹立たしいです」

「えー」

なんだか非常に心外な評価だった。

ここ最近のミリアリアの夜の冒険を支えてくれた自信作なのに。

念のためミリアリアは出した液体を啜ってみると、完全に味は眠気も吹っ飛ぶブラックコーヒーである。

「うん。上出来ですわね！　メアリーもいかがかし……どうしたのメアリー？　すごい顔でしてよ？」

「いえ、あの、……その液体、飲んで良い物なんですか？」

恐る恐る尋ねるメアリーだが、ミリアリアは自信満々で断言した。

「大丈夫ですわよ！　体に悪いどころか様々な効果で助けてくれる優れものですわ！　術で出した水は飲めるでしょう？　闇属性でも大丈夫ですわ！」

「いえ……その理屈は少々無理があるのではないかと。火属性でマグマが出て来たらどうするんですか？　飲めないでしょう？」

「心配性ねメアリー。適当なモンスターでも試してみましたわ。自分で飲んでみてゴーサインでしてよ？」

「それって何か証明出来たことになるのでしょうか？」

「？　わたくしも試したと言っているでしょう？　飲めば眠気が覚め、活力を得られます！　軽い興奮作用もあるかしら？　トイレが近くなるのが欠点と言えば欠点ですわ」

「あの……その説明、危険な香りしかしないのですが？」

言葉を尽くせば尽くすほど、メアリーの顔が不安そうになるのでミリアリアは首を傾げた。

そんなに嫌ならしょうがない。またお盆を落としそうだし、ブラックコーヒーは好みが分かれると、ひとまず納得する。

「そう？　心配ならこっちになさい」

すまし顔でミリアリアは闇コーヒーをすすりながら、もう一つの黒い液体を飲むようにメアリーに促す。

そちらの黒い液体は、プツプツと沢山の泡が下から上に立ち上っていた。

メアリーは一応それを手にしたものの、目には不安の色がありありと浮かんでいた。

「……より、得体が知れないのですが？」

「甘くておいしいですわよ。命令です、飲みなさい」

「ミリアリア様ぁ。……わかりました」

埒《らち》が明かないからちょっと強引に勧めてみた。

まぁミリアリアとしてもせっかくの努力の成果をなんとなくで断られるのは納得がいかないのだ。

もちろん再現したのはコーラである。好みがあるのでこちらは三種類ほど用意してみた。

最後の一つはウーロン茶なので口直しにしてほしい。

さてどんな反応をするのかしら？　きっと感激してくれるに違いないですわ。

泡の立つ液体をメアリーが恐る恐る見つめるのをミリアリアはニヤニヤしながら眺めていた。

メアリーはコップを口に運び、勢いで一気に煽り。

そして爆発した。

「ブフォ！」

「どういうことなのメアリー！」

「ンゴッホ！　……ごほげほ！」

ガランと結局落とされる、かわいそうなお盆。

口と鼻から黒い液体を流しながら、のたうち回るメアリーはようやく苦しそうに声を出す。

「く、口の中で爆発を！　毒なのでは!?　死ぬほど鼻が痛いです！　…………あ、でも甘いですね」

「くっふっふっふ……。炭酸なんだから当たり前ですわ。害はありません。甘くておいしいから今度はゆっくり飲むと良いですわ」

「は、はい……」

二度目は炭酸の刺激を考慮してゆっくり飲んでいる。

メアリーは最初変な顔をしていたがよく味わえばおいしいようだった。

炭酸は周知が必要だが、ミリアリア以外が飲んでも大丈夫と結論しておくことにする。

「まぁ試飲会は成功ですわね！」

「そ、そうですかね？　私は噴水を作りましたけど……」

「成功ですわ！　味についてはどれも上出来です！　そのうち城に蛇口をつけて何時でも飲めるようにしてあげようかしら？」

「それは……城中で噴水が上がりそうなのでご遠慮ください」

「あらそう？　とある場所では子供たちの夢の一つなんですけれどね。ならしばらくは部屋の前に置いておくことにしますわ。メアリーもお友達に勧めてみなさいな。ミリアリアの部屋限定飲料ですわ！」

反応に困るメアリーの苦笑いだが、実際飲みなれさえすれば、親しまれるはずだった。

「……ミリアリア汁。いえ、なんでもありません。ところでミリアリア様？　メアリーめは一つ疑問があるのですが？」

「よくってよ？　何かしら？」

改めてメアリーは一度コホンと咳払い。

何を言うかと思えば、メアリーは思いのほか鋭い指摘をしてきた。

「何で……どれも真っ黒なのでしょう？」

「！　そこに気が付きますかメアリー……」

まさかとミリアリアは言葉を詰まらせた。

確かにミリアリアが用意した飲み物のすべては真っ黒であった。

ミリアリアだって最初の試飲ですべて黒い飲み物なのはどうなのかと、葛藤はあったのだ。

だが、味まで合格点に達する完璧な再現は黒じゃないといまいちうまくいかなかったのだ。

言ってしまえばミリアリアの技術不足で、痛恨の極みだった。

「たぶん……闇属性だからですわ」

おそらくはそういうことなのだろう。

オーラが黒ければ出来上がるものも黒くなるのか？　謎である。

「でもね？　黒い飲み物だけは間違いなくおいしい……おいしいのですわメアリー。わたくしの努力を評価してほしいですわ」

「いえ、すごすぎるとは思っていますよ、もちろん。というかやりすぎです。ミリアリア様」

「でも仕方なかったの！　もちろん見た目が大事なのはわかっているわ！　でも味は大前提なんですわ！」

「いえ、だから、やりすぎですってば。水以外の精霊術で飲み物が出せるなんて話、聞いたこともありませんよ。なんだか物騒な闇属性とは思えませんけど」

「まぁそうですわね」

ミリアリアとて闇についてはわからないことだらけなのだ。適性を持っている人間が少なすぎて研究がいまいち進んでいない分野でもあった。

「でも不思議ですわよね。闇属性。液体や固体はもちろん、靄《もや》のような気体にもなるし、よくわからないエネルギーのようにもなる。物騒と言えば、調べた話では洗脳なんかも出来るらしいですわよ？」

「洗脳ですか!?　……じゃあこの液体にも？」

「オバカチン。そんなことしてないですわ。疲労回復の効果を噛みしめなさい。いつまでも闇属性は不吉なんてバカなこと言って、拗ねてばかりは建設的ではないでしょう？　変えられないなら有効に使うまでですわ」

「……ミリアリア様。ご立派になられて」

疑惑の眼差しから、突然涙目になる感情の起伏の激しいメアリーに、ミリアリアは自信満々で頷いて見せた。

「当然ですわ。で、使ってみたら本気で色々出来てマジ便利なんですもの。もっと面白いアプローチがないか模索中といったところですわ」

飲み物にしても、最初の頃は味がひどかったが今は香りも豊かで、やろうと思えばミルクの味すら加味出来るかもしれない。

後でメアリーには完成品の飲み物をしこたま樽にでも詰めてプレゼントすることにしよう。

「とはいえ……誰か手本になる人でもいれば良いんですけどね。中々ままならないものですわ……

いや、いないこともないですか」

「ミリアリア様？」

ミリアリアはふと思いつく。

それは一番最初に思いついてもよさそうなものだったが、意図的になんとなく避けていたとも言えるかもしれない。

「光姫のコンチェルト」において、最も闇属性の精霊術に長《た》けていた人物を思い出したのだ。

だがイメージがすこぶる悪い。

せっかく良い気分だったのにと肩を落としたミリアリアだったが、ただでさえ足がかりが少ない以上検証は有効かもしれないと思い直して切り替えた。

さて闇コーヒーも飲んで、バッチリ元気も出てきたことだし、活動的に行くとしよう。

頭に？　と浮かべているメアリーに、ミリアリアは扇を突き付けた。

「ではメアリー！　さっそく商人を呼びなさい！　欲しいものがありますわ！」

「は、はい。すぐに連絡します！」

「あら、反対しませんのメアリー？」

快い即答に目を丸くしたミリアリアだったが、メアリーは当然だと頷く。

「白粉の一件もありますから。前回ミリアリア様が提案されたキャリーバッグの売れ行きも好調のようでして。女王様からも、ある程度は好きにやらせるようにと仰せつかっていますので」

だが飛び出した予想外の情報にミリアリアは自分の耳を疑った。

「え？　何それ？　販売してますの？　初耳なんですけれど？」

「そうなのですか？」

「ええ。というか、誰が販売してますの？」

「マクシミリアン様がそうだと思いますが……」

「くっ……マクシミリアンめ。ずいぶんと勝手をしてくれるものですわね。そう言えば不良品を摑まされた件もまだ文句を言っていませんでしたわ。今度はもっとわがままを聞いていただきましょうか」

好都合だけど釈然としない微妙な心地で、ミリアリアは自分の手のひらを扇で叩いた。


ドォンとどこかに雷が落ちる。

窓ガラスがガタガタ揺れ、閃光が真っ白に染めた部屋の椅子に座り、扇の先端を机にめり込ませるミリアリアと、雷におびえる商人、マクシミリアンは対峙していた。

「――――さてマクシミリアン。色々と言いたいことはあるけれど、それはともかくわたくし専用の馬車を作りなさい」

　色々考えた末に、ひねり出したアイディアを聞いたマクシミリアンはビクッとしていた。

「ど、どういうわけでございましょうか？」

「あら？　ふてぶてしいことを言いますわね。聞いていましてよ？　……わたくしのアイディアを無断で製品化しているそうじゃない？」

「いえ……その。保護者である女王様に許可は……いただいていたのですが」

「そういうことですの!?」

「も、申し訳ありません！」

　確かにガキンチョミリアリアのGOサインに女王様兼保護者の許可ほど確かなものなんてなかった。

　ミリアリアはフラリと額を押さえてよろめいた。

「お子様的盲点でしたわ、ミリアリアは驚きました。……まぁよくってよ。それはともかく馬車ですわ。良い？　最低でもバス、トイレ、キッチンはつけなさい！　そして、走った時、揺れを最低限にするサスペンション！　これは譲れません！　ここをおろそかにしては始まりませんわ！」

　サスペンションの導入は異世界の記憶持ちの義務と内なる何かが叫んでいた。

　熱い想いはこみ上げていたが、それが伝わるかどうかは別問題だ。

　マクシミリアンは、うっすら汗をにじませていた。

「……すみません。少し落ち着いていただけますでしょうか？　一つも言っていることが理解出来ません」

「そうでしょうとも！　……ですから今回もきちんと図面に起こしてありますわ！　大丈夫です！貴方の人脈を駆使すれば出来ないことはありませんわ！」

差し出した図面は、キャンピングカーをモデルに書き出したスペシャルな馬車であった。

スケッチブックを受けとり、それを覗き込んだマクシミリアンは表情をなくして、静かにそれを閉じる。

そして恐る恐るミリアリアに質問した。

「あの……細かいところはわかりませんが、この大きさは、かなりのものですよね？」

「ええ、大きいですわ。でもかなり工夫を凝らしていますから、コンパクトに収まっているとは思いますわよ？」

「いえしかし……この馬車を引ける馬はいないと思うのですが？」

「ふふん……当然考えていましたわ」

「……本当ですか？」

「もちろんですわよ。重さは気にしなくていいですわ。そんな無駄な心配をするよりも貴方はどうやってわたくしの要求に完璧に応えるか、その方法を考えている方が長生き出来ますわよ？」

「え？」

凄みを利かせたミリアリアにマクシミリアンは困惑の声を上げる。

とぼけた声を出すマクシミリアンに、ミリアリアは指を三本立てて見せた。

「まぁアイディアを無断で使用した件は納得したので不問としましょう。しかし――――ＥＸポーションの不良品を摑ませた件、わたくしちょっと寂しかったですわ」

一本指を折る。

ゴクリとマクシミリアンの喉が鳴った。

「あ、あれをお使いになられたんですか？」

「もちろんですわ。わたくし自ら確認して、しっかりとした根拠を基に抗議しているつもりです」

「ミ、ミリアリア様自ら……ですか？　それは……ＥＸポーションが必要なほどの大ケガを？」

「何に使おうがわたくしの勝手です！　問題はその品質の悪さでわたくしが不利益を被ったということですわ！」

「し、しかしＥＸポーションの回復力なら品質が多少低下しても、大抵の人間は……」

「お黙りなさい。使用期限が切れて、本来以下の効果しかなかったことが問題なのです」

そのわずかな効果の差で死にかけることもあるのだから、勘弁してほしい。

まぁ期限切れでも良いから持って来いと言ったのはミリアリアだったが、こちらは姫だ。

本当に持って来たのなら、事前に説明くらいあってしかるべきだと思うわけだ。

もうずいぶん遠い昔のような気がしたが、かなり重大なことなので釘はさしておかねばならなかった。

「そして先日の白粉の一件。許しはしましたが……貴方の失態としてわたくしは数えておりますわ」

ミリアリアは二本目の指を折る。

マクシミリアンの顔色は蒼白だった。

「どちらも命の危機すらあった大きな失態です。話は変わりますがどこかの国には仏の顔も三度までという言葉があるそうですわ。どんなに穏やかな心根の人物でも二度までしか許してくれないんですって。わたくしもそろそろ――最後の指を折らなければならないかしら？」

「……」

「まぁそんなことはないと信じていますわ。よろしくて？　マクシミリアン？」

チョンと最後に残った人差し指でマクシミリアンの鼻をつつくと、彼の体はビリリと震えていた。

ちょっと脅かしすぎたかな？　と思ったミリアリアだが実際死にかけた意趣返しとしてはこんなものだろう。

「……はい！　善処いたします！」

「よくってよ」

良いお返事です。

わがままなミリアリアの要求に悉く応えて見せてくれるマクシミリアンが頷いたのなら、何かしら形にして持ってくるだろうから安心である。

「では事前の説明通り、わたくしが馬を用意いたしますわ。楽しみにしていらしてね？」

「少し嫌な予感がするのですが……ミリアリア様のことですから期待させていただきます」

なぜだかこんなに脅したのに妙に高評価なことを言うマクシミリアンの顔は妙に引きつっていた

けれど、期待にはおそらく応えられるとミリアリアは自負していた。

後は図面を渡して下準備は完了である。

新しいことに挑戦するにも下準備というやつは大変で困る。

だが高度な物を作ろうとしたことで、ミリアリアには一つわかったことがあった。

どうやらミリアリアの中にある記憶は一人のモノではないらしい。

うっすらとそんな気がしていたが、確実に複数の人間の記憶が混在しているのは間違いない。そうミリアリアは確信した。

ただ、不安に思わなくはないが不思議と切り離したいとは思わないなとミリアリアは首を傾げた。


それからしばらくの間ミリアリアは準備のために奔走した
準備に手間取ったがしかしすべては素敵な馬車のためだと、ミリアリアは最後の仕上げのためにやって来た建物を見上げて、気合を入れた。

地下ダンジョン三十五階層。

黄金神殿と呼ばれるフロアには、ダンジョン内に似つかわしくない黄金の神殿が存在した。

次の階層に進むためには神殿の中にいるブエルというボスモンスターを倒す必要があるのだが、今回の狙いはそこじゃない。

ミリアリアの求めるそれは建物を守るため狛犬のように座る、見上げるほどに大きな黄金の獅子像だった。

「ふふん。知っていますわよ……お前達がテイム可能なモンスターだということを」

ミリアリアはあまりにもゴージャスにきらめく黄金の雄獅子に語り掛ける。

黄金の獅子像、ゴールドレオは言ってしまえばガーゴイルのような石像が動くタイプの不思議なモンスターである。

本来であれば、戦闘後ランダムで仲間になるかどうかの判定があるのだが、今回ミリアリアは少しばかり試してみたいことがあった。

いつだってゲームの描写の中にはミリアリアの力についてヒントが隠されている。

今回ミリアリアが注目したのは魔王という存在だった。

思えば闇の属性において、これ以上に手本にすべき相手は存在しない。まぁイメージが悪いだけである。

「ゲーム中のミリアリアというか魔王は、明らかにモンスターを従えていましたわ。敵のギミックだと言ってしまえばそれまでですが……わたくしだけにある特性は何なのか考えれば何か秘密があってもおかしくはありませんわ！」

つまりは闇の属性に高い素養があること。それとテイムという技術は深い関係があるのではないか？という仮説である。

精霊術においてなんか出来そうな気がするという直感は侮れない。

それはミリアリアの模索に特に重要なことである。

ミリアリアは黄金の獅子の警戒範囲を踏み越えると、ゴールドレオは侵入者を排除するために動きだした。

「あとは……さっそくテイム団子を食べさせてみましょうか。きっとわたくしは百パーセントテイム可能とかそんなのですわ！」

ちなみにテイム団子は、王都の冒険者専門店にて一部販売中のテイム判定を発生させるアイテムだ。

今回の目的は仲間にすることなので銃撃は禁止としておこう。金は柔らかそうだから見栄えは大切である。

「グオオオオ！」

ドシャッと一歩踏み出せば、金だけあって重い音を立てるゴージャスな獅子に向かって、ミリアリアは団子を構えた。

そして一時間後――

「ゼーハーゼーハ……ダメじゃないですの！」

闇属性は特別テイマーの素質があるかと思えばそんなことは全くないらしい。

ミリアリアの買った団子は底をついた。だがゴールドレオは、まるでひれ伏す気配はなかった。

ミリアリアは悔しげに唸り、空になった団子袋を握り潰した。

すでに一体は倒してしまった。そして残った一体は団子がお腹に溜まって来たのか心なしか艶が良くなっている。そのくせ相変わらず牙を剥いているのがなおさら腹立たしかった。

「くっ！　今口元舐めましたわね！　料金を請求しますわよ！」

ミリアリアは地団太を踏んだ。

たっぷり買っておいた団子はもうない。テイムが成功すれば団子を食べた瞬間に仲間になるはずなので、つまりゲーム的には手詰まりだった。

「これは……もういったん撤退するしかないかしら？　団子を買い足さないと……」

ぶつぶつと独り言を呟いていたミリアリアにゴールドレオの大きな前足が振り下ろされる。

巨体から繰り出される鋭い攻撃に対して、ミリアリアはつい反撃していた。

「うるさいですわ！」

「ガゥン！」

ガツンと脳天に扇がめり込む。

ゴールドレオは、ひれ伏すように叩き潰された。

だが相手は強めのモンスター。計算上これくらいで参りはしない。

追い打ちで飛んだミリアリアは思い切り足で頭を踏みつけた。

しかも連続である。

「行儀の悪い猫ですわね……これは躾が必要かしら？」

火花を散らす猛烈な踏みつけ攻撃にミリアリアは気分が高揚してきたが……ハッと突然冷静さを取り戻した。

「な、なんですのこの高揚感……！　いえ！　開けてはいけない扉を開けかけてしまいましたわ！」

恐るべし、オリジナルミリアリア。

その根底に流れるＳっ気は本物のようだ。

しかし苛烈な攻撃は、ゴールドレオの生命力をぎりぎりまで削ったらしく口を開けてノビていた。

「あ。マジヤバですわ……ついイライラして。消えてないから、仕留めてはいないようですけど……」

ミリアリアはピクピクしているゴールドレオを恐る恐る覗き込んで、とあることをひらめいた。

ちなみにひらめきの原案はメアリーである。

「ああ……そうですわね。このまま帰るのも悔しいし、ちょっと試してみましょうか？」

ミリアリアはメアリーが洗脳の話をした時、ミリアリアが作り出した飲み物を怖がったことを思い出していた。

ミリアリアはひょっとしてとゴールドレオの口に手を持って行って、呪文を呟いた。

「暗黒液体……」

グオンと闇が手のひらに集約し、液体として溢れ出す。

まさかそんなと気分は気楽なものだったのだが……ドロリと一際黒い液体はゴールドレオの口から体内に侵入してゆく。

そして体中から黒いエフェクトが迸って、ゴールドレオは仰け反った。

「ガアアアアア！」

「！！！」

ミリアリアもビックリである。

ゴールドレオはしばらく痙攣していたが、急に体を起こしてミリアリアに視線を向けてくる。

その表情は心なしかトロンとしている気がした。

「まさか……」

ミリアリアはゴクリと喉を鳴らして、手のひらをかざして命令してみた。

「伏せ」

「ガウ！」

ゴールドレオは首を垂れてミリアリアの前にひれ伏す。

テイム成功？　であるらしい。

「……団子関係ありませんわね。こいつはマジヤバですわ」

というか完全にやっていることがラスボスのそれでしかない。

ミリアリアは慄きつつも、実験はおそらく成功……ということにしておいて、この技は今後人前での使用を完全封印することを決めた。

「……結果オーライですわ！」

ゴロゴロと喉を鳴らして、頭をこすりつけてくるゴールドレオは、先ほどまでとは全く違う猫のようで、ミリアリアはせめて大事にしようと目を細めた。

「馬の代わりを取ってきましたわ！」

「ガオ！」

「――――」

バタンと、泡を噴いて倒れたマクシミリアンが意識を取り戻すまで時間がかかった。

だがミリアリア専用馬車……もといゴールデンライオン車は真の意味で完成した。

離宮ではなんだか怯えた人々が遠巻きに見つめていたが、そんなの浪漫の前には些細な問題だった。

「うん！　丈夫そうで意匠も品があります！　気に入りましたわ！」

「あ、ありがとうございます……」

出来上がったそれはトレーラーに近いもので装甲は厚く、走破性に特化したような太い車輪が良い味を出していた。

そして何よりミリアリアが連れて来たゴールドレオが太陽の下でことさら輝いていてゴージャスだ。

「これは今夜はご馳走ですわね……自分にご褒美は必須ですわ！」

ミリアリアは新しいおもちゃの完成に胸躍らせる。

今後のお祝い計画を練るのは楽しいが、今は完成した現物を愛でねばなるまい。

そしてこうして目の前に現物があると、使ってみたくなってくるのは避けられなかった。

「メアリー……これでどこかに出かけ――」

「ダメです」

「せっかく作ったのに？」

「絶対ダメです」

「くっ、最後の手段のおねだりもダメとは、これ全然ダメですわね」

お出かけはもう少し綿密に計画を練ってから、こっそり実行するとしよう。

ミリアリアが密かに覚悟を固めていると、メアリーがジト目を向けて来た。

「何か変なことを考えていませんか？　……今日は御来客がある予定ですのでお忘れなく」

「え？　わたくし聞いていないのですが？」

ミリアリアがそんないきなりお客様が来るなんてという顔をすると、メアリーには肩をすくめられてしまった。

「この獅子を探しにどこかへ行っていたからでは？　またテレポートですか？」

「腐らせておくには惜しい術ですもの。当然使い倒しますわ！」

なんてミリアリアが断言すると、白い目を向けられてしまった。

それにしても自分を訪ねてくるなんて誰だろう？

心当たりのなかったミリアリアは首を傾げたが、噂をすれば影である。

ワザワザ離宮まで会いに来たらしい人物と顔を合わせると、これまた見覚えがなくって首を傾げることになった。

ふわふわの金髪に、青い瞳。

まぁそれは天使のようにかわいらしい、おそらく男の子だったのだ。

「おう……これは中々強烈なかわいいオーラ……誰だったかしら？」

本気で疑問に思っていると、すさまじく慌てたメアリーが小声で耳打ちしてきた。

「エドワード様です！　ほら！　公爵家のご子息の！」

「……！」

そうだった。思い出した。

こんなかわいい男の子を忘れているとはミリアリア一生の不覚。だが同時にミリアリアは一瞬で血の気が引いて行く音が聞こえた気がした。

おう……ヒヨコ君。メインルートの攻略対象がなぜここに？

ミリアリアの人生においてヒロインに次ぐ歩く死亡フラグは、憎らしいほどかわいらしい。

ニコニコした男の子の笑顔に、元のミリアリアは恋焦がれて身を滅ぼした。

ミリアリアにしてみれば、気を引き締めねば一瞬でもっていかれる魔性の笑みである。

「……これはエドワード様。ご機嫌麗しゅう。今日はいかがいたしましたか？」

だがミリアリアもまたラスボスらしく完璧な笑顔で彼を迎え入れた。

さて、どう出てくるかと身構えるミリアリアに、ヒヨコ君はモジモジと恥ずかしそうに身をよじり、控えめに尋ねた。

「あの……ミリアリア様はアレはもうお作りにならないのですか？」

「アレ？　アレとは？」

「はい……その、ヤキトリという」

「ああ！　焼き鳥！」

アレは確かにおいしかった。

そしてヒヨコ君は期待に胸を膨らませているようだった。

「……気に入りましたの？」

「はい！」

ミリアリアが尋ねるとヒヨコ君は素直に頷く。

うぐ！　素直だ！　汚れた心が洗われてしまう！

「くっ！」

だが登場人物の襲来に備えて、ミリアリアには秘策があった。

尊みオーラにやられそうになった時、発動する新たな奥の手である。

パッとミリアリアが一瞬後に現れたのは上空六千メートルの雲の上だった。

「……尊いなぁ畜生！　ですわ――――！」

これは一体誰の心の叫びだったのか、ミリアリアにもよくわからない。

秘技、打ち上げ式緊急回避！　すごく寒い！

この技はのぼせ上った頭を急速冷凍して、ついでに声を出して発散出来るという荒業だった。

誰にも聞かれないところで雄叫び。

そして高高度の極寒の風で茹った頭を完全に冷ました頃、迫る地面で背筋が寒くなるという二段構えが売りである。

ちなみに恋愛感情ではない。記憶から感じる尊みが深いだけだ。

ショートテレポートを繰り返すことで減速し、仕上げに最終的ベクトルを横に変化させ勢いを殺す。

横スライドしながら着地したミリアリアを見るみんなの目は、残念ながら点であった。

「……サプラーイズ！」

おどけて言ったら、点が元に戻りはしないだろうか？

ミリアリアはドッと一沸きくらいすると思っていたのだが、そう言うわけにもいかないらしい。

相変わらずの寒々しい空気に、ミリアリアは扇を広げて顔を隠し、咳払いした。

「うおっほん。失礼、軽いウォーミングアップですわ！　……頭も冷えたところで、焼き鳥でしたかしら？　申し訳ありませんが、生憎と今日は新鮮な食材がありませんので……」

だが焼き鳥がないと聞いて、ヒヨコ君はションボリと肩を落としていた。

「そうですか……」

「ですので！　今から捕ってきますわ！」

ミリアリアは一瞬で言葉を付け足した。

いくら発散したところで、基本的に好感度が高いのは仕方がない。

そんなに残念そうな顔をされると、お姉さん頑張りたくなっちゃうというものだった。

「え？　良いのですか？」

「ミリアリア様!?」

半ばミリアリアの行動を予想していたのか、メアリーがミリアリアの肩を摑む。

「止めないでメアリー！　お客様のリクエストだから！　そう！　しょうがないのですわ！」

「最近お客様をダシに使う作戦を多用しすぎです！　多方面に迷惑が掛かるだけなのでやめてください！」

「そんなことありませんわ！」

おっと気づかれていたか、メアリーのくせに鋭い。

だがそんなことで止まるミリアリアではなかった。

異世界定番の味は、王子様の心をも摑んだようで大いに結構。

かわいい男の子が、キラキラした目で自分の料理に感動しているとなれば、乙女として腕を振ることに躊躇する理由があるだろうか？　いやない。

そしてちょっと強引な外出にも大いに都合が良かった。

「えい！」

ミリアリアは素早くテレポート。ヒヨコ君の手を摑み、新しい馬車に取りついた。

「ミリアリア様！」

メアリーの悲鳴混じりの声が聞こえるが、もはやすべては手遅れだ。

「え？　どこに行かれるのですか!?」

横で驚いているヒヨコ君は、強引に馬車に押し込んで黙らせる。

「ウォーミングアップは済んだと言いましたわ！　次は実技で本番です！　ちょっと出かけてきますわ！　すぐに戻ります！」

あえてテレポートではなく馬車、というか黄金の獅子車の御者台に乗ってミリアリアは手綱を握った。

向かうは冒険者のお知らせで見つけた、モンスターの発生地点である。

「さぁ行きますわよ！」

「がう！」

その走りはその辺の馬など問題にならないほど力強い。

何せ町中の人間が遠目からでも道を譲り、遠巻きに見ても何事だと目を点にしていた。

ゴールデンライオン暴走事件。

見ていた人がどうにか説明しようとしたけど、誰一人現実味のある説明が出来なかったそれは伝説となった。


「ひやっほう！」

地面を蹴り、飛ぶように走るゴールドレオのパワーを手綱から感じて、ミリアリアは最高にハイだった。

馬力を遥かに上回るパワーを振り回す感覚は、ミリアリアを新たな世界に開眼させた。

対策を十分に行い、思ったよりも少ない振動の御者台でも、スピード感が魂を震わせる。

目的地に到着！　ドリフトしながら停車したミリアリアは飛び切りの満足感を得て爽やかな汗を拭っていた。

「ふぅ……世界を縮めた気分ですわ……これは癖になってしまいそう」

そしてもう一人、興奮しているヒヨコ君も中々の素質を秘めているようだった。

「すごいですね！　ミリアリア様！」

「そうでしょう！　エドワード様も楽しんでいただけたのならよかったですわ！」

引き換えに怒られるかもしれないが、とはミリアリアは言わない。

まぁ今から楽しいことが始まるというのに、後に回した苦労を気にしても仕方がない話である。

「ミリアリア様、ここは一体どこなんですか？」

恐る恐る尋ねるヒヨコ君にミリアリアはうろ覚えの知識を披露した。

「ここは王都の外れのナントカ平原ですわ！　正式名称は特に覚えていません！」

「そうなんですね！」

満面の笑みが溢れるヒヨコ君は細かいことは気にしないらしい。

ミリアリアだって気にしていないのでどっこいどっこいだった。

早速やってきた平原には無数のモンスターの気配を感じて、ミリアリアは指をパキパキと鳴らす。

「こちらの気配を察知して来ましたか。……大量発生は確かな情報だったみたいですわね」

「モ、モンスターですか？」

「ええ。モンスターにも肉がおいしいものがいるのですわ。でも鳥は……いなさそうですわね」

「いないですか鳥？」

ミリアリアが集まってきたモンスターを確認すると、そこにいたのはピッグーというピンク色のブタのようなモンスター。

そしてビーフルという牛のようなモンスターだった。

ゲーム時には丸っこい光沢のあるボディのマスコットのような外観だったが……目の前にしたプリッとしたボディのモンスターはリアリティを足すととんでもないことになっていた。

「……なんでこんなにぷりぷりしてますの？」

言っちゃなんだが、若干不気味である。

プリンプリンはまだかわいいと思えたのに、二足歩行の豚と牛の艶プリ具合がミリアリア的にはなんかもう……って感じである。

しかしミリアリアは覚えていた。

ゲーム上で彼らがドロップするアイテムが何であったかを。

「おいしいお肉（豚）、おいしいお肉（牛）……どの程度おいしいのか気になるところですわね」

「あの、モンスター達がこっちに近づいてきますが……」

「ええ……そのようですわね」

じりじりと馬車を取り囲みつつ、包囲網を狭めてくるモンスターにヒヨコ君がさすがに怯えていた。

一方ミリアリアにしてみればモンスターを見た瞬間どうにもイラッと青筋が浮いた。

目を見ればわかるがこのモンスター共、こっちを舐めているのが透けて見える。

わざとらしく舌を出し、憎たらしくこっちを挑発している奴なんて何を根拠に勝てると思っているのか聞いてみたい。

あのマスコットじみたつぶらな瞳にあるのは、弱い獲物を眺めるチンピラのそれと変わりがなかった。

数の優位で調子に乗っているのだろうか?

ミリアリアの見立てでは、馬車を引いているゴールドレオですら瞬殺出来るはずだった。

いちいち武器を振り上げて歩くたびにプルリンとでっかい尻が揺れるのが猛烈に苛立つ。

フンゴッと鼻から出る息からは微妙にハーブっぽい匂いがして、これがまたちょっとうまそうなのも微妙にイラッと来た。

ミリアリアはヒヨコ君の頭をなでると、優しく囁いた。

「良いですか? 今からわたくしが良いと言うまで馬車の中から出てはいけませんわ」

「え? は、はい!」

「良い子です。その代わりお昼ご飯は期待して良いですわ!」

「そうなのですか? でも焼き鳥は出来ないとミリアリア様は言いました」

この期に及んでまだ焼き鳥の誘惑を断ち切れないヒヨコ君は大物になる。

おっと、そう言えば筆頭攻略キャラでしたわ。

ミリアリアはなるほどなと妙なことに納得しながら、いつも浮かべている鉄球の銃口を、モンスターに向けた。

準備が完了してミリアリアは楽しげに笑った。

「安心すると良いですわ！　また一つ貴方の世界を広げてさしあげましょう！　……今日のおかずはハンバーグですわ！」

ヒヨコ君が馬車に引っ込む。

さぁ今すぐゼッＫＩＬＬである。

銃撃は嵐となって、にやけた顔を駆逐する。

嵐はすぐに収まり、戦闘は終了。

その間、数秒の出来事だった。

ミリアリアはフンと鼻を鳴らす。

辺りがひき肉で埋まっているのを見て、これも一種のあいびきかしら？　と若干サイコなブラックジョークが頭をかすめた。

「も、もう良いですかー」

「いえ！　もう少しですわ！」

「わかりました！」

成果は上々だがお子様には見せられない。

これでお肉パーティ決定だと、ミリアリアは大活躍の鉄球をなでた。

だがぐずぐずしてはいられない。

十五禁くらいはありそうなグロテスクな風景をすぐに片付けに掛かった。

「ふぅ……よし、これで良いでしょう」

ミリアリアがパンと扇を開き一仕事終わった汗を乾かしていると、車の中からヒヨコ君が顔を出す。

「……大丈夫だったのでしょうか？」

「もちろんですわ。せっかく狩りにご招待したのですから、お待たせするようなことはいたしませんわ」

まぁちょっと暴れすぎて平原が禿げてしまったけれど、その分獲物は大量だった。

「え!? 風景が変わっていますけど！」

「……元からこんなもんでしたわ！」

「そ……そうでしたか？」

力強く断言したミリアリアに、ヒヨコ君は首を傾げた。

時には嘘も方便だ。

興奮したヒヨコ君がピョコピョコ跳ねていたけれど、ご機嫌を損ねた様子もなくミリアリアは結果オーライということにしておいた。

「これで……おいしいものが出来ますわ！」

「はい！　楽しみにしていますね！」

あらあらかわいい。

さてこのまま特注馬車の性能テストでキャンプ飯を楽しむのも悪くはないが、急な話でお肉以外の食材が乏しい。

しかしヒヨコ君がわざわざミリアリアを名指ししてきたということは、普通ではあの味に到達出来なかったということだ。

ここはひとつリクエストに応えるため、最高の皿を目指すべきだとミリアリアは考えた。


というわけで城に帰ったらしこたま怒られた。

ミリアリアはしかし負けずにキッチンに突撃した。

だが勢いでここまで来たが、ミリアリアは追い詰められていた。

「……！」

ザッとキッチンを見回してみると見知らぬ顔がそれなりにいる。

そう、ヒヨコ君は自分の家からコックを連れて来ていたのだ。

いや、なんでこんなことに？　疑問は湧いたが答えはミリアリアの記憶にあった。

それはいつか振舞ったヤキトリの魔力だろう。ただの焼いた鳥では主人の欲求は満たせなかったと見える。そしてコック達は仕える主人のリクエストに応えるためにこうしてレシピを求めてやって来たわけだ。

まぁ今日はヤキトリじゃないけど、きっと満足してもらえるはずだった。

「えーでは、エドワード様のリクエストにお応えして！　ミリアリアの創作お料理を始めますわ！」

「はい！」

みんな遠巻きにしか見ていないけど、ヒヨコ君だけパチパチと手を叩いている。

独断ではないことも強調したし、ミリアリアは早速クッキングを始めることにした。

「ではまず食材を――――精霊術で包みますわ」

公爵家のお子様に、家畜の解体シーンなど気軽に見せて良い気がしない。

ミリアリアの用意した闇は倒したモンスターを飲み込んで、食べない場所を的確にカット。

数秒後、そのままスーパーで売れそうなほどにトリミングされた、豚と牛のお肉がポンと出て来た。

「うわぁ！　これが先ほど手に入れたモンスターですか？」

「そうですわ！　ではこれを……ミンチにします！」

再び今度は小型の闇が登場。

出て来た肉を全部叩き込むと、ムリムリひき肉が出て来て周囲の大人がどよめいていた。

だがヒヨコ君はそんな様子を好奇心いっぱいに覗き込んでいた。

「お肉が細切れに！　先ほどから使っている黒いそれは精霊術なのですか？」

「そうですわ！　やろうと思えば色々出来るのが精霊術というものなのです！」

「そうなのですね！　ミリアリア様は精霊術がお上手です！」

ニコニコ笑うヒヨコ君はご機嫌なのだが、周囲の人間は青い顔で距離を取り始めた。

しかしそこで、わずかながらミリアリアは引っかかりを感じた。

「……！」

「どうしたのですか？」

ヒヨコ君がミリアリアを見る瞳はとても純粋なものだ。

だからこそミリアリアが料理を作っているこの光景は目に焼き付くことだろう。

しかし――どうなのだろう？　これは料理をしていると言えるのだろうか？

このまま精霊術だけ使って料理を完成させるのはかっこ悪いんじゃないだろうか？

ミリアリア唐突な疑問である。

伊達や酔狂を好むミリアリアにしてみれば、そもそもかっこよさがかなり重要なのだ。

刃物が使えないと勘違いされて、料理を完成させる図というのは、残念だがミリアリア的にかっこ悪い感じだった。

「ええ、でもわたくしがうまいのは精霊術だけではありませんわよ？」

というわけでミリアリアは普通に野菜を切り始めた。

ダンジョンで刃物の扱いは一通り習得している。

用意した玉ねぎを前にしてミリアリアはスーッと息を吸い、そして一気に切り刻んだ。

「はぁ！」

タタタタッタッと圧倒的なレベルから繰り出される、正確な包丁さばき！

玉ねぎはアッという間にみじん切りである。

「すごいです！　一瞬で玉ねぎが！」

計画通り。ミリアリアは満足した。

「当然ですわ！　さてメアリー！　先ほどの合いびき肉を持っていらして！」

「は、はい！」

そして先ほど作ったミンチを持ってきたのはエプロン姿のメアリーだ。

このメアリー、実は水の精霊術の使い手で、冷やしたりするのは得意なのだ。

メアリーに冷やしてもらっていたミンチを手早く刻んだ玉ねぎとパン粉、牛乳と各種調味料と共に混ぜ合わせ、小判型に整形してゆく。

両掌で肉の塊を叩きつける工程にヒヨコ君を交えておく。そんな小粋なお約束もやって、メインフェイズに突入する。

「さてこれでハンバーグ本体は完成間近です！」

「はい！　とても楽しいですね！　ミリアリア様！」

鼻の頭にミンチをくっつけ頬を紅潮させている美少年を脳内のフォルダーに保存しながら、ミリアリアは最後の仕上げに取り掛かった。

良い感じの焼き色を付けてハンバーグは仕上がりつつあった。

このまま焼き上げさえミスをしなければおいしいハンバーグは出来上がるだろう。

だがヒヨコ君を魅了するには、お子様が大好きな濃いめの甘辛いソースがなければ、本当の意味で完成には至らない。

「……フッ、ついにこの技を世間に披露する時が来てしまったようですわね」

ミリアリアはおもむろに器に手をかざし。とっておきを唱えた。

「暗黒液体《あんこくえきたい》」

手から流れ出る黒い液体から、独特の香ばしい匂いがした。

醤油だって黒いのだから再現はパーフェクトだ。

この応用幅、もはや天下が取れるとミリアリアは思った。

「そして――これはただのショウユではありません。すでにみりんと酒と砂糖を混ぜた合わせ調味料……そう照り焼きのタレですわ！」

特別製のそれをフライパンに流し入れるとジュワーッと景気の良い音がキッチンに響いた。

これで良い匂いがしてくるから、取り囲んでいるお前達、目を覆って苦虫を噛み潰したような顔でアーッと叫ぶのはやめなさい。

周囲を威嚇しつつ、ミリアリアは出来上がったとろみのあるソースをハンバーグの肉汁と合わせ、焼き上がったハンバーグにかければ完成である。

「さぁ熱いうちにおあがりくださいな！」

どんと完成した照り焼きハンバーグを差し出すと、その暴力的な匂いが嗅覚を直撃したヒヨコ君がよだれを垂らした。

　無理もない、ミリアリアでもこの香りは反則だった。

　だがそこに割って入る人間が現れる。それは見知らぬ男で彼はこう言った。

「ではわたくしが毒見を……」

　その瞬間ミリアリアは術で男を宙吊りにした。

「ひぃ！」

「馬鹿なこと言うんじゃありませんわ。最高の瞬間を譲るなど食の神様に対する冒とくですわ。レシピが欲しいなら、せめて誠意は見せなさいな」

　きっとこの瞬間のミリアリアは視線でお母様でも怯ませられたかもしれない。

　コッチーンと固まる家臣達の前に出たのは、何やら妙に感動した風のヒヨコ君だった。

「わかりました！　そのまま食べましょう！　ありがとうございます！」

「？　よくってよ！」

　なんだかよくわからないけど喜んでくれたならよかった。

　ミリアリアは自分用にも用意したアツアツのそれを口いっぱいに頬張ると、ヒヨコ君も慌てて続いた。

「「うっ……まーい！！！」」

　とりあえず声を上げてしまうほどに大成功である。

「中からトロリとしたものが！」

ちなみにヒヨコ君のハンバーグは渾身のチーズ入りなのだからまずいなんて言わせない。

「どうです？　焼き鳥とどちらがおいしいかしら？」

ただ、ミリアリアはハンバーグの渾身の出来に、ついついそんな尋ね方をしてしまう。

するとビクリと固まったヒヨコ君は視線をさ迷わせ、シュンと眉毛をハの字に下げて答えた。

「その、このハンバーグもとてもおいしいのですが……でも……僕はヤキトリの方が」

「……まぁ焼き鳥の口になってましたものね。今度良い鳥を用意しておきますわ」

大変申し訳なさそうなヒヨコ君に、ミリアリアはフッと微笑んでそりゃそうだよなと彼の肩を叩くと、ヒヨコ君の表情はパァッと明るくなった。

「ありがとうございます！　えっと！　……それでですね！　このソースですが！　ヤキトリにも合うと思うのです！」

「……わかりますか。貴方、見どころがありますわよ？」

そんなヒヨコ君にはお手伝いのご褒美があった。

ミリアリアはスッと、それが乗った一皿をヒヨコ君の前に差し出す。

串に刺さった良い匂いのするそれを見たヒヨコ君の反応は速かった。

「こ、これは！　ミリアリア様！」

「豚バラです。これもまぁ……ヤキトリの一種ですわ。豚ですけどね！」

炭火で焼き上げた一本はどこに出しても恥ずかしくないヤキトリだとミリアリアは自負していた。

間違いなく焼鳥屋にいけば、大人気な一品に、ヒヨコ君もニッコリだ。

一生懸命豚バラを平らげるヒヨコ君の弾ける笑顔が大成功の証だった。

「！　ミリアリア様！　脂《あぶら》がぷりぷりです！」

「そうでしょうとも。焼きが肝心ですわ！」

また一つ少年の世界を広げてしまった。

すっかりヒーローはヤキトリ中毒になってしまったけれど、ミリアリアは満足だった。

調理工程を見ていた料理人達は、本当においしいのか？　という視線を向けていたが食べてみなさい、おいしいから。

そして照り焼きソースさえあれば容易に照り焼きバーガーにだって、たどり着くだろうという進化の二段構えは最強である。

ミリアリアは食後に渾身の照り焼き用暗黒液体を樽いっぱいにすると、料理人達は微妙な表情を浮かべていた。


樽いっぱいの照り焼きのたれとヤキトリのレシピを貰ったエドワードは、人生で最高の宝物を受け取ったと本気でそう思った。

エドワードにとって、ヤキトリとの出会いはまさに衝撃だったのだ。

世の中にこんなにもおいしいものがあったのかと、エドワードは心の中にポッと熱が灯ったように感じた。

あの日、あの時、ミリアリア様に出会わなければ、このヤキトリとの出会いはなかっただろう。

だからミリアリア様と会う時は、つい熱が入ってしまうけれど本来エドワードは自分がもっと冷めている人間であるとそう思っていた。

もちろん、笑顔はいつも絶やさない。でもそれは人に悪感情を抱かれないためだ。

過去、最も信頼していた侍女がエドワードを誘拐しようとしたことがあった。

それは父上の敵対派閥が行った工作だったようで、父上達はエドワードにそれを隠したけれど、エドワードはそのことをしっかりと理解していた。

人との繋がりは、エドワードにとって身を守る手段であり、同時に危険でもあると学んだ。

心を許さず、適切な距離を学ばないとエドワードは生きていけない。

だから、ありとあらゆることを学び、信頼を得る方法を考えた。

そしてきちんと自分を取り巻く現状を理解すれば、自分の置かれている状況が仕方のないことだと納得した。

身の回りの者を完全に信用は出来ないし、毒見をしなければ食事は出来ない。

でもそうやって線引きをすればするほどに、自分と他人との間に薄い氷があるようで、情熱が冷めていった。

なのにあの日、うっかり迷い込んだ離宮で食べた食事は、この世のものとは思えないくらいにおいしかった。

たかが食事だ。

きっといつも食べている食事の方が高級で、良い食材を使っていたに違いない。

でもいつも食事は毒を警戒して少し冷めたもので。

どこかつねに緊張感が漂うそれよりも不意に食べたヤキトリは間違いなくおいしかった。

ミリアリア様の料理の腕も良かったのかもしれない。

きっと奇跡的に自分の好みにピタリと合う味でもあったに違いない。

道に迷って不安だったし、お腹もすいていただろう。

様々な奇跡の上で得た強烈な感動が、エドワードは何より嬉しかった。

そして間違いなくこの気持ちは大切な切っ掛けになるとエドワードは強く感じたのだ。

もし手放してしまったら、きっと近い未来自分は何に対しても関心がない、氷のような人間になる、そうエドワードは思った。

「ありがとうございます！　ミリアリア様！」

だからエドワードは一生懸命に手を振る。

それは一種の崇拝に近い感情で、ヤキトリ教のヤキトリ神は、きっと彼女の側にいるのだと、半ば本気でエドワードはそう思った。

THE VILLAIN PRINCESS
DIVES INTO THE
LABYRINTH TODAY

第九章

悪役姫は運命に出会う。

「ふぅ……結構溜まってきましたわね」

ミリアリアは自室にてダンジョンで手当たり次第に集めたマジカルバッグの中身を整理しながら、戦利品の数々に思いを馳せていた。

最初はどうなることかと思ったものだが、ずいぶんと長くダンジョンに潜ってきたものだった。

ミリアリアの前には、その証として恐ろしい量のアイテムがうず高く積まれていた。

「いやしかし……部屋の整理をしておいてマジで良かったですわー……これ世に出したらさすがにまずいですわよね？」

事の始まりはいつか赤毛君に上げた魔剣だった。

その品質が思ったよりもすさまじかったらしく、ちょっとした……いや、かなり騒ぎになったのだ。

赤毛君が出所については頑として口を割らなかったから、直接何か言われることこそなかったが、今あの剣はこの国の宝物庫に飾ってあることだろう。

確かにいくつかの武器の類はとても禍々《まがまが》しいオーラを放っているのをミリアリアは肌で感じる。

まぁミリアリアの扇ほどではないにしても、そのどれもが隠しダンジョン産のとんでもない威力を秘めた装備品ばかりだ。

「うーん……氷結の槍コキュートス。聖剣エクスカリバー……破壊剣ラグナロク……ヤバそうな名前目白押しですわね！」

闇の術で名前を一瞥しただけで、効果すら確認していないが、どうせろくでもないことが書いてあることはわかっていた。

「うーんレベル1でも装備するだけでその辺のダンジョンを攻略出来そうですわ。幸い武器も防具もドロップ自体が少ないからどうにかなるものの、それでもちょっとした武器屋みたいになってきましたわね」

流石にこれだけのものだから、きちんと鍵がかかる棚を用意させたが、きっと武器屋に見せたらぶっ倒れるに違いないラインナップなんだろうなとミリアリアはため息をついた。

「ただのゲームなら……売るんでしょうけど、全部ミリアリア倉庫行きですわね。鍵の数も増やそうかしら？」

倉庫というより宝物庫のようになっている離宮の倉庫はちょっと人には見せられそうになかった。

だが武具以上に困っているものは、他にもあった。

ミリアリアはジャラジャラとモンスターから落ちた、魔石を用意していた新しい宝箱に移してゆく。

当然のようにこの手のアイテムは非常に多い。

そしてミリアリアには換金出来ないことも多かった。

「うーむ、資格がいるんですわよね。商人か、冒険者か……わたくし姫ですからさすがに誰かに頼むしかないですわー」

魔石はともかく、アイテムに関しては店売りすらしていないものも沢山ある。

ミリアリアとしてはお気軽に処分は出来ないが、どうにかして整理はしておきたいところだった。

「うーん……マクシミリアンなら買ってくれるかしら？　出所を勘ぐられても面白くないですが、まぁマクシミリアンならどうにかなりそうな気もしますわ」

各国にパイプを持つ凄腕の商人ということもあるが、何より弱みをいくつか握っているところがとても良い。

向こうからしてもミリアリアとのアイテムのやり取りは、ビジネスチャンスのはずである。

「うん。中々良いアイディアですわよね？　じゃあ、魔石の他に何か良い感じのアイテムを見繕ってみようかしら？」

思えば最初の頃にもずいぶん無茶を言ってしまったものだ。

ならばと、ミリアリアは倉庫の中からマクシミリアンに売るものを厳選し始めた。


ピカッと雷鳴が轟く。

薄暗く窓の見える部屋では、マクシミリアンが雷鳴で震える窓ガラスに怯えていた。

ミリアリアは足を組んで座り、メアリーを脇に侍らせてマクシミリアンを眺める。

「面を上げなさい、マクシミリアン……今日はよく来てくれましたわ」

「は、はい。この度は御呼びたていただきありがとうございます。しかし生憎の天気ですな。私は雷が苦手でして」

などとジョークを挟むマクシミリアンは雷が鳴るたびにビクリと身をすくませていた。

おおそうか。ホントに雷が怖かったのか。

ミリアリアは悪いことをしたなと苦笑した。

「ただの演出ですわ。悪いことをしましたわね」

そう言って指を鳴らすと、音と同時に電気が弾ける。

すると窓からあれだけゴロゴロと鳴り響いていた音がピタリと止まって、太陽の光が差してきた。

この程度のことは、もはや造作もない。

やはり円滑なコミュニケーションにはある程度の演出が必要だろうというのは、ミリアリアの持論だった。

「これで良いですわ。どうしました？　マクシミリアン？」

「……い、いえ。その今のは？」

「精霊術の応用ですわ。雷は、闇の次に得意なんです」

「い、いえ。その……精霊術であのようなことが出来るなんて初めて……いえ、何でもありません！」

「よくってよ。では商談を始めましょうか」

ミリアリアがニッコリと笑みを浮かべると、マクシミリアンの笑顔は引きつった。

こんなにかわいい笑顔なのに失礼な。

そうは思ったが今までのことを振り返れば無理からぬことだった。

「とは言っても、今日は何かを買おうというのではないんですわ」

「そうなのですか？」

マクシミリアンの問いかけに、ミリアリアは頷いた。

「ええ。とある筋から手に入れたものを貴方に鑑定してもらおうと思っていますわ。何せ数が多くて、手間をかけるかもしれませんが、まぁそれに見合う価値があると考えていますわ」

「は、はぁ。それはありがとうございます。ミリアリア様にお売りいただいた品は、どれも品質が良く、大変素晴らしい品ばかりですので……」

「待った。いやいや今までと同じと思っているのは間違いですわ。少し認識を改めてもらわなくてはいけないですわね。何せ今回はとっておきです」

「は、はぁ」

倉庫整理でいらないものを引き取ってほしいとは言わなかった。貴重なものなのは間違いない。

横で無理もないという顔で頷いていたメアリーの尻を叩いてから、ミリアリアは部屋に宝箱を浮遊で運び込むとマクシミリアンの前にズラリと並べた。

「こ、これは一体何なのでしょうか？」

「アイテムですわ。とあるコネで手に入れました」

「あ、はい」

「では、見てみなさい」

最初はジャブからいってみよう。

ミリアリアが指を鳴らすと第一の宝箱が誰に開けてもらうことなく、パカリと開いた。

中に入っていたのは比較的形が綺麗な魔石だった。

「こ、これは……魔石ですか？　いやこれは……すごいですね」

「どうかしましたか？」

「い、いえ……なんというか、とても……そう、とても品質が素晴らしいのです。透明感もですが大きさが普通取引されているものの比ではありません！」

思わぬ大絶賛である。

そりゃあ強いモンスターから出た魔石だ、高くなるだろうとは思っていたけど、そんなに褒められると心配になる。

価値があると聞いて、ちょっと物欲しそうな目になったメアリーのつま先を踏みつけて、ミリアリアは余裕の態度で頷いた。

「気に入っていただけたかしら？」

「もちろんでございます！　いやぁこのような品を見せていただけるとは！」

城のお抱え商人であるマクシミリアンがここまで褒めるとはジャブが効きすぎていないだろうか？

世間一般の許容範囲的にアウトなのかセーフなのか、ミリアリアはジッと観察してみたが、いまいちわからない。

仕方がないのでミリアリアは第二の宝箱をオープンした。

「では次に行きましょう！」

「はい……」

そう返事をしたマクシミリアンは、第二の宝箱にくぎ付けだった。

中の物はミリアリアも悩みに悩んだが、相手がマクシミリアンということもあってチョイスした回復アイテムの数々である。

ミリアリアはあまり使わなくなってしまったが、中級〜上級を取りそろえたポーションセットは低レベル帯では需要があるはずだった。

それにこういったものが広く流通すれば、まわりまわって国益につながる。

「ゆっくり見て構いませんわ。ホラ、いつかEXポーションの件で迷惑をかけたでしょう？　だからわたくしの私物から提供していますわ」

「そ、それはわたくし共の落ち度もありましたし、気にしていただくほどのことでは……」

だがレアリティが高いアイテムを売りに出したらどんな反応が返って来るかは、実際やってみるまでは未知数と言わざるを得ない。

簡単に売れたのはゲーム準拠の話。こいつはどうだと何気ない風をよそおって、ミリアリアはマクシミリアンの顔色を窺った。

マクシミリアンの表情は――――無。

アウト？　セーフ？　どっち？

微動だにしないあたりアウト寄りな気がして来たミリアリアだったが、ハッとしたマクシミリアンはクリクリとした目をもっと丸くして、言葉をひねり出した。

「こ、こんな品が出回っているのですね……驚きました、ダンジョンの一部でこのような品が出たという話は聞いたことがあるのですが……良いのですか？　ＥＸポーションよりも回復力の高い珍しい品も沢山あるようですが？」

おお！　珍しいが出回らないことはない！　つまりセーフである。

ミリアリアは無事売れそうなことに安堵して、心持ち緊張を解いた。

「いいのいいの。わたくしにはもう必要のないものですし。まぁ？　確かに色々と儲けているようだし？　必要ないかもしれないけれど……」

自分ばかり儲けてずるいと、文句とジョークも折り混ぜて困り顔をするミリアリアにマクシミリアンはシャキッと背筋を伸ばして頭を下げて来た。

顔に残像が残るほどの見事なスピードにミリアリもビックリした。

「ありがたく買い取らせていただきます！」

「よくってよ。正直どれくらいの価値があるのか、わたくしもわからないんですわ」

「ミ、ミリアリア様がわからないのですか？」

「当たり前ではないですか。こんな幼気《いたいけ》な美少女が、物の価値まで完全把握しているわけがありませんわ」

「……」

何か言いたそうなマクシミリアンの目はあえてスルーした。

とりあえず今回はここまで。

マクシミリアンとの会話も踏まえて、これからアイテムをどのように整理するか決めていくのがミリアリアの狙いである。

「それはサンプルとして数本持って行って、検討してから買い取りでも構わないですわ」

「はい、ありがとうございます。……それでは、以上ですか？」

「いいえ、まだですわ」

「!?」

そんな子犬が追い詰められたみたいな顔はやめなさいなマクシミリアン。

ミリアリアはくすくすと笑って、心配することはないと扇で笑みを隠してみせた。

「売り買いの話はここで終わりですわマクシミリアン。この後はお楽しみの時間ですわ！」

「お楽しみ……でございますか？」

「ええ。最近の貴方の仕事にわたくし、とても満足していますわ」

「それは……ありがとうございます。わたくし共もミリアリア様の革新的なアイディアの数々には舌を巻いていまして、大変勉強させていただいております」

「よくってよ。それで、今日はプレゼントを用意したんですわ」

「プ、プレゼントですか？」

「そう、プレゼントです」

断言した後、ミリアリアは両手で持てるくらいの小さな箱を浮遊させて持って来る。

明らかに今までと違う箱に、マクシミリアンが警戒するのが面白かった。

「これですわ。中にはガラスの瓶が入っているから慎重に開けるのですわ！」

「ガラスの……瓶」

マクシミリアンはしげしげと箱を見回して、相当警戒していた。

だが意を決したマクシミリアンは緊張しながらプレゼントの箱を開ける。

そして出てきた薬瓶を見て最初困惑していた。

「薬……でしょうか？」

まぁ、インパクトとしては先に良い薬を沢山見せていたから、そう大きなものはない。

もちろん箱はサプライズを意識したが、中に入っているのは普通に贈り物で、つまるところただの回復薬だった。

「ええ。かなり良い薬だから、価値があると思うのだけれど？」

「かなり……良い薬ですか？」

マクシミリアンはまた急に緊張し始めて、箱の薬瓶を取り出す。

そしてそれをしばらく見ていたマクシミリアンは、膝が笑い始めた。

マクシミリアンの様子は明らかにおかしく、ミリアリアは眉を寄せる。

「そ、そんなに震えて大丈夫？　薬瓶はガラスだから落とさないでね？」

なんだか危なっかしくてハラハラしていたミリアリアに、マクシミリアンは浅い呼吸を繰り返して声を絞り出した。

「こ、これは……まさか……エリクサーでは？」

「ええ。エリクサーですわ。どんな怪我でも病でもたちどころに治癒出来ましてよ？」

エリクサーとは、要するに傷薬の最上位版である。

「光姫のコンチェルト」においても、作中わずかしか手に入らないエリクサーは絶体絶命のピンチをたった一つでひっくり返すことが出来るいわゆる全回復アイテムだ。

隠しダンジョン以外で手に入れようとすれば作中の宝箱で数本しか手に入らないような代物だが、現在探索中のフロアでは低確率でモンスターからドロップする相応に手に入るアイテムなのだ。

レアモノなのはわかるが他の薬は大丈夫だったし、消耗品のアイテムはいけるなと判断したミリアリアだったが、しかし、その認識は間違いだったようである。

なぜなら、マクシミリアンの顔色が土気色だったからだ。

「な、なんでこのようなものをわたくしに？」

「……まぁ賞味期限切れも混じっていたけれど、ＥＸポーションをきちんと持って来てくれたからですわ。最初の反応、わたくし覚えていましてよ」

だから、まぁ他の品とプラスアルファ一品というわけである。

そこはやはり姫なので、内容もロイヤルにしておいた次第だった。

「エリクサーの回復力はＥＸポーションも目じゃありません。なんなら希釈して使っても、普通の人なら簡単に全快出来るはずですわ」

どうだこれは中々良いものだろうとなんとなくやらかしたことを察しながら胸を張るミリアリアだが、真っ青な顔をしたマクシミリアンはプルプルと首を横に振った。

「イ、ＥＸポーションなどとは比べ物になりませんよ！　もはや再現不能な伝説の代物ではないですか!?」

「そうみたいですね。大切に使ってくれると嬉しいですわ」

「……！」

顎が外れたんじゃないかと思うくらいマクシミリアンの口が開いていた。

まぁそれだけ驚いてくれるのなら、こちらもサプライズしたかいがあったと前向きにとらえておくミリアリアだった。

回復アイテムは用法用量を守って正しく使ってこそ輝くというものだ。

とはいえそう簡単に割り切れないのも世の常だったらしい。

「それで……わ、私は……何をすれば良いのでしょうか！」

どういうわけか悲壮な覚悟を決めたみたいな顔をしたマクシミリアンにミリアリアはうーむと唸った。

「そうですわね……じゃあこれいくらで売れるか教えてほしいですわ！」

「値段が付けられませんよ！」

「おやそんなに？」

「ええ、そんなにですとも」

真顔なところを見るとマクシミリアンはジョークのつもりでもないようだ。

いくら良い物と言ったって消耗品でそんな反応を返されるとは思わなかった。

最後の最後でやらかしたらしいミリアリアは、仕方がないと本当のことを教えてあげることにした。

「うーん。わたくしもなんだか良い傷薬を持っていても、数が少ないともったいなくって。ついつい他の物を使ってしまうんですわよね。もったいない病ってやつですわ」

「……」

そりゃ使えねぇよ、こんなヤバい薬というマクシミリアンの視線を感じる。

なんだか面倒くさくなってきたミリアリアはぴしゃりと言い放った。

「とにかく、あげると言っているのだからもらっておきなさい。もちろん売るのも使うのも自由ですわ。ただしアイテムの出どころは追及しないこと、それが最低条件ですわ」

有無を言わせぬ口調に、マクシミリアンの目が泳ぐ。

だが、商人であるマクシミリアンにこのチャンスを断る理由なんてないはずだった。

「ハハッ……仰せのままに。このマクシミリアンこれでも商人の端くれですので、必ずやご期待に添える良い商いをいたしますとも」

「……そうですわね。期待していますわマクシミリアン」

なんだか、倉庫整理が主な目的だなんて今更言えない。

やっぱり薬って本当に怖いんだなってミリアリアは反省した。

そして、こりゃあ武器の類も一気に出したら大変なことになるなと、断捨離計画一時凍結を決めた。

ただ、いつまでのんびり出来るかはわからない。

ここのところ原作キャラクターと顔を合わせる機会が増えている気がする。

背中のすぐそばで自分を追う足音が聞こえてきているような、そんな焦りを、この頃ミリアリアは感じていた。

ダンジョンの攻略も、最大の目標まであと少し。

身の回りの整理はたぶん焦りゆえの行動だと、ミリアリアには自覚があった。


「ああ、朝日って素晴らしい……」

木漏れ日の差し込む窓辺で、朝の空気を胸いっぱい吸い込んでいるとミリアリアはとても爽やかな気分になれた。

体の中が浄化されていくようで気分が良い。

ミリアリアは深呼吸して、吸い込んだそれをなるべく長い時間かけて吐き出した。

「よし！　いっちょやったりますか！」

だがこんなにも爽やかなのに、これからミリアリアは体の中に毒を流し込まないといけない。

手を変え品を変え色々試してはいるのだが、やはり慣れなかった。

どんなに波乱の事件があろうとも、ミリアリアには欠かすことの出来ない朝の日課が存在した。

「うぃー……」

淑女にあるまじき声を漏らしつつ、ミリアリアは黄土色の液体を飲み干す。

「お嬢様……さすがにその声はいかがなものかと思いますが」

そんなミリアリアを見咎めるのは侍女のメアリーだ。

この涙目が君の目には見えないのかと、ミリアリアはメアリーにジト目を向けた。

「いえ、なんというか……これはもう出さずにはいられないものなのですわ」

「だいたいなにを飲んでいらっしゃるんです？　見た目はどうにも飲み物とは思えないものを……毎朝飲んでいらっしゃいますが」

その通り。ミリアリアは毎朝似たようなものを飲んでいる。

そして毎朝同じような唸り声を上げていた。

「メアリーにしては鋭いですわね。まぁこれはわたくしなりの肉体改造法みたいなものです。まずい汁と言いますわ。極めて画期的なドリンクなんですけど死ぬほどまずいのが欠点なんです」

「まずい汁……ですか？　まんますぎませんかそれ？」

「わたくしもそう思いますわ。ですが……これ以外のネーミングが思いつかないくらいマズイのです。飲んだ瞬間、舌がしびれて全身が痙攣しながら体にこいつを入れまいと全力で拒否してくるような味ですわ。色々混ぜて飲んでみましたけど量が増えるだけでやっぱりまずいんですのよ」

ミリアリアはこのまずさを表現しようと言葉を尽くすが、まるで表現出来ている気がしないほどにまずい、それがまずい汁だ。

だが説明のかいあって、メアリーにもその一かけらくらいはまずさが伝わったようだった。

「なんでそんなもの飲んでるんですか！」

「決まっているでしょう？　将来のためですわ。少し飲んでみますか？　ちょっと多めに仕入れていますから、分けてあげますわよ？」

そう言ってミリアリアが差し出すとメアリーはサッと顔色を変えて、持っていた銀のお盆を取り落とした。

ちなみにこの間、銀のお盆のストックを三倍に増やしたミリアリアだった。

「わ、私がですか？」

「当然ですわ」

もちろんミリアリアはメアリーが拒絶すれば無理強いをするつもりはなかった。

しかし、侍女という立場がメアリーに逃げることを許してはくれなかったらしい。

「……そうですね。侍女としては、今まで毒見もしていなかったのは問題あると思います……ので」

メアリーは震える手を伸ばす。

そしてミリアリア自慢のまずい汁を口に含むと、ビクッと体を痙攣させて崩れ落ちた。

「メアリー！　どうしました！」

「お、おぶ……あぶぁ」

そして口から乙女が出してはいけない呻き声を出していたメアリーはなんとか白目から回復すると、飛び起きて叫んだ。

「なんてものを飲ませるんですか！　やばいですよ！　亡くなったおじい様の顔が見えました！」

「あらー……口に合わなかったかしら？　貴重なものなんですわよ？」

「口に合う人類がいるとは思えませんよ！　舌に乗せただけで全身しびれて、意識が吹っ飛びました！」

「そう言ったではありませんか。……慣れると、まぁ、飲めないことは……ないん……ですのよ？　痙攣は五回くらい飲めば収まりますし。他にも赤色のまずい汁とか青色のまずい汁とかあるんですが」

「一体何の健康法ですか！　死にますよ！」

残念ながらこのまずい汁はメアリーには合わなかったらしい。

ミリアリアは残念だと肩を落とした。

まずいからだろうか？　まずいからだな、間違いない。

そもそも栄養ドリンクなどの概念もないこの世界では、受け入れられないのも無理はなかった。

「……ふぅ。仕方がないですわね。この最高のドリンクの良さがわからないだなんて。場合によってはいくら出しても欲しい人は沢山いるほどの逸品だと自負していますのに」

「……適当なことをしていると本当に体調を崩しますよ？」

「適当じゃありませんわ。簡単に死なないように頑張っているんですから止めないでほしいですわ」

心底信じていないという視線を隠そうともしていないメアリーにミリアリアは苦笑した。

「まったく……ただでさえイベントの気配がして落ち着かないのですから、頑張りに水を差さないでほしいです。毎朝飲むのはつらいんですわよ、あれ？」

毎度乙女にあるまじき唸り声を上げてしまうくらいには強烈なのである。

困ったものだとメアリーに向けられる視線に、メアリーはメアリーで納得いかなさそうだった。

「汁については後でしっかりお話ししましょう。しかし……イベントでございますか？　何かあったでしょうか？」

「さて、あるかもしれないし、ないかもしれない。でも近いうちにあるような気がする予感みたいなものですわ」

ただとてもイベントの気配がする、言葉は漠然としているが、全くのでたらめということはない。

「……ふぅ。そうね。いずれ向き合わねばいけない時も来るのでしょうね」

ミリアリアが物思いにふけりながら漏らすと、メアリーは心配そうにミリアリアの顔を見た。

「今日は……もしかして調子が、お悪いのですか？　成人前の女の子にしては言動がちょっと気持ち悪いですが？」

「メアリー？　……貴女とは今すぐ向き合った方が良いかしら？」

「丁重にお断りいたします」

原作、「光姫のコンチェルト」の攻略キャラとの邂逅《かいこう》が、ミリアリアの危機感を煽っていた。

恋愛沙汰にはなっていないし、ひとまず無難に……食事を奢ったり、プレゼントをあげたり、アドバイスをしたりして切り抜けているはずだが、係わりがあるというだけで落ち着かないことに変わりはなかった。

「ああでも……一番肝心な相手とまだ出会っていないんですわよね」

ミリアリアは誰にも聞こえないように呟く。

順当に行けば、会わないはずがない登場人物は間違いなく一人いるのである。

ヒロインにして主役の女の子。第二王女ライラ。

本作のヒロイン的な位置にいる女の子は現在七歳か八歳の子供だろう。

まだ本編も始まっていない今、会う機会はそうないはずだが、現在までの遭遇の順番を考えると、そろそろかと勘ぐってしまう。

作中の登場人物達と次々に接点を持っている現状、こうして朝の健康法を続けていられるだけでも幸運なことなのだから。

最近はいつこの生活が終わってもおかしくはないと、ミリアリアは考えることが多くなっていた。

「まぁ縁はあるんでしょうからね。それにしても悩みが多いですわ。お母様からもアレから音沙汰がありませんし。わたくし自由すぎじゃないかしら？」

てっきり監視の目が強まって、ダンジョン探索も途中で切り上げることになるかもとビクビクしていたが、ミリアリアは現在でも無事である。

メアリーは何が疑問なのかわからないという顔でミリアリアに言った。

「それは……えーっと、ミリアリア様が自由にしていた方が利益を生み出すからでは？」

「なんですそれ？」

バッグの時と似たような会話だった。

ミリアリアの予想は当たり、メアリーの口からは知らない情報がぽろぽろ出て来た。

「そうですか？　さすぺんしょんとかいうものを組み込んだ新型馬車の売れ行きも好調だと聞き及んでおります。お嬢様考案の料理の数々はレストランなどでも提供されているようですよ？」

「だから聞いていませんわよ!?　何がどうなってそうなるんです？」

「お嬢様は……自らの影響力を自覚した方が良いです」

「初耳なのに自覚もしようがない気がしますわ」

「それはミリアリア様が自分の斬新さに無自覚すぎる証拠です」

「斬新とは？」

ちょっと関係ないところで影響もあるようだが、ミリアリアは好きにやっているだけなので後悔はない。

ちょっと自分とは関係ないところで大儲けしている誰かがいるのが気に食わないが、ミリアリアとしてはそう本気で不満があるわけではなかった。

「まぁわたくし姫ですし、そういうこともあるかもしれませんわ。さて今日は何をしようかしら？　また新しい術でも開発しようかしら？　メアリー？　ブラックコーヒーの新しい味を試してみたりします？」

「……謹んで辞退させていただきます」

あら遠慮しなくても良いのにとミリアリアは笑う。

「それじゃあ、少し息抜きしましょうか。庭園のバラが見頃なのでしょう?」

メアリーの反応を楽しみ、満足したミリアリアはそう提案した。


天気は晴天。

メアリーにテラスでお茶の準備を頼み、一足先に庭に散歩に出たミリアリアは庭の美しさに目を細めた。

庭師が良い仕事をしているのだろう。噂通りいつもより一層綺麗にバラが咲き誇り、ミリアリアは思わず手を伸ばす。

「あの……ミリアリアお姉さま!」

その時突然、自分の名を呼ぶ声にミリアリアは顔を向ける。

ただ声の主を視界に入れた瞬間、この空間の色が変化したのではないかと思うほどに、中庭に光が差した気がした。

「——ライラ?」

ミリアリアの口から反射的に出たのは初めて出会う妹の名前だった。

第二王女ライラは、自分の妹であり「光姫のコンチェルト」主人公その人だ。

陽光のような金髪に、宝石のように美しい金色の瞳の美少女がミリアリアを見ている。

彼女の透けるほどに白い肌は桃色に上気していて、今のセリフがどれだけ勇気を振り絞った呼びかけであったのかは明らかだった。

怯えの色はない。

ただ純粋に大きな期待と、好奇心が向けられていると感じたミリアリアは内心首を傾げた。

ふむ、違和感がある。

それが何なのかと考えていると、少女を追いかけてきた侍女らしき女性がミリアリアを見て青ざめているのを確認して、なんとなく得心がいった。

そうそう、こういう反応が正しいのだった。

城の王女はライバル同士だ。

そしてミリアリアという王女はかつて傲慢な自尊心の塊だった。

ミリアリアはなんでも自分が一番だと思っていて、二番目など路傍の石程度にしか考えていなかった。

そんなミリアリアがライラを見つければ、蹴りの一つも入れていたことだろう。

ひどい女である。実際、原作ではそうだったかも。

でも今のミリアリアからこぼれた感情は、少し違っていた。

なにこれ、すごい好き。

自然とミリアリアは微笑みを浮かべてライラを見ていた。

純粋なファン的好意である。

流石ヒロイン、マジでかわいい。

野に咲く花のように親しみやすくも、太陽のように輝く少女からミリアリアはオーラさえ感じていた。

光ってる人間って存在するんだなーって感じである。

「あ、あのお姉さま……ですよね？」

重ねてかけられた声にミリアリアは穏やかに頷いた。

「ええ……そうですわライラ。初めましてかしら？　わたくしが姉のミリアリアですわ」

ミリアリアは思わず手を伸ばす。

つい先ほど見蕩れた花にそうしたように、そっとライラに触れて、その頭を撫でた。

「ふえ」

「フフフッ。貴女に会えてよかったですわ。わたくしどうやら貴女を好きになれそうです」

「？」

不意打ちの一言にライラの目が丸くなった。

ハイかわいい。

いたずらが成功してレア顔が拝めたが、せっかく会えたのでミリアリアはお姉ちゃん風も吹かせたくなってきた。

「でもね？」

ミリアリアが扇を広げて一振りすると、黒い風が庭園を吹き抜けた。

バラの花弁が舞い散り、蝶の形に乱れ飛ぶ闇がミリアリアの周囲を覆う。

「——キレイ」

何が起こったのかまるでわかっていないライラはポカンと蝶を眺めている。

横の侍女など今にも気絶しそうな顔で尻もちをついていた。

扇技『夢幻風《むげんふう》』。その風は相手を惑わせミスを誘う回避技である。

ミリアリアは微笑み、

「もう少し強くなっておきなさいライラ。じゃないと——わたくしにすら負けてしまいますわよ？」

そう口にして庭から忽然と姿を消した。


テレポートで自室に戻ったミリアリアは満足してお気に入りの椅子に腰を掛けていた。

今のは結構かっこよかったのではないだろうか？　と後から自画自賛である。

そして余韻に浸っていたところに、ミリアリアが何かしたと察したメアリーが慌てて戻って来た。

「ミリアリア様！　急にテレポートするのはやめてください！　お茶を飲むんじゃなかったんですか！」

「あらメアリーごめんなさいね？　でも仕方がなかったのです、姉の威厳を見せつけるためですわ」

「なんでそれでテレポートが必要なんですか……あっ、ひょっとして会ってしまわれましたか？　もしかしてやっちゃいましたか？」

メアリーは驚いた風だが、ライラとの邂逅は予定されていたものだったのかどうだったのか。

しかしそのどちらでも、ミリアリアに別段言うことはない。

「大したことはしていませんわ。ちょっくら出会い頭にガツンと姉のすごいところを見せただけです。出来ることならお姉ちゃんすごい！　って言われたいものですわね！」

ムフフと笑うミリアリアに、なぜかメアリーはポカンとした後涙目になった。

「寛容に……なられたんですね姫様……メアリーは不覚にも感動してしまいました」

「え？　今の話に感動するところありましたか？」

メアリーの反応は変だと思うが、本当にこのタイミングでライラに会えてよかったとミリアリアは思っていた。

ライラを見て、確かにミリアリアは彼女が好きだと感じた。

だが――それだけだったのだ。


この日までミリアリアは長い時間をかけて、ゆっくりとここまで進んで来た。

そのかいあってミリアリアのレベルはすでに極まっている。

それなのに先に進まなかったのは迷いがあったからではないかとミリアリアは自問自答する。

だからその迷いを振り払うように、ミリアリアはその夜、迷宮をいつも以上の勢いで進んでいた。

そしてとうとうたどり着いた扉を前にして、大きくミリアリアは息を吸う。

地下五十階層。

その場所は、ミリアリアの目指す到達点の一つである。

「闇の精霊神ダークの封印地……。少々準備に時間をかけすぎた感じもありますが、踏ん切りがつきましたわ」

今日ライラを目にしたミリアリアはキャラクターとして好きだと思った。その一方でどこか物足りなさを感じた。

本来ならあったはずの、もっと強烈な憧れのような愛着がいまいち感じられなかったのだ。

その違和感に、ミリアリアは正直困惑した。

だが思えば今までに出会った攻略キャラ達にも同様の、何か足りない感じはあったのだ。

考えてみれば簡単なことだった。

記憶の影響ではあるが、確かにミリアリアは「光姫のコンチェルト」というゲームを愛している。

しかし彼女達に今のミリアリアが最も憧れるところがあるとすれば、それは彼女達が恋愛に興じているその瞬間ではなかった。

ミリアリアは思い出す。

「そう……わたくしが憧れたのは彼らの到達点なんですわ。やりこみにやりこんで完成された圧倒的な彼らの姿は実に爽快でしたもの」

時間と手間暇をかけて完成した彼らは、優れた作品と言ってよかった。

ドロドロとした争いも、抗えない運命も、共に進んだ仲間達ならばたやすく振り払えるはずだと確信出来るほど圧倒的に。

作中最強の敵など物ともしない彼女達を知ればこそ、ミリアリアはその強さを求めずにはいられなかった。

だが今いる彼女達は当然、ミリアリアの知る最強の彼女達ではない。

「……無意識にビビってしまっていたのかもしれませんわね」

ミリアリアは我ながら今更なことに自分で驚いていた。

だからこそダサい自分を振り払うために、躊躇《ためら》わずに扉を開ける。

封印の扉はあっさりと開いて、中から濃密な闇の気配が溢れ出した。

「ごきげんよう。御在宅でいらっしゃるかしら？」

ミリアリアの問いに、闇は答えた。

「……何者だ？　私の眠りを妨げるのは？」

いるべきモノがそこにいて、ミリアリアは生まれてから一番の壮絶な笑みを浮かべた。

聖なる光の結界で封印された部屋で、闇の精霊神は眠りについている。

永遠の眠りは誰かが部屋に入った瞬間に解ける、実にＲＰＧらしい仕様である。

「あなたが闇の精霊神ですか……」

黒い人型の闇は石で作られた椅子に座っていて、動かずにミリアリアを見ていた。

ミリアリアは、ここに至るまで出会ったモンスターとは比較にならないプレッシャーを目の前の闇から感じていた。

「そうだ。私の名はダーク。闇精霊の主だ」

ミリアリアはある意味、胸をなでおろした。

「よかったですわ。ちゃんといてくれて。ここまで降りて来たかいがあったというものですわ」

「私を目の前にして……悠長なことを言うのだな」

喜んでいるミリアリアをダークは訝しんでいたが、襲ってくる気配はなかった。

これなら話す目があるとミリアリアは目を輝かせた。

「まぁ、それなりに時間をかけて降りて来ましたから、ここで急いては損というモノです。わたくしは……そうですね、ずっとあなたと話をしたかったんですから」

それはゲームとは関係ない、ミリアリアの望みだった。

だが言われた方はと言えば、当然困惑していた。

「話を？　ハハッ……ひょっとして願いを叶えてくれなどと言い出すのではないだろうな？」

「まさか。そんなつまんないことを言うつもりはありませんわ。願いがあるなら自分で叶えます」

「ほう。それは殊勝な心掛けだ。では私と何を話したい？」

「ええ。実はわたくし、提案したいことがあってここまで来ましたの」

「提案だと？」

聞き返すダークにミリアリアは頷く。

そう、それはミリアリアがずっと考えていたことだった。

だから躊躇わずに、ミリアリアはダークに問うた。

「ええ。闇の精霊神ダーク。わたくしと一緒に来ませんか？　わたくし達、気が合うと思いますの」

「……はぁ？」

本気の困惑がダークから伝わってくる。

我ながらミリアリアも、まぁおかしなことを言っているなと自覚はあった。

「初対面で気が合うと言われてもな。正直私はお前と気が合うとは思えない」

「まぁでしょうね……。でも、わたくしはわたくしがここに来られたこと自体に運命的なものを感じていますわ」

これは偽らざるミリアリアの本音だった。

こうして悪役である自分が、一生訪れるはずのない場所で裏ボスと対面している。

本来出会うこともなく終わるはずの相手と会えているこの現状が、運命的でないはずはない。

だがミリアリアが本気だからこそ、ダークの困惑は当然だった。

「意味がわからない。具体的にどうしたい？」

そんな問いにミリアリアは答えがあった。

「まぁ、そうですわね。例えば……あなた、わたくしと契約することは可能かしら？」

ミリアリアが尋ねるとダークは面白くなさそうに鼻を鳴らした。

「フン。私を封印した血族が何を言う。滅ぼすことはあっても力を貸すなど願い下げだ」

契約とは、精霊の力をより引き出す儀式のことである。

人間と精霊が双方で契約を結ぶことで成立し、様々な恩恵を得られることで知られていた。

だが、相手が精霊神ともなれば、その恩恵は殆ど一方通行みたいなものだろう。

人間はそれくらい精霊神にとって取るに足らない存在なだけに、ダークの反応も当然だった。

ただ、いきなりへそを曲げるのはどうかとミリアリアは口を尖らせた。

「……闇の精霊神。思っていたより短気ですわね」

「聞こえているぞ娘」

「これは失礼。でもわたくしは契約することは可能かどうか尋ねたのですわ。そもそも不可能なんて言われたら、それこそ話になりませんし」

ミリアリアが肩をすくめると、黒い闇もあきれた声で答えを返す。

「ふむ……では教えてやろう。契約は可能だ。私が認め、お前が受け入れれば契約は成立する。だがそれがどうした？」

生真面目に説明してくれるダークにミリアリアはふむふむと頷いた。

「いえね。今からあなたにわたくしを認めさせるわけですが……本当に契約を結ぶのもありかなと思っているんですわ。ご褒美があった方がやる気が出るでしょう？」

そしてミリアリアは扇を引き抜いて、キャリーバッグから追加の鉄球を取り出した。

ミリアリアとて、会話だけでことが収まるとは思っていない。

戦意を感じ取り、ダークが椅子から腰を上げる。

「ほぅ、私に認めさせるか……だがそれは不可能だ。お前からは私を封印した人間と同じ匂いがする。妙な匂いも混じっているようだが……どちらにせよ気に食わん」

「……あなた、わかりますの？」

「さてな、とにかく契約など諦めることだ」

そう口にしたとたんダークからの圧が増した。

拒絶の意思が、突風のようにミリアリアに飛んできたが、ミリアリアは扇の一薙ぎでそれを霧散させる。

髪の毛が軽くそよぎ、ミリアリアは優雅に口元を隠して、目を細めた。

「そんないつのことかもわからないことで嫌われても困りますわ。顔も知らないご先祖様の事情など知ったことではありません。わたくしはあなたと話をしているんですわ。目の前のわたくしを見て話をしてくださいませんこと？　それとも目を合わせるのは苦手かしら？」

ミリアリアは怯まない。

そこで初めて闇の精霊神ダークは、ミリアリアに興味を示した。

「ほぅ……言うなお前。良いだろう……認めさせたいというのなら、貴様、覚悟があるということだな？」

「当然。お相手くださるかしら？」

「その気概は買ってやろうか。久しぶりの客だ」

ダークから迸る強大な闇が、その体を中心に渦を巻く。

ダークは何倍もの巨体に膨れ上がり、大きな人型を形成すると、その背から翼を生やし、額から角を持つ悪魔のような姿に変化した。

さて、イベントの開始だとミリアリアはダークを見上げる。

「そう来なくては面白くありませんわ。人類の到達点、レベル99ミリアリアちゃんの力……存分に堪能してくださいまし」

「フン……」

戦いは今始まるのだと、ミリアリアは闘志を燃やしていた。

だがダークの初動を注視していたミリアリアはその瞬間、最悪のシナリオに愕然としてしまった。

ダークの右腕に黒い力が収束する。

あまりにも早く実行されるその攻撃をミリアリアは知っていて、ただ焦った。

それはいけない。

攻撃にはパターンが存在する。ミリアリアは記憶の恩恵でダークの攻撃パターンを熟知していた。

だがいくつもあるパターンの中で、しかし裏ボスともなれば、引いてはいけないパターンが確かにあった。

そのパターンを引いてしまった己の運の悪さに、さすがのミリアリアも動揺して叫んでいた。

「消え去るがいい――」

「……！　初手でそれは反則ですわ！」

キンと甲高い音を立てて発動された精霊術はダークを中心に封印の間に広がった。

術でドレスをいくら強化していても、この攻撃には関係がない。

ゲーム中、苦しめられたプレイヤーが数多く存在するダークの専用技「ダークネスウェーブ」。

その波動は全方位に飛び、回避不能。

そしてその効果は相手のＨＰを強制的に一にするという猛悪なものだ。

初手のみ溜めなしで打ち出されるそれは、裏ボスを舐めるなという悪意にも似た意思を感じる。

そして最悪なのは、当たり判定の後にやって来るスタン効果だった。

「確かにお前からは人間とは思えない力を感じる……だが――」

防御を試みたが、まるで無意味だった。

気が付けば全身の骨がきしむ音がして、瓦礫が飛び散っていた。

扉に叩きつけられたミリアリアはゴホリと血を吐いて、ダークを見た。

「一人で我に挑もうというのが愚かなのだ……」

ダークの言うことは正しい。

「……そうですわね」

ミリアリアはそのことをよく理解していた。

ダークは出鱈目に強い。そしてその強さは基本的にレベル99など推奨レベルでしかない。

ここは隠しダンジョンで。

クリア後に楽しむための施設で。

本来レベル99のパーティが総力を結集して挑むべき場所なのだ。

ダメージで寒気が走り、ミリアリアは肩で息をする。

「さぁこれで終わりだ……」

ダークは更に五発の精霊術を同時に展開した。

想定した最悪のパターンは続く。

一斉に放たれる闇系最上位精霊術、アンクラシアの波状攻撃はミリアリアの前に脱出不可能な暗闇を出現させた。

闇はすべてを押し潰す。

事実ミリアリアもその周囲も、間違いなく押し潰された。

「っ……！」

ミリアリアは激しい痛みと共に闇の底へと落ちてゆく。

勝利を確信したダークはつまらなそうにミリアリアに背を向けた。

「これで終わりだ、身の程をわきまえぬ小さき者よ。……私は眠る。それでいい―――」

決着はついたとその背中は語っていたが―――やっぱりこの闇の精霊神は見切りが早い。

ミリアリアは薄れゆく意識の中で闇の奥の蓋を開けた。

ああ、闇の中に意識が落ちてゆく。

ミリアリアにとってそれは全く想定していない現象だった。

そしていつまでも終わりそうにない落下感の中で、知らない声が沢山聞こえて来た。


『ミリアリアって普通に嫌い。ヒロイン達がかわいそう』

『いやいや、良い悪役だからヒロインが輝くんだ。なくてはならない』

『やっつけられればそれで良い。そんなことより攻略対象が推せるか推せないか、それが問題だ』

『ゲームが楽しい。正直ストーリーはどうでも良い』


何なのこの方達？

闇の中には数百、数千にも及ぶ人がいた。

ミリアリアを、そしてこの世界を誰かが見ている。

ミリアリアはそんな彼らと繋がっていて、今まで確かにミリアリアもまた彼らを見ていた。

そしてここにきて、ミリアリアという少女は知ったのだ。

薄い板一枚の仕切りのむこうから向けられる、熱く、激しく、しびれるような情念を。

自分に向けられるのは憎しみに近いそれが多いが、そんな一面的なものだけじゃない。

——その根底にあるのはただただ混沌とした感情の波。

そして——。

「——ハッ！」

ミリアリアは目を開けた。

どうやら強力な攻撃で、一瞬意識が飛んでいたらしい。

全身がくまなく痛いが、特に頭が恐ろしく痛かった。

だがそんなことより、長く共にあった友人達のことを理解したこの時は、狂ってしまいそうなほどの怒りと——なぜか喜びに満ちていた。

ミリアリアは立ち上がる。

「……夢を見ていたみたいですわ」

「なに!?」

だが今は絶賛戦闘中である。ミリアリアは熱い息を吐き出した。

そして戻って来たミリアリアは死ぬ寸前で、あっぶねーとエリクサーを飲み干し、空き瓶を投げて叩き割ると、薬の滴る口元を扇で隠す。

こういう時こそ優雅に決めるのがミリアリアの美学だ。

破れた服は、闇精霊術で綺麗に繕った。

せっかくだからちょっと背伸びをして、大人っぽくシックなドレスにしてみよう。

ミリアリアは全身に走る痛みを無視して、再びダークの前に立つ。

「なぜ立っている……！」

「なぜ？　――何言っているんです？　まだ始まったばかりですわ。わたくしでなければ死んでいたでしょうけど」

闇の精霊神ダークの必殺パターンは開幕にHPを1に削り切る特殊攻撃からの、回避不能精霊術のとどめだ。

だがそんなことミリアリアはちゃんと知っていた。

それはプレイヤーで言うところの初見殺しの即死コンボで、逃れるすべはない。

本来ゲームであれば、その攻撃が来ないことを祈るしかないだろう。

しかしセーブもロードも存在しない現実でミリアリアは二度目に期待を持つことは出来なかった。

ただやり直しがきかない一度目にこの攻撃パターンが来ないとは言えない。

だが幸い、不可能をそのまま放置するほどプレイヤーの好奇心は甘くはなかった。

「死ぬほど痛かったですけど、うまくいったのだから、とやかく言うのはやめますわ」

結果は出た。

ミリアリアは策の成功に満面の笑みを浮かべて、ダークに扇を突き付けた。

「あなたの技は確かに驚異です……でも！　わたくしにはこれがありますわ！」

そして誇らしげに自分の胸元に光るブラックダイヤモンドを突いて見せた。

「……宝石だと？」

「そう！　ブラックダイヤモンドを装備した時、闇の属性の攻撃を受けると生命力がわずかに回復するのですわ！」

回復の効果は微々たるものだが、波状攻撃を受ける前にミリアリアのＨＰは1から回復していた。

しかしそんな説明だからこそ、ダークは納得していなかった。

「ばかな！　そんなもので私の術から生き延びることなど出来るわけがない！　何をした！」

「何と言われても、そのわずかに回復した生命力であなたの攻撃を耐えただけですわ。即死でなければ回復が間に合いますからね」

助かるかは賭けだったのは間違いない。

そしてミリアリアは耐えきった。

だがダークはせっかくのネタ晴らしだというのに全く信じてくれなかった。

「耐えたって……人間にそんな化け物じみた真似が出来るか！」

「マジヒドですわー」

本気で怒るダークにミリアリアは無理もないかと、その言葉をしぶしぶ肯定して頷いてみせた。

「まぁそうですわね。ただの人間なら例えレベルを限界まで鍛えたところで無理ですわ。でも……わたくし頑張りましたの。あなたの攻撃に耐えるために、人体改造は済ませています」

「じ、人体改造？　なんだそれは……」

狼狽えるダークに、ミリアリアはもったいぶってくるりとその場で回って見せた。

「ふふん……気になります？　気になりますわよね？　良いでしょう！　あなたにだけ特別に教えてあげます！　秘密はこれですわ！」

ミリアリアはジャジャーンとバッグの中から土色の液体の入ったガラス瓶を取り出すと、ダークの表情が歪んだ。

「それは……まずい汁！」

「おお！　知っていましたか！　そうです！　これを飲んだのです！　黒、白、赤、青、土色、緑全色コンプですわ！」

「それを飲んだのか……うぇー」

本気で嫌そうな声を出すのはショックなのでやめてほしい。

毎朝の日課が頭をよぎり、ミリアリアは軽く地団太を踏んだ。

「失礼ですわよ！　これがあなたの攻撃を打ち破ったのですからね！」

「……まずい汁でどうやって？」

訳がわからないと本気で訝しむダークは、どうやらこの汁の効果を知らないようだった。

「ええ？　知らないんですの？　まずい汁のことは知っているのに？」

「それは……あまりのまずさで有名だからな。ダンジョン屈指の外れアイテムだろう？」

「えぇー。マジですのー？　それはさすがにもったいないですわ」

「何かあるのか？」

「当然ですわ！　わたくしは意味もなくこの味覚の壊れた汁を毎日飲むほど頭がおかしいわけじゃありませんわ！　知らないのなら教えてあげましょう……このまずい汁は――」

ミリアリアは今まで言いたくても言えなかった、その最高の効果を披露した。

「ステータスのパラメーターを1プラスするのですわ！」

「だから……何なのだ？」

「わかりませんの？　それを毎日毎日飲み続けて、あなたの攻撃に耐えられる体にしたってことです」

「はぁ？」

そうなのだ。

このまずい汁こそ、この隠しダンジョンのやりこみ要素において、戦闘面で究極のアイテムと言えた。

それぞれの色のまずい汁は各種パラメーターに対応していて、基礎ポイントを上昇させるのだ。

最終的にはお気に入りのキャラクターをその世界最強の存在へと押し上げるための最終ギミックと言って良いだろう。

ミリアリアは毎日この汁を飲み続けることですべてのパラメーターを限界まで上昇させた。

低確率で落っこちる、各種類のまずい汁を集めるのはものすごく大変だった。

ミリアリアはブラックコーヒーを駆使しながら睡眠時間を削り、モンスターを狩って、まずい汁をコツコツ溜めて飲み続けた。

美しくとはいかなかったが、毎朝リバースしそうになるのを乙女の根性のみで耐え、「ん？　飲めるかな？」くらいに飲みなれてしまえるのだから、人間とは大したものである。

正直これをしなくて良いなら、もうちょっと早くここに来られたはずだ。

だがこうして万全に仕上げたのは、ミリアリアが知っていたからである。

闇の精霊神に挑めば、さすがに死ぬかもしれないと。

「そう……すべては記憶の知識故。言っても理解は出来ないでしょうが、わたくしは一人ではないのですわ」

そして最後にミリアリアの背を後押ししたのは物語のヒロインである――ライラだ。

ミリアリアが目指した理想の姿、そこにきちんと到達出来るかどうか？

その答えを知るためには、ここに来るしかないと思い出せた。

少なくとも、まだ足りないかもと恐れて二の足を踏む姿はミリアリアの理想とは程遠かった。

「さて……わたくしは最悪を乗り越えました。本当の戦いはここからってところですわ」

弾丸の在庫は十分！　精神力も気力も張っている。

ダークの攻撃を乗り越えられたということは、ミリアリアの知るパラメーターという概念は信じるに足りると証明出来た。

もはやこれ以上万全な状況はない。

ミリアリアは湧き立つ力に、アドレナリンを噴出させる。

「さぁ！　このわたくしを！　ミリアリアを認めさせてあげましょう！　話はそれからですわ！」

「なるほど……確かにただの人間ではないか」

ダークはククッと笑い、少しだけ楽しそうに再び戦闘態勢を取る。

「良いだろう！　付き合ってやるぞ！　その力を見せてみろミリアリア！　奇跡は続かない！　今度は逃げられはせんぞ！」

「ラスボスからは逃げられませんものね……でも、この場合どちらがそうなのかしら？」

闇の精霊力がダークから溢れ出した本気のプレッシャーはまさに神懸かっていた。

ミリアリアは興奮していたが、頭の中だけは妙に冷静だった。

ダークは脅威だが、ここからはパターンを乱していくのもまた一興。

ミリアリアは鉄球でダークを取り囲み、まずは最初の一手を放つ。

「ファイア！」

「ぬお！」

今まで何度繰り返したかもわからない弾丸の充てん作業にミスなどありはしない。

閃光が瞬き、一斉射。

弾丸で砕けた石畳が跳ねまわるが、ダークには大したダメージにはならない。

だが技のアクションの出足に銃弾をバラまき、テンポを崩すには十分だ。

煩わしげに目を細めるダークだったが、妙に興味深そうでもあった。

「何だ、この攻撃は？　初めて見るが……」

ダークの質問に、ミリアリアは答える。

「わたくしの転移術の応用ですわ！　小さな礫を飛ばしていますの！」

「面白い攻撃だが、大したことはない」

「そうですか？　かなり危険な術なんですけれど。あなたくらいの大物には豆鉄砲みたいなものでしょうけどね！」

弾丸は強力だが、一定の防御力を持っている相手には致命傷を与えられない。

それは当初から変わらないわけだが、ミリアリアとてこの素晴らしい武装の可能性をここで終わらせる気はなかった。

「しかし、威力については解決案を模索中ですわ！　お見せしましょうか？」

「ほう……」

ミリアリアは返事を待たず、鉄球を一つ引き寄せて、それを包むように精霊術を行使する。

ブラックカーペット応用編、筒状に闇の精霊術で構成した砲身をダークに向けたミリアリアは狙いをつけた。

砲身を強化――。

細密に内部構造を構築――。

座標を固定――。

すでに完成された流れを、より大きな弾丸のために再び最適化を一瞬でこなす。

ミリアリアは凶暴な笑みを零し、狙いをつけて、もう一つの鉄球を手元に引き寄せ転送した。

こいつを雷管とする。

弾丸がそうであったように、鉄球も例に漏れずに砲弾となるに違いない。

「闇精霊術ダークバレル……まぁ礫を大きくしただけの大したことない術ですわ！」

「！」

激しい光と同時に鉄球は飛び出した。銃弾と変わらぬスピードで。

ダークは初めて明確に身をかわすが、その速度は生物の反射神経が反応出来る速度を超えていた。

攻撃がかすった闇のオーラは衝撃波で吹き散らされた。

背後に抜けた鉄球がダークの座っていた椅子を焼き菓子のように粉砕し。それでも勢いは止まらず、壁に突き刺さった鉄球は見えないほど深く食い込んでいた。

バキッと壁に走る罅は深い。

ミリアリアにしても予想以上の馬鹿げた威力にダークは言葉を失った。

「……おおう。でっかいものを飛ばしてみる作戦は……成功のようですわね！」

「恐ろしいことをするな！　なんだ今の威力は！　小さな礫の時と速度が変わっていないじゃないか！」

「そこのところよくわからないんですわよね！」

しかし、これは中々使えそうだぞとミリアリアは喜んだ。

この実験結果は新戦力増強プランに組み込んでいくことにしよう。

しかし残念なところは、飛ばした鉄球はもう使えそうにないところか。

せっかく綺麗に飾り付けた鉄球は、バラバラに砕けて鉄くずである。

「砲門が一つ減ってしまうのも考えものですわね。……うう、わたくしのデコ鉄球が」

愛着がある一品だけに心のダメージも大きいが、今は目の前のダークに集中せねばならない。

油断が過ぎれば一瞬であの世行きである。

ダークはもはやこちらを侮っている様子はなかった。

ただ精霊だからかその感情は、なんとなくだがミリアリアに伝わって来た。

「はっは……面白いな！」

「ええ！　最高ですわね！」

「ではこれはどうする！」

ダークは空に浮かび上がり、腕をクロスさせた。

このタメ動作は広範囲攻撃の合図だと気づき、ミリアリアは一定の距離を取って備えた。

一秒後、放射状に地を這う衝撃波が飛んで来たのをしっかりと確認し、ミリアリアはタイミングを計って飛んでかわすと、続いて黒い鎌の三連攻撃が襲い掛かる。

「お前は斬っても死なないのか！」

「……クソハヤですわね！」

鎌の出現はコマを飛ばしたように一瞬で技の継ぎ目は殆どない。

ただしミリアリアはその行動の一瞬に鎌の間合いの更に中に踏み込んだ。

危険に見えるが、ここが唯一の安全地帯だ。

首を刎ね飛ばそうとする刃をすり抜けるように通り過ぎ、ミリアリアは扇でダークの頭を一閃する。

「ぐ！」

「ヒットですわ！」

わずかにのけぞったダークはすぐに回転を始め、黒い力場を作って周囲の物を吸い込み始めた。

この吸い込みに引き寄せられれば小ダメージを受け、一定時間しびれて動けなくなるだろう。

そこでミリアリアは吸い込みを感じた瞬間、前方に精神を集中し――――放った。

「アンク！」

この状態は精霊術をぶつけることで解除される。

無敵状態でダメージは通らないから、最弱攻撃で問題ない。

「ぐっ！　おおお！」

続いて解除直後に飛び出す黒い斬撃を、ミリアリアは正面から迎え撃った。

「扇技・闇夜月《やみよづき》……」

闇夜月は闇の精霊力を空間に混ぜ込み、虚空に穴を開ける一撃だ。

性質上射程の短いその技を、飛び出してきたダークの進行方向に置くように放つ。

突っ込んでくるモーションのダークはもう止まれない。

「貴様！　未来でも見えているのか！」

「美少女の当然の嗜みですわ！」

闇夜月にもろに突っ込み、焦ったダークが放つのは即死一歩手前に追い込むダークネスウェーブ。

切り札だろうが、ミリアリアはそのわかりやすいモーションの予兆を見逃さない。

それはチャンスだった。

初手とは違い、その大技はあまりにモーションが長すぎる。

扇を構えて、ミリアリアはこのチャンスに最強の奥義を繰り出した。

「これで――カチカクですわ！」

この技は今までのミリアリアの集大成。

技と精霊術を極めた果てにひらめいた。

最強の力と究極の美。

その二つを追い求めたミリアリアに与えられた技は理想を謳う。

花のように。

鳥のように。

風のように。

月のように。

ミリアリアは精神力を扇に集中して技を放つ。

「最終奥義・花鳥風月――」

「!!」

それはインパクトの瞬間、ダークはもちろんミリアリアごと飲み込んで黒い閃光となった。

闇が弾けて、唯一立っていたのは――ミリアリアだけだ。

倒れ伏すダークを横目に見て、ミリアリアは肺いっぱいに酸素を吸い込む。

「ホーッホッホッホッホ！　……よし！　……勝利！　ですわ！」

ミリアリアは扇で口元を隠す。覆い隠したのは会心の笑みである。

「――見事だ」

「……え？」

しかし完全に決まったと思ったミリアリアは息を飲んだ。

なぜなら倒れたはずのダークがふわりと浮かび上がったからだ。

「今ので倒れませんの？　冗談でしょう？」

ミリアリアの放った花鳥風月は我ながらえげつないほどに会心の一撃だった。

すでにゲーム的には完全に仕留めたダメージ量だろう。

だというのに、闇にまぎれたダークのそのわかりづらい表情は、ミリアリアには確かに笑って見えたのだ。

「……素晴らしい。だが、お前は私には勝てない」

「へぇ。……何でですの？」

「簡単なことだ。お前の力の根源が闇であるからだよ」

「なにそれアリですの？」

まず嘘だろうとミリアリアは考えた。

だがダークのその言葉通り、崩れたはずのダークの体が急速に元に戻ってゆく。

こんなことはミリアリアも知らない。

こんな無茶なイベントは、ミリアリアは全く想定していなかった。

黙って予定外のイベントを眺めるミリアリアは、その場から動かない。

だがダークも攻撃しては来なかった。

むしろミリアリアにかけるダークの声には、いつしか慈しむような響きが宿っていた。

「こんなにも闇に愛された人間がいるのには驚いた。しかし闇の精霊神である私には勝てないのだ」

「……」

ミリアリアは黙り込む。

「私はお前を認めよう。だが……私に勝つことは諦めろ」

ダークの放つ闇の力。

それは確かにあまりにも巨大で、ミリアリアの性質が闇だからこそ隅々まで感じ取れた。

でもミリアリアはその力を感じた上で、扇を広げて表情を隠した。

「ええ……あなたが強いことなどわたくし知っていますわ」

「ああ、そうだろうとも」

確かにこんなやり取りは知らない。だからここからはミリアリア自身の感覚の話になる。

対峙したダークにミリアリアは感じたままに、高らかに――――笑った。

「オーホッホッホッホッホ！　その言葉！　そっくりそのままあなたに返しますわ！　あなたでは

わたくしにはもう勝てませんわよ？」

「――なに？」

「なぜならば。わたくしは――『一人ではない』からですわ」

そうミリアリアが口にしたとたん、大きな闇が口を開けた。

ミリアリアと繋がった者達。

それはここではないどこかでミリアリアを見ている者達。

彼らの強い念はミリアリアという点に、偶然繋がった。

繋がった彼らの記憶がミリアリアに流れ込んでいたが、それは副産物である。

今のミリアリアは、流れ込んでいるのは記憶だけではなかったのだと理解していた。

「知っていますか？　精霊術の力の源は念……想いの力なのです。本来人一人の力なんてたかが知れていますけど……繋がり、束ねればその分増えるのが道理というものですわ」

「お前は何を言って……」

以前にナイトメアナイト戦で感じたものはこれだったかと、ミリアリアは理解した。きっかけは痛みと死。

意識の狭間でそれを自覚したことで抑制は外れ、濁流のごとき念がミリアリアに流れ込んで来る。

悪役のわたくしは嫌われているようですけれど、同時になくてはならないと思われている。

無関心とは程遠い、複雑で、しかし激しい感情の渦――これが、語弊を恐れず言えばまさしく愛なのだろう。

ミリアリアの本質、貪欲な愛はすべてを受け入れた。

恋愛をテーマにする世界にしてはずいぶん歪んでいるけれど、だからこそミリアリアにはふさわしい。

そんな強烈な念をミリアリアは初めて自らの意思で力に変える。

「すごいですわね！　あぁ……こんなにもどす黒い愛の想念――今なら闇の底でも飲み込めそうです！」

「……！」

ダークは生まれて初めて恐怖していた。

精霊神なんて言ってもその正体は、闇の精霊の最も強い自我を持った何かでしかない。

だがダークは闇の精霊神なんて呼ばれているからこそ、体の芯まで感じ取れる。

「これが……人間の力だと言うのか？　こんな！　ありえない！」

小さな、人間の少女と呼ぶのがふさわしい子供から、何か得体のしれないモノが溢れていた。

底なしの穴から無尽蔵に湧き出した力そのものは、とてもじゃないがたった一人の人間のモノではなかった。

だがそんな異常な力を、ミリアリアという少女は純粋な闇そのものに束ねて、染め上げてゆく。

そして同じ性質の力がぶつかれば、より強大な力の前に飲まれて消える他に結末など存在しないのだとダークは理解した。

ああ、確かにこの少女は一人ではない。

本当に一人なのは――――。

「さぁ、今度こそ終わりですわ！　わたくしに繋がっている彼らのことはこう呼びましょう。ミリアリアちゃんファンクラブ『ディープラバーズ』と！」

「……なんか重そうなネーミングだな！」

ついツッコんでしまうダークにミリアリアは扇を振り上げる。

ダークごとすべてを飲み込んだ闇は、神の闇よりもなお暗い無限に続く深淵だった。

「なんて――――まぁとどめなんて刺しませんけどね。ミリアリアジョークですわ！」

「……は？」

とは言っても解放されたダークは体を覆う闇が吹き散らされ、いつの間にか翼も角もない。

地面に座り込んだダークは悪魔のような姿ではなく、全身真っ黒なコーディネートの男の子になっていた。

その肌は驚くほどに白く、生命感がないが、ぞっとするほど整っていた。

お洒落ベストにハーフパンツがポイント高い。どこからどう見ても立派な美少年だった。

おぅ、ダークさんギャップ萌え。でも乙女ゲーなら仕方がない。

ミリアリアはそんな感想を胸の奥にそっとしまった。

「……な……なんだ、その力は……お前本当に人間か？」

「失礼なことをおっしゃいますわね。こんな美少女を捕まえて」

「だが、ネーミングセンスはどうかと思う」

「やかましいですわよ」

素敵だろうがとミリアリアは胸を張る。

ダークはポカンとしていたが、何かツボに入ったようで楽しそうに笑い始めた。

「全く、かなわんな。……聞かせてくれ。なぜお前は私と契約したい？」

そして尋ねてくるダークにミリアリアはなんだか嬉しくなってくる。

契約を前向きに考えてくれるのなら前進だ。

しかしミリアリアは必ずしも契約がしたいかと言われるとそうでもなかった。

「そうですわね……契約は、まぁ今から数年後。わたくしが妙な悪霊に憑りつかれる……かもしれないので？　強い精霊との契約があると助かるかなー？　みたいな？　……要するに保険ですわ」

それは思いつきのようなもので、考えなかったこともない程度のものだ。

相手が闇の精霊神なだけに嘘なんてついても無駄だと思って話したが、逆にダークには言いようをあきれられてしまったらしい。

「なんだか異様に契約内容がフワフワしていないか？」

「そりゃあ契約云々は思いつきですもの」

「よくわからないが……悪霊に憑りつかれるなんて大変なことではないのか？　いや、その前に……お前ほどの者がしてやられる敵というのも驚きだが」

「もちろん、そうやすやすとやられるつもりはありませんわ」

ミリアアリアとて、今更負けるつもりなんて欠片もない。

遭遇したらすぐさま撃退を心がけていたが、ミリアアリアの意気込みはダークに伝わったようだった。

「だがなるほど……結局何がしたいのかわからんな」

「あらそう？　わたくし一番の目的はもう伝えていたと思うのですけれど？」

「そうだったか？」

ミリアアリアは力強く頷く。

そう。重要なのは契約ではない。そこを勘違いしてもらっては困る。

ミリアアリアがニッコリ笑うと、ダークは尋ねた。

「では何のために？」

「一番の理由は、わたくしと一緒に来てほしいだけです。わたくし――――相棒を探しておりますの。あなたはその候補の一人ですわ」

「……相棒？」

気の抜けた声で聞き返すダークにミリアアリアは数度頷き、ダークに詰め寄った。

「そうです！　もっと言えば遊び相手です！　楽しく遊べる気の合う相棒が欲しかったんですわ！」

ミリアアリア的にはかなり照れる告白だったのだが、ダークは困惑を深めていた。

「いや訳がわからない……なんで闇の精霊神たる私とお前の気が合うと思ったのだ？」

「そりゃあ、わたくしラスボスですし、あなた裏ボスでしょう？」

「もっと意味がわからなくなったんだが？」

ミリアリアにしてみても、なんとも言葉で言うのは難しかった。

しかしこういう話が出来る可能性があるからこそ、ダークは相棒たり得る。

困惑するダークにミリアリアは歯がゆいものを感じていたが、もちろん焦りもしていなかった。

「意味……確かにそれは重要ですわね。ラスボスのわたくしがこうなった意味、裏ボスのあなたにたどり着いた意味、そんなのいくら考えてもわかりませんけど」

「？」

「……要はわたくしもあなたも神様から与えられた待遇があまり良くないってことなんですわ」

ミリアリアは死亡必至の悪役。

そしてダークは日の目を見ることがあるのかないのかもわからない隠しダンジョンのラスボスだ。

両者とも順当にいけば、ろくな結末が待っていない。

いつかみじめに滅びるその時まで、破滅に突き進むだけだ。

その辺りダークにも自覚があったようだった。

「……確かに待遇が良いとは言えないな」

「でしょう？　ですがわたくしはこの世界のことが大好きですの。イケメンも多いですしね？　せっかくなので命尽きるまで楽しみ尽くすと決めています。そのための力は手に入れました。あとは共感出来る友人をと思っていますわ。ですからこれはお誘いですわ。あなたもわたくしと一緒にこの世界を特等席で楽しみませんこと？」

ミリアリアは熱く勧誘する。

力が手に入ったことは証明出来た。見てもらえたのならわかってもらえるだろう。

手始めに手に入れた憧れの力は、ミリアリアを運命の先に連れて行ってくれると信じている。

その道連れを探すのもまた、楽しみというモノだった。

今度こそ本気で手を伸ばしたミリアリアにダークが本気で困惑して尋ねた。

「……お前正気か？」

「当然ですわ！　どうします？　嫌なら他を当たります。断っても構いませんわよ？」

第一に楽しんでなんぼなので、まずは趣旨を完全に理解してもらわねば困る。

待ちに入ったミリアリアのことをしばらく見ていたダークは結局ミリアリアの手を取った。

「フ、フフフ……お前は本気でそう思っているのだな……」

「もちろんですわ。誰より自由に最強に、余すことなく妥協なくこの世界を堪能しましょう！」

我ながら素晴らしい提案だとミリアリアは確信していた。

ダークはしかし、その一瞬だけ握った手から力を緩めていたが、結局手は離さないまま肩をすくめて答えた。

「良いだろう――――その契約、結ぼうじゃないか」

その日ミリアリアは、長い付き合いになる相棒を得た。

THE VILLAIN PRINCESS DIVES INTO THE LABYRINTH TODAY

第十章

ミリアリアはゆく。

ミリアリアはずっと近い将来、自分は姫ではなくなるとそう思っていた。

おそらくは自分で何かしなくても、状況を鑑みていつ追い出されてもおかしくはないという実感があったからだ。

だがそれも良い。そのための修行であり、ただのミリアリアとして生きていく準備は整えた。

諸々バレたら逃げれば良いくらいのスタンスだったのだが……今こうして成長したミリアリアは、まだハミング王国で第一王女をやっていた。

「……我ながら驚きですわね。何でわたくし、まだお姫様やっているのかしらメアリー？」

ふと、ミリアリアは疑問を口にする。

するといつものように、傍らのメアリーは答えた。

「何を言っているのですミリアリア様？　当たり前じゃないですか？」

だがミリアリアは自室の鏡の前でずいぶん育った自分の顔をしげしげと眺めながら、とても不思議だと心底思った。

「そうかしら？　我ながら破天荒なプリンセスライフを送っているというのに？」

「自覚があるのなら反省してください」

容赦のないメアリー。

そりゃあモンスター狩りに嬉々として参加したり。

ダンジョン素材をどうにか売り払って一財産作ったり。

記憶の知識を頼りにバカスカ地球産のものを作ってみたりしたが……あくまでルールを守って楽

しく活動していたにすぎない。

　おかげでフラストレーションも溜め込まず、心身ともに健康に成長したミリアリアは、今では大人の女性に足を踏み入れている。

　月日が経つのは早いものでミリアリアはその日、十五歳の誕生日を迎えていた。

「嫌ですわ。それにしても時が経つのは早いものです。かなり急いで色々と進めていたっていうのに、すっかりゆっくりと修行してしまいました。マジヤバですわ、わたくし」

　戦闘技能はもちろんだが、掃除や洗濯、料理なんかの生活力まで上がってしまった。

　ミリアリアは我がことながら自分で鍛え上げたスペックに呆れてしまった。

「それにしてもこんなに物覚えが良いなんて……わたくし天才なのではないかしら？」

　困りましたわとミリアリアは舌を出した。

　軽いジョークのつもりだったのだが、どういうわけかメアリーはいつになく真面目な口調で言った。

「ミリアリア様は天才ですよ。それを認めていない人間なんて、この国にはいません」

「……今日はやけに褒めますわね？　何も出ませんわよ？」

　妙に優しいメアリーをミリアリアは訝しむ。

　しかしメアリーはすまし顔のままだった。

「いいえ、本心です。私はこの国を導くお方はミリアリア様をおいて他にないと確信しております」

「またまたー。メアリーは誕生日は優しいですわね」

メアリーは今日という日に当てられたのか、ずいぶん高評価なことを口にしていた。

あらあら？　いつの間にこんなに好感度を上げてしまったのかしら？

でもミリアリアはメアリーが本気だったらどうしようとちょっと焦った。

真面目には真面目に、ミリアリアはため息交じりにちょっぴり本音を口にした。

「……残念でしたわね。わたくしほど女王に向いていない人間はいませんわ。直情的でわがまま。頭に血が上ると周りが見えなくなるのが致命的です」

「そうでしょうか？」

「そうよ。他ならぬわたくしが言うのだから間違いありませんわ」

正直この性格で女王にさえなればうまくやれると本気で思い込んでいた元祖ミリアリアは楽観的にもほどがあった。

ミリアリアとしては情報さえ知っていればたとえ三つ子の魂が百まで有効だとしても、多少の軌道修正は出来ると信じたいところだが、無理に女王をやったところで、国民を道連れにいつか崖から飛び降りるような真似をしそうである。

流石にそれはまずい。

ミリアリアは崖から落ちても平気でも、大抵の人間は落下ダメージで死んじゃうのだから。

「メアリーの言葉は嬉しいけれど、本気で言っているなら適当にあきらめるように。今日のパーティは残念なことになると思いますわ」

「そ、それは一体どういう意味でしょうか？」

ミリアリアが本気で言っているとメアリーも気が付いたのか焦り始めて銀のお盆を取り落とす。

ミリアリアはそれを落ちる前に拾い上げてメアリーに手渡すといつも通りだと笑った。

こうやってメアリーを焦らせるのもミリアリアの楽しみになっていたのだが、今日で見納めかと思うと未練がないと言えばウソになる。

だからこそ今日という日を迎えてしまったわけなのだが、そろそろケジメはつけなければならなかった。

「どういう意味もなにも、わたくしは女王になどなれないってことですわ。ああそれと、今からとても危険なことが起こるから念のため離宮にいる職員は全員避難するよう伝えてくださる？」

「ミ、ミリアリア様？」

「まぁ、パーティですからね。盛り上がっていきましょう！」

「ミリアリアさまぁ!?　不穏なんですけど！」

ようやくいつもの調子を取り戻したメアリーにミリアリアはいたずらっぽく笑いかけた。

そう。最後くらいはいつも通りに爽やかに別れたい。

そら走れとメアリーを追い出して、ミリアリアも動き出した。

準備を整え、向かうのは中庭のバルコニーである。

手にしているのは愛用のキャリーバッグ。

真っ黒なドレスは、子供の頃はいまいち似合っていなかったけれど、今ならそれなりに着こなせている自信があった。

履きなれたハイヒールは軽快な音を立ててミリアリアの歩みを轟かせ、廊下で出会った人間はミリアリアのいつも以上のやる気に気圧されたのか息を飲んで道を譲った。

「さぁあなた達も外に逃げなさい！　ホラ急いで！　猫一匹残してはダメですわ！」

この国では呪いの象徴でさえある艶やかな黒い髪をなびかせて、ミリアリアは用意した舞台に立つ。

本日のお茶会は、誕生日とハミング王国精霊学園への入学を祝うという名目で、思いつく限りあらゆる家に招待状を送っていた。

黒髪のわがまま第一王女の招待にどれだけの人が集まるものかと思っていたが、立食パーティを用意していた中庭は満員御礼であるらしい。

ミリアリアがバルコニーに立つと、客の視線が一点に集まる。

ただその中に、この国の女王クリスタニア＝ハミングの姿を見つけて、ミリアリアは素で驚いていた。

体が勝手に緊張してしまうわけだが、考えてみれば嫌なことをまとめてやってしまうには非常に都合が良い。

むしろテンションが上がって来たミリアリアは周囲に百近い数の鉄球を浮かべた。

更に左手に摑んだ愛用のキャリーバッグをガンと置き。右手には扇を広げ、完全武装でその場に臨んだ。

一世一代の演説である。

ミリアリアは万感の思いを込めて、言葉を放つ。

「皆様――――今日はわたくしのために集まっていただき感謝いたしますわ！　しかし、開幕早々で恐縮ですが、早速皆様方にわたくしからお伝えしなければならないことがございますわ！」

ミリアリアの声を聴いて、庭から歓声が上がった。

少しだけ息を整えて間を置き、ささやかな騒めきが収まったのを確認してミリアリアは告げた。

「わたくし――――ミリアリア＝ハミングは王位継承権第一位を放棄することをここに宣言いたしますわ！　ではまぁそういうことなので！」

宣言の後シンと、水を打ったように静まり返った会場である。

女王であるお母様も含めて、全員が目を点にしている光景は痛快だった。

「「「えええええええ!?」」」

「わお！」

そして鉄砲水のように溜めに溜めて響いた絶叫は予想以上で、ミリアリア的にはビックリだ。

嫌われ者の第一王女が、自分から王位を放棄するって言ってるんだから喜ぶんじゃないかしら？

なんて思っていたミリアリアは首を傾げた。

まぁ前振りがなかったからか、混乱の方が勝ったんだろう。

なんとも困った方々だった。

「静まれ！」

ここで一括したのは我らが女王、クリスタニア＝ハミングだ。

さすがお母様。カリスマがすごい、素敵すぎる。

そして彼女は女王の顔でミリアリアに言った。

「ミリアリア……冗談でも度が過ぎているぞ?」

思いの外重めのプレッシャーがミリアリアに届くが、これは冗談でも何でもない。

ミリアリアはクリスタニアに向けて挑戦的な微笑を浮かべて、大仰に頭を下げる。

「これは女王陛下。わたくし真面目な方ではありませんけれど、こんなことを冗談では言いませんわ」

「……」

「ならば本気だと?」

「その通りです。わたくしは完全に王家とは縁を切り、王都からも出ることにいたしましょう」

緊張が高まってゆく。

高まっていくのは緊張だけでなく、異常というほど精霊力を感じて会場ではすでに逃げ出している人間もいた。

クリスタニアがミリアリアを睨みつけると、周囲の空気が振動し、光の粒が攻撃的に弾けた。

「それを――私が許すと思うか?」

「あら? 許可をいただきたいなどとわたくしが言いましたかしら?」

クリスタニアは右手を軽く上げる。

すると完全装備の兵士達がやってきて、クリスタニアは彼らに指示を飛ばした。

「ミリアリアを捕らえよ。多少荒っぽくても構わない」

女王の命令は絶対である。

兵士達は一斉に武器を構えて、ミリアリアに殺到する。

だが離宮に踏み入られる前に、ミリアリアはバルコニーから中庭に飛び降りて彼らの行く道に立ちふさがった。

まずは小手調べ。浮遊術応用編で相手をしよう。

「邪魔ですわ」

ミリアリアは兵士達に手のひらをかざした。

「「「うわあああ！！！」」」

すると全員がふわりと浮かんで吹っ飛ばされた。

騎士ともあろう方々がミリアリアの力場になすすべもなく軽く飛ばされるのは少々情けない姿だった。

「……！　何をしたミリアリア？」

「簡単な術の応用ですわ」

まったく。昔から薄々思っていたが、この国の騎士は歯ごたえがない。

ミリアリアはわずかに後ろ髪を引かれてしまうが、今は都合が良いということにしておこう。

だがそこに赤毛の男が真っ赤な剣を持って飛び出して来た。

「どういうつもりだミリアリア！」

「……？」

はて、この男性はどなた様？

色々と知っている人の特徴は持っているのだが、どうにも全体的にデカかった。

赤毛と言えば、「光姫のコンチェルト」にアーサーというワイルド系の赤毛の騎士がいたけれど彼は別人だろう。

筋肉。そう筋肉の騎士がそこにはいた。なぜかワンサイズ小さめの服を着ている彼の肉体は背中に鬼が宿っていそうだった。

赤毛がどうとかは些細な問題の彼にミリアリアは扇を向ける。

「そこをどきなさい。今日のわたくしは遠慮などしませんわよ？」

「……俺は、あの日のお前に憧れて、己を鍛え続けて来た……。もう、あの日みたいな無様な姿をお前の前でさらさねぇために！　フレアザン――」

「知らねーですわ」

トンと首筋を扇で一撃。

手加減も楽ではない。

筋肉は意識を飛ばされ、崩れ落ちた。

「筋肉をつければ良いってわけじゃありませんわ」

いくらパワーがあっても、当てられなければ意味がない。

彼は隙を突かれた時の反応速度が遅すぎる。

やはりどちらかに寄りすぎてはいけないということなのだろう。

理想的な肉体と精霊術のバランスは常に探っていかねばならないとミリアリアは戒めた。

「でも……わたくしもひょっとしたら彼のようになっていたかもしれませんわね」

ミリアリアとてゴリゴリのマッチョは回避出来たが、バトルジャンキーに両足を突っ込んでいる自覚はある。

少しでも塩梅を間違えればミリアリアもまた筋肉を崇拝していたことだろう。

美少女も楽ではない。

完全に白目をむいた筋肉騎士を倒すと、今度はメガネをかけた青い髪の青年がミリアリアの前に飛び出して来た。

「ミリアリア！　やめてくれ！　こんなのは君の本意ではないだろう！」

「……!?」

彼は確かに美形だった。

しかしどうにもジャラジャラと全身に身につけた宝飾品が目に痛い。

青毛と言えば、「光姫のコンチェルト」にシリウスというクール系の青い髪の毛の騎士がいたけれど彼は別人だろう。

宝石にメガネが埋もれて、もはやこいつは宝石がメガネをつけて歩いていた。

「君は僕が止めてみせる――水よ！　拘束せ――」

「遅せぇですわ」

ノーモーションで飛んで行ったミリアアリアの無詠唱アンクは、宝石ごとメガネを押し潰した。

硬そうだから本体を狙うのは仕方がない。

あの砕けたメガネでは復活まで時間がかかることだろう。

「精霊術よりもまずファッションに気を使いなさいな」

でもあの姿もまたミリアアリアが通り過ぎて来た道である。

ファッションの研究は失敗の連続。とはいえ潤沢な資金があるからこそ、一歩間違えればミリアリアもケバめな美少女となっていたかもしれない。

悪役ともなればこちらの方が危険だと、ミリアアリアは鳥肌が立った。

「うぅ。これからも身だしなみには気を使いましょう」

ミリアアリアが自らを戒めていると、今度は金髪の誰かがミリアアリアの前に飛び出して来た。

金髪と言えば、「光姫のコンチェルト」にエドワードという王子様然とした……いや彼は別人だろう。

ミリアアリアは、その顔に目をやって思った。

まぁ、目鼻立ちは整っている。

整っているが……全体的に丸い誰かがそこにいた。

「ミリアアリア様！　待ってください！　私は貴方と共に究極の食を探求するのが夢なのです！　食文化のカリスマと呼ばれた貴女と――――！」

「……！！？」

圧倒的な皮下脂肪の彼を、ミリアリアはなんかとりあえず叩き潰した。

「申し訳ないけど人違いですわ。おいしいものはこれから食べに行く予定なのです」

「……それは本当ですか!?」

「しぶといですわね」

弱雷で一撃。

「あがが……」

「痩せたら何か奢ってあげますわ」

とりあえずこれで無力化は完了した。

こいつはやべぇ。ミリアリアの女子の美学が、その脂肪を否定する。

そいつは自分の中に輸入してはならねぇ厳正なる徹底管理が必要な美容の敵だった。

さて己の中の様々な敵を具現化したような男達が何なのかはわからないが、すべて倒したので問題ない。

まだ兵士は残っていたが完全に及び腰で、今のところ襲ってくる気配はなかった。

万一に備え全員術で押さえても良いが、今一番怖いのは兵士じゃないとミリアリアは理解していた。

「さて……ここからが本番ですわ」

本当の脅威はすぐそばにいる。

光の化身のような神々しい威圧感を放つ我が母、クリスタニアは無表情だが殺気の混じる視線をミリアリアに向けていた。

「面白い……しかし少々の工夫で私には勝てないとわかっているか？」

年を経ても威圧感は増すばかりのクリスタニアの前では意識を保っていることさえも難しい。

しかし彼女の前で意識を保っていることさえ出来ないのなら、運命になんて抗えるはずもない。

ミリアリアは微笑み、一歩踏み出す。

「ええ、もちろんですわ。女王陛下。ですがお母様こそ簡単に止められるとは思わない方が良いですわ」

「そのようだな。……ずいぶんと美しく育ったものだ」

「貴女にいただいた宝石に見劣りしないように頑張りましたわ」

クリスタニアとミリアリアは向かい合い、言葉を交わす。

子供の時は本当の意味で向かい合うことなど叶わなかったが、少なくとも今のミリアリアは女王の前に立てていた。

「だからこそ。お前の望みは適わんぞ？」

「そうでしょうか？　これを見てもそう言えますか？　女王陛下？」

ミリアリアは扇を掲げ、その名を呼んだ。

「出番ですわ！　ダーク！」

「待ちくたびれたぞミリアリア！」

ドカンと隕石のように空から落ちて来たそれは離宮を破壊してこの場に降り立った。

「な……！」

流石のクリスタニアも、濛々と立ち込める砂煙を割って出て来たモノには茫然としていた。

それは三メートルはありそうな鎧だった。

装飾にずいぶんと趣向を凝らしたその鎧は不思議な輝きを宿し、全身から黒い波動が迸っていた。

「どうですダーク？　新しい体は？」

「素晴らしい……素晴らしいなミリアリア！　私はこれほどまでに高揚した記憶はない！」

「それはよかったですわ。この日のために奮発しましたものね！」

ダークは精霊鋼を大量に集めて作ったその鎧をずいぶん気に入ってくれたらしい。

時間があるって恐ろしい。

ついついやらなくても良いことまでやってしまう、そんな創作意欲を持て余し気味なオトシゴロなのもまずかった。

だが異様な風体だとしても、ダークの正体をクリスタニアだけはわかったはずだ。

そしてクリスタニアにさえ理解出来れば、それで何の問題もない。

「まぁそういうことです、申し訳ありません」

ニッコリ微笑むミリアリアだが、目を丸くしていたクリスタニアは、いつの間にか見たこともないような顔で笑っていて、ミリアリアが逆に驚いてしまった。

「ハ、ハハハ……なるほど、なるほど。我が娘ながらめちゃくちゃだな」

「お、お母様？　どうしました？」

つい心配したミリアリアに、クリスタニアは鼻を鳴らす。

そして笑いを引っ込めて尋ねた。

「お前こそだ。正気は保っているのだな?」

「もちろん。ダークはわたくしの相棒ですわ」

「相棒か……だが私は笑顔でお前を送り出すわけにはいかん」

「ええ、存じております。では――ごきげんようお母様」

ミリアリアは優雅に一礼した後キャリーバッグをひょいと抱え上げて、ダークの腕の中に納まり、浮かび上がる。

「惜しいな。……だが乗ってやろう」

見上げるクリスタニアの体からは圧倒的な光の波動が迸り、ミリアリアに向けて特大の殺気を放っていた。

ああ、なんて恐ろしい。

ミリアリアが魔王になんてならなければ、この先もきっとこの輝きは衰えることはないだろう。

そう確信出来るほどに女王クリスタニアの輝きは未だ陰りが見えはしない。

「精霊神の名において、真なる闇を現出せよ――」

「精霊神の名において、真なる光の威光を示せ――」

二人は示し合わせたように契約の言葉を紡ぐ。

精霊神と自らの精神力を用いて破壊の力を引き出す合体技は、精霊神の加護がなければ操れない奥の手だ。

普通の人間ならば触れただけで消えてしまいそうなほどの精霊力が地面を揺らして雲を割った。

漆黒と純白の輝きは極限まで高まり、次の瞬間ぶつかった。

「炸裂なさい！　ダークネス！」

「光となれ！　シャイン！」

黒と白が交じり合う。

圧倒的な破壊力同士の激突は性質が反発し合い、眩い柱となって視界を飲み込んだ。


パーティ会場は混乱に陥っていた。

「一体何が起こった！」

「どうなっている！」

様々な怒声が飛び交い、混乱する人々を抑えたのは女王の一声であった。

「静まれ！　皆の者！」

一括でその場は収まり、女王に視線が集まる。

そして女王クリスタニアは決定を告げた。

「まずは我が娘の無礼を謝罪しよう。どうやらミリアリアは闇の性質が強く出すぎていたようだ。

闇の精霊神を引き寄せ、此度の騒動を起こしたのだろう」

「闇の精霊神……！」

「アレがそうなのか……」

闇の精霊神は、この国の成り立ちであり、厄災の代名詞でもある。

地下深くに封印されたと伝え聞いた御伽噺《おとぎばなし》の怪物の出現に、会場にいた全員が息を飲むのを見届けて、クリスタニアは続けた。

「だが――――我が国において光の加護は健在である。闇の精霊神は退けた」

ひとまず退けたということにしておけば問題はない。

光の精霊神の加護が健在であり、今現在でも脅威から守られるという事実さえあれば安心に繋がる。

今のミリアリアなら多少のトラブルは自分で対処出来るとクリスタリアには確信があった。

闇の精霊神はミリアリアに力を貸した。

どういう経緯でそうなったのか、クリスタニアには知る由もない。

だがあの一瞬の攻防で読み取れた、闇の精霊神とミリアリアの絆が決して憎悪や敵対心でないことが重要だった。

クリスタニアは残念に思いながらも、決断せねばならなかった。

「この件に関しては緘口令《かんこうれい》を敷くが、相手が闇の精霊神ではミリアリアもただでは済むまい。ミリアリアは死んだものとして、王位継承権ははく奪とする。そして今後は王位継承権一位をライラとして周知せよ」

そう宣言する。

しかし、それでこの場は収まるかと考えていると声が上がった。

「納得出来ません！」

「そうです！　ミリアリア様に限って乱心されるなど考えられません！」

「そうだ！　あいつはそんなにやわじゃない！」

「あの方は、たとえ精霊神相手だとしても後れはとらないと思います」

「む」

自分に意見するには少々若すぎる声にクリスタニアは顔を顰める。

しかしクリスタニアの表情の変化に気が付いているだろうに、声の主は引き下がらなかった。

「ミリアリア様が簡単に負けるなんて思えません！」

一番前に出た小柄な金髪の少女は、必死にそう主張した。

その少女が自分の娘であるライラだと気が付いたクリスタニアは一瞬言葉に詰まり、問うた。

「ライラか。……ならばどうする？」

クリスタニアは自分にそう主張する娘にわずかばかりの驚きを感じていた。

ライラは内気で控えめな性格だと聞いていたがそうでもないのか？

それにミリアリアと特別に仲が良いという報告も聞いてはいない。

その上で何を言い出すのか気になったクリスタニアだったがライラの提案はやはり意外なものだ

った。

「私がお姉様を連れ戻します！　行かせてください！」

今回のことで最も得をする人間がいるとすれば、このライラである。

その辺りどうにも腑に落ちないところはあったが、クリスタニアはニヤリと笑った。

クリスタニアは人前で微笑むことすら滅多にない。

そんな様子に家臣達が一様に驚愕していたが顔だけ覚えて、今は流しておくことにした。

これは中々面白い。

娘達の成長もだが、クリスタニアはミリアリアがこのまま姿を消すのを心底惜しいとも感じていた。

元より突出した才能を持っていたミリアリアだったが、闇の属性はこの国でとても重い意味を持つ。

いかにミリアリアが優れた女王になろうとも、その一点で難色を示す者も多かったはずだ。

しかし第一王女であるミリアリアがこの先女王になるというのは自然な流れで、下手をすれば国を割りかねないとミリアリアは判断したのだろう。

だからこそ、ミリアリアの考えに乗ってクリスタニアはこの茶番に協力した。

しかし他ならぬライラがミリアリアを探し出し、連れ帰れるというのならそれも面白い。

光の属性を色濃く持つライラが次の女王となるのが最も軋轢《あつれき》は少ないだろう。

そして闇の精霊神から姉を取り戻したという美談は、ミリアリアを自然な形で国に連れ帰るきっかけになる。

　更にはミリアリアがライラをサポートする立場となれば、盤石である。

「本気で言っているのか？　相手は闇の精霊神、国すら滅ぼす精霊達の神だ」

「本気です！　ミリアリアお姉様が正気を失っているというのなら取り戻します！」

　その覚悟はよし。ここに集まっている人間もいくらかその言葉を聞いただろう。

　クリスタニアは眉間に皺を寄せ、軽くため息をついた後、仕方がない風に頷いた。

「ふむ……好きにせよ。ただしすぐに探しに行くことは禁止する。今のお前では力が足らん」

「……！」

　しかしすべては理想の話だった。

　こうして相対すればライラがミリアリアの足元にも及ばないことはわかる。

　同時にミリアリアのために声を上げた若い貴族達は、それなりに腕を上げているようだが少々未熟にも見えた。

　将来性には期待出来るがまだ早すぎる。

　強くは言わず、あくまで布石くらいに留めておこう。

　クリスタニアはひとまずライラの軽挙を押しとどめておいた。

「話は終わりだ。では片付けをせよ」

　クリスタニアの指示で、混乱していた場は動き出す。

「しかし——想像以上に面白く育ったものだ。流石は私の娘達だ」

誰にも聞こえないように呟き、クリスタニアは先ほどまでミリアリアの離宮のあった場所を振り返る。

そこには底も見えない大穴が広がっていた。


「ふぅ！　一仕事終わりましたわね！　いやーやっぱりやりますわねお母様！　これなら我が国は安泰ですわ！」

一仕事終わり、空に飛び去ったミリアリアは待機させていた車に合流して額の汗を拭っていた。

「うむ！　待たせたなレオンよ！」

「ガウ」

馬車を引く黄金のライオンは鎧姿になっていて、キラキラした目の黒い服装の子供が熱心に話しかけている。

ダークの着る精霊鋼の鎧は普段使っていない時はこのように金色の獅子に纏わせる仕様なのだ。

そしてその形態を現在子供モードのダークは大層お気に入りだった。

「うむ！　何度見ても装着シーンはかっこよい！　私が与えた獅子暗黒戦衣の名は伊達ではないな！」

「楽しんでいるようで何よりですわ。ダーク」

ミリアリアが話しかけると、黒い子供姿のダークは、本当に子供にしか見えない無邪気な顔で大きく頷いた。

「うむ！　やはりレオンも着られるようにしたのは正解であった！」

「前もすごかったのによりごっつくなりましたわね」

「だめか？」

「いいえ。わたくしも好きだからどんどんやってしまいましょう。かっこいいですわ」

「だな！」

職人が手塩にかけて作った鎧は黄金の獅子と合わさると迫力がすごくて最高である。

ダークも楽しんでいるようだからそれが何よりだった。

「ではみんなご苦労様でした。うまくやってくれて助かりましたわ！」

そして今日の茶番に付き合ってくれた彼らにミリアリアが礼を言うと、なぜかダークは複雑そうな顔をした。

「しかしな……あそこまでする必要はあったのか？」

そう尋ねたダークに、ミリアリアは仕方ないと頷いた。

「必要はありましたわね。離宮を更地にしたんですから、物理的に愛想もつかされるはずですわ」

第一王女という肩書きはそう簡単には覆らないが、あそこまで派手にやれば大丈夫だろう。

闇の属性を持った長女と光の属性を持った次女という構図がそもそもまずかったのだ。

気に入らない人間は多いだろうし、その肩書きが妙に力があるものだからやたらと周囲の野心を煽って、火種になること必至である。

しかしこう派手にバランスを壊してやれば、もめる要素もすっきりと整理されるはずだった。

ライラには悪役のいなくなったクリーンな学校で勉学と恋愛に励んでもらいたいものだとミリアリアは自分の仕事に満足げに頷いた。

「しかしだな。お前はこの世界を楽しむのだろう？　ならば王女のままの方が色々と都合が良かったのではないか？　この先、祖国からの追手もかかるであろうし……」

しかしダークの方はいまいち納得がいっていないらしい。

そんなダークにミリアリアは余裕たっぷりの態度で言った。

「追われて何か怖いことがありますか？　文句があるなら受けて立ちますわ。良い運動になりますわよ」

「いや、しかしだな？　……あの女王は近いうちに亡くなる可能性もあるんだろう？　本当に良いのか？」

「……」

ダークはミリアリアを気遣ってくれているのがよくわかる。

だからミリアリアはそろそろ良いかと、ふうとため息を一つつくとダークに今後起こるはずだったことを説明した。

「それはまぁたぶん大丈夫ですわ。お母様……女王クリスタニアを殺すはずだったのはわたくしですから」

「……！」

ダークが目を見開き身じろぎする。

これは情報を整理しているうちにわかってきた、主人公がライラ視点であるためにあまり詳しく語られていない部分だった。

「まぁルートにもよるんですけど、公式設定資料参照ですわ。学園入学から半年ほどで、わたくしは魔王の残した禁書に導かれます。そこで魔王の怨霊に憑りつかれて、現女王クリスタニアを暗殺するのですわ」

衝撃の事実だが、あの母上が病気で死ぬと言われるよりはいくらか納得したミリアリアだった。

「い、いやしかし……そんなことが可能なのか？　あの女王は相当に強いぞ？　お前とはいえ鍛えてもいないミリアリアと、たかが人間の悪霊などに負けると言うのか？」

「まぁ、負けるのかどうかはわかりませんけどね、実際ルートしだいでは裏ボスとして手合わせ出来ますし。まぁ……すべてはもしもの話です」

「それはそうか……」

そう、それはまだ起こっていない話だからなんとも言えない。

だが手合わせしたミリアリアには断言出来た。

女王クリスタニアはラスボスミリアリアより圧倒的に強かった。

ではなぜ？　女王クリスタニアは負けたのか？

ミリアリアは長いこと考えて、とある可能性に行きついた。

お母様は憑りつかれたのがミリアリアであったから、殺せなかったのではないか？　と。

本当のことはわからないし、同じ事件はもう起こらない。

だけど実際手合わせした母は強く。感じた気遣いは気のせいなどではないだろう。

ミリアリアの結論は人には言えないけれど、どこかほっこりと心に温かいものが満ちるのは悪くなかった。

「ミリアリア自身も知らずに完全に操られてそれは行われるようです。わたくしは元々闇の素養が高いですから、しばらくは抗って……時折飛ぶ記憶に悩まされるようですわね。そしてヒロインが女王候補として入学、婚約者がヒロインになびいて黒い感情が爆発して完全に闇落ち。ハミング王国第一王女は魔王に乗っ取られ、洗脳を駆使して一気に国の乗っ取りに成功するという流れですわ」

「うわぁ――――」

「まぁもしもの話ですわ、もしもの」

最悪だなぁと呻くダークにミリアリアも全面的に同意だった。

結局どのルートをたどってもミリアリアがろくなことにならないのは同じである。

「……まぁそうだな。だが……そうだ、恋愛は良いのか？　美しい男達との駆け引きがこの世界において最も重要なことではないのか？」

これで納得してくれただろうと思ったミリアリアだったが、ダークはずいぶんメタ的な視点も交えてきた。

確かにミリアリアの知るゲームでは恋愛要素が欠かせなかったがそれはあまりにも今更すぎる話だった。

「ずいぶん食い下がりますわね」

「それはそうだ。今ならば、大抵のことは覆せるだろう？　直接手を下したくないというのなら私が……」

そう言いかけたダークを、ミリアリアは額をツンと小突いて止めた。

「そうですね……色々と理由はありますが」

ただミリアリアには、色々と考えてきて、一つ確信したことがあった。

「……今まで四苦八苦してきて思うのですが」

「うん」

「どうやらわたくし、推しが恋愛しているのを眺めている方が楽しいみたいですわ」

「……うーん？」

ダークから同情の色が完全に消えたのは気のせいじゃない。

後に残った困惑の視線にミリアリアは抗議した。

「絶妙に残念なオーラを感じますわ！　いや……そうでなくとも、わたくしにとっての地雷って……根本的に恋愛臭くありません？　全ルート死亡ですわよ？　例外なく」

「……あー」

ダークはぶっちゃけたミリアリアの言葉に対して悩ましげに呻く。

もし仮にミリアリアに運命というモノがあり、その破滅に引き金があるのだとすれば、まさにそこが疑わしい。好きになる男がいくら変わったとしても、結末がほとんど変わらないのはどうなのかという話だった。

例え運命なんてものが存在しなかったとしても、思い込みが激しく視野が狭くなる性格は生まれ持ったものなのだからお察しである。

「それにです。わたくしもメタ的なことを言わせてもらいますが、『光姫のコンチェルト』のハッピーエンドってわかりますか？」

「……いや」

「この物語はね？　お母様という光が闇に呑まれ、新たな光が人々を良い方向に導く物語なんですわ」

主人公達に焦点が当たっているからわかりにくいが、ストーリーの肝は壮大な代替わりの話だとミリアリアは考えていた。

「ヒロインは強い光の属性を持つ少女です。女王としての資質は十分。まぁルートを間違えて女王として能力が足りなくなっても優秀で素敵な旦那様を見つければ何とかなるでしょう。雨降って地固まるわけです。ハミング王国は更なる繁栄を約束されるのですわ」

そこで彼らを引き立てるために敵役となるのが魔王inミリアリアというとてもわかりやすい配役だ。

そんな流れはたぶん変わらない。

「その通りにならなくても、わたくしがいる限り似たような面倒事はいつか起こります。戦闘力で解決出来ない分もっと悲惨かもしれませんわ」

「……ミリアリア」

あ、マズイ。ダークがしょんぼりしてしまった。

だがミリアリアは別に悲観しているわけではなかった。

「まぁ。それがわかっていてわざわざ敵役なんてわたくしがそれやらなくっちゃいけません？　という話です」

「そ、そうだな」

「それにもうやらかしちゃったんですから。ぐだぐだ言っても手遅れですわ」

「……それもそうだ」

ミリアリアとダークはフゥと長い息をつく。

自分のことだとしても、悲劇には悲劇の理由があったりする。

何をしても最悪だと言うのなら、そもそも取り巻く状況に変化が必要だということだろう。

「心配せずともここまでくれば大丈夫ですわ。せっかくフラグを根元から断ったんです。しばらくは、恋愛以外で楽しむとしましょう。美少年など眺めて愛でる程度で満足するのがそもそも良いのですわ」

これでも己の望む最善の道だとミリアリアは自負していた。

「そ、そんなものか？」

「ま、世の中恋愛がすべてではありませんからね。切り替えていきましょう」

まずは旅行がてら食べ歩きでもしてみようか？

どこかにいるであろう、闇と光以外の精霊神を探してみるのも面白いかもしれない。

何なら危険なモンスターを探して大冒険というのも楽しそうだ。

ミリアリアの中には無限のプランが存在したが、最初は相棒の意見も尊重しようと決めていた。

「さぁ！　旅は始まったばかりですわよ！　最初から盛り下がっている暇なんてありませんわ！」

「そ、そうだな！」

ミリアリアが適当な方向を指差すとダークはようやく切り替えて頷いた。

それで良いのだ。

暗い空気など晴れやかな旅立ちにはふさわしくない。

「よし！　じゃあ出発しますわよ！」

「いや……待てミリアリア」

「……どうしました？」

だが、いざ出発する寸前にダークから止められる。

何事かとミリアリアが手を止めて周囲の様子を窺うと、聞き覚えのある声が遠くから聞こえて来た。

「ミリアリアサマー！　いらっしゃるんでしょー！　お待ちくださーい！」

それは間違いなくメアリーの声で、ミリアリアは苦笑した。

何でこんなところにメアリーがと思う一方で、わかるとしたらメアリーしかいないかと妙に納得もしてしまった。

合流すると面倒くさそうだが、さてどうするか？

「まったく……仕方がないですわね！」

まぁ実際来るかどうかは本人次第であるが、顔は見せてあげよう。

これから楽しい世界を回るのだから旅の道連れが多くなるのは悪くない。

しばし合流まで時間がありそうなのでミリアリアは、道すがら世間話にでもしようと思っていた話題を振ってみた。

「ちなみにダークはどこか行きたい所はあるかしら？」

するとダークは面白い話題を口にした。

「そうだな……そう言えば、この世のどこかに精霊宮というダンジョンがあると聞いたことがある。そこにはすべての精霊の故郷があるのだとか。一度行ってみたいと思っていた」

「何ですそれ……マジヤバですわね！」

ミリアリアはこいつは挑まなければならないと目を輝かせる。

どう転んでもこの先楽しくなるのは間違いないなとミリアリアは未来の旅路を夢に見た。

THE VILLAIN PRINCESS DIVES INTO THE LABYRINTH TODAY

エピローグ

ミリアリアは冒険者になる。

それはとある田舎町での話――。

冒険者ギルドは国家によらない世界最大のネットワークを持つ組織である。

モンスターと戦い、迷宮を攻略し、世界の謎を解き明かす。

時には荒事もこなす冒険者達は荒くれ者も多いが、その多くはそれぞれの野望を胸に、冒険者ギルドの門を叩く。

ただこの日、新たに冒険者ギルドの門を叩いた少女は、あまりにも場の雰囲気にそぐわなかった。


「国を出たらまずやっておかなければならないことがありますわ」

レオンの引く車の中で、ミリアリアは今後の方針を発表した。

対面に座っているのはまだショックが抜け切れていないメアリーと、足をぶらぶらさせている少年姿のダークだ。

彼らの視線がこちらに集まったのを確認してミリアリアは宣言する。

「わたくし！　冒険者デビューしますわ！」

「冒険者？」

「なぜですか！　ミリアリア様！　そんな冒険者だなんて……ならず者がすることですよ！」

「いやいやそうでもないですわ。今からわたくしモンスターも狩るし、迷宮も攻めようと思っているのです。なら、素材を取引出来る窓口は多い方が良いでしょう？　特に冒険者ギルドは国をまたいでどこにでもありますしね」

ミリアリアの記憶にある冒険者ギルドは、ゲーム上モンスターの素材をお金に換える場所だった。

そして現実ではそれなりに信頼のある、力のある組織でもある。

ミリアリアもモンスター情報の仕入れ先として重宝していたが、さすがに登録まではしていなかった。

これから先ミリアリアが旅するなら冒険者ギルドは中々魅力的な組織だと言えた。

というわけでやってきた田舎町だったが、入った瞬間ミリアリアは全力で注目を浴びた。

そりゃあ、貴族用にカスタマイズされた巨大馬車を、黄金の鎧ライオンが引っ張っていればやたら目立つ。

しかしコソコソする気が一切ないミリアリアは、構わず車を冒険者ギルドの建物に乗り付けて、メアリーを伴って外に出た。

服装は、お気に入りの黒いドレスにハイヒールである

キャリーバッグはいつも通りだが、鉄球は二つに留めていた。

「お邪魔しますわ！」

ミリアリアは元気に声を張って、冒険者ギルドの門を開ける。

冒険者ギルドの建物の中は、食事が出来る沢山のテーブルと、大きな掲示板が目を引いた。

そしていかにもなカウンターに、かわいい女の子の受付という光景は、まさに冒険者ギルドという面持ちである。

ミリアリアは感動しながら、まっすぐカウンターを目指した。

「良いかしら？」

「は、はい。えーっとお仕事の依頼でしょうか……？」

「わたくしの冒険者の登録ですわ！」

「…………はい？」

言われている意味がわからないというような反応の受付の女性に、ミリアリアは扇を突き付けた。

「冒険者登録ですわ。わたくしを、冒険者として、登録するのです」

「え、えーっと……はい、わかりましたが……なぜドレスなんです？」

「この格好が好きだからですわ！」

質問した受付の女性は、次の瞬間には質問をあきらめたらしい。

若干あきれた視線はなんとなく納得いかないが、黙っていてくれれば面倒がないのでミリアリアは気にしないことにした。

「そ、そうですか。えっとこちらにお名前を……登録料二千五百メルです」

「よくってよ！　メアリー！」

「はい」

前知識通り、名前と登録料さえ払えば、登録出来る。

後はカードが発行されて、ミリアリアは晴れて冒険者の仲間入りというわけだ。

冒険者は何も必要としない。まっさらなカードに書き込まれるのは己の名と、冒険者としての実績のみというわけである。

その代わり大概は自己責任らしいが実績を積めば、色々と便宜を図ってくれることもあるらしい。

そもそも問いただされるようなことなど、必要事項で十分である。

ミリアリアは内心そわそわしながら、必要な書類がやって来るのを待った。

だが、その時ミリアリアは突然話しかけられて振り返る。

「なんだお嬢ちゃん？　本気で冒険者になるつもりか？　やめておきな。ドレスで行くのは舞踏会と相場が決まってるぜ？」

「ミリアリア様！」

サッと割って入るメアリーをミリアリアは止める。

そしてミリアリアは……グッと、湧き上がる感情を噛みしめた。

それっぽい……とてもそれっぽいですわ！

話しかけて来た男は荒くれ者のまさに冒険者という風貌だった。

ごっつい体つきに、無精ひげ。そして――モヒカン。

街中を歩くには少しだけ奇抜な世紀末ファッションは、見た目のインパクトが強烈である。

どれをとっても最初にいちゃもんをつけてくる冒険者以外の何者でもない。

基本を押さえていることは評価したミリアリアだが、黙っているのも性に合わなかった。

心の中のわからせてやれコールも魅力的ではあったが、それでは野獣と変わらない。

ここはひとつ、かっこよくスパッと何か一言言ってやるかと身構えたミリアリアだったが、残念ながら渾身の一言は、新たな冒険者の客によって中断されてしまった。

「た、大変だ！　町に……！　町にワイバーンの群れが向かってる！」

転がり込んで来て、入って来るなり叫んだ冒険者の一言で、ここにいるミリアリア以外の人間は騒然となった。

「わ、ワイバーン！　なんだってそんなもんが！」

「群れだって!?　何人死ぬかわかんねぇぞ！」

「どうする！　迎え撃つのか！」

「ワイバーン一匹でも苦戦すんのに勝てるわけねぇだろ！　逃げるんだよ！」

「あらあら、なんだか騒がしくなってきましたわ」

どうやらワイバーンの群れというのは、ちょっと派手な新人冒険者程度のインパクトでは敵わないような騒ぎらしかった。

「…………面白くありませんわね」

「ミリアリア様……それはいくらなんでも不謹慎では？」

「いや、目立ちたかったとかではないですわ。まぁそれもちょっとはあるんですけど……」

ジト目のメアリーの視線が気になってどこか周囲の展開についていけずに、なりゆきを眺めていたミリアリアだったが、さすがは冒険者というべきか。

混乱した状況はいつまでも続かない。

「落ち着かないかお前ら！　ここが冒険者の踏ん張り時だろうが！」

慌てふためく人々を止めた一喝はまさかのところから発せられた。

「町のピンチにシャキッとしねぇで、冒険者が名乗れるか！　普段だらけてるぶんにゃ目を瞑ってやるが、いざって時に情けねえ真似しやがったら俺が叩き斬るぞ！」

先ほどミリアリアに物申したガラの悪いモヒカンが偉そうなことを言っていた。

いやお前かよと思ったが、新人に助言するくらいだからそれなりにベテランなのかもしれない。

ただ冒険者達はそんなモヒカンを見て落ち着きを取り戻すのだから、正直ミリアリアは失礼な話、世も末だと思った。

「お嬢ちゃんも帰んな。そんな服装じゃ周りの奴も巻き込んで死ぬぞ？　ここからは冒険者の時間……いや、命を懸ける時間さ」

だが、やたらかっこいいことを言って斧を持ち出すモヒカンはどうやら良いモヒカンだったようだ。

見かけで人を判断してはいけない。ミリアリアは早速一つ賢くなった。

「さぁ武器を取れ！　一匹でも多くワイバーンを追い払え！　冒険者の意地を見せてやるぞ！」

そんなモヒカンの激励に冒険者は雄叫びで応える。

メアリーは戸惑っていたようだが、ミリアリアはこういうノリ嫌いではなかった。

「なるほど……良いですわ！　でも……ちょっと足りないかしら？」

「足りないですか？　なにが？」

「それはまあ、そうですね、口に出したくはないですわ……」

ミリアリアは呟く。

何が足りないかは彼らの動きを見ればミリアリアにはよくわかる。

彼らは弱い。

パラメーターを見るまでもなくそれは間違いないだろう。

少なくともワイバーンを相手取るには、彼らの実力はまだ人間の域だった。


ミリアリアが外に出ると、空を飛ぶ影がいくつも確認出来た。

町の人々は突然の脅威に逃げまどっている。

ワイバーン達はもうすぐそこまで迫っていて、空を埋め尽くしていた。

だがそんな絶望的な光景に冒険者達は立ち向かう。

「いくぞ！　羽根トカゲ共！　冒険者の意地、見せてやるぜ！」

威勢よく飛び掛かるモヒカンは勇敢だが、どう考えたって斧で空飛ぶトカゲには分が悪いだろう。

ミリアリアとしては、このまま先輩方の顔を立てるのも悪くはないが、死にそうだというのなら
ただ見ているわけにもいかない。

ミリアリアはやれやれと扇を天にかざした。

「くそぉぉぉ!!」

今にも、先頭のモヒカンが早速やられそうだった。

空からの攻撃は早い。

急降下してきたワイバーンは冒険者に襲い掛かる。

「ぐわぁ！」

斧片手に突っ込んだモヒカンが攫《さら》われてしまった。

だが空高くに連れ去られるその前に、ガラガラと轟音を響かせる異常な雷は町の上空を網目のように走り、ワイバーンだけを焼き尽くしてゆく。

黒焦げになったワイバーンから放り出されたモヒカン冒険者は倒れていたが、緊急事態につき、ミリアリアは彼の肩に手を添えて術でモヒカンの体を回復しつつ、話しかけた。

「先ほどは助言感謝しますわ」

「じょ、嬢ちゃん」

放り出されたモヒカンはミリアリアを見て茫然としていた。

ミリアリアはニッコリと微笑み、まだモヒカンを嚙み砕こうと襲い掛かって来たワイバーンの頭を無造作に扇で打ち据えた。

「えー……」

打撃で一回転して、今度こそ地面で沈黙するワイバーンはようやく無力化出来たようだ。

どういうことだ？　と子犬のような目で訴えてくるモヒカン冒険者にミリアリアは言った。

「でも――これでもわたくし、とっくに命は懸けていますのよ？　おしゃれもバトルも……そして人生にもですわ！」

　それが、生き様というものだろうとミリアリアは思う。

　慎重にとは程遠いが、人生は一度きりだ、妥協するなんて出来ない。

　だって、ミリアリアは無数の絶望を知っていた。

　今だってホラ、予想も出来ない絶望はあまりにも突然にやって来る。

「グオオオオオオ！！！！！」

　ワイバーンを追い立てていた、ワイバーンよりも大きな何かはまっすぐこちらに飛んで来ていた。

　赤い鱗に大きな翼。

　近づけば近づくほど輪郭はしっかり判別出来て、それがドラゴンと呼ばれるモンスターだとミリアリアにはわかった。

「ドラゴンがなんでこんなところに……」

　モヒカンもさすがに動揺して声に張りがなかった。

　ミリアリアの術によって形勢は逆転したはずだったがワイバーンがいなくなったというのに、町が静まり返り、人々は絶望で身動きすら出来ないのだから、その恐ろしさもわかるというものだった。

　ミリアリアはしかし、ドラゴンに向かって歩き出す。

「まったく……なんで町にこんなものがやって来るのかしら？」

ミリアリアは疑問には思ったが、当然怖くもなんともない。

誰もが立ちすくむ中、冒険者達の前に出た時、ミリアリアは背中に視線が集まっているのを感じた。

「巻き添えが怖いのなら近づかないことをお勧めしますわ。でも安心なさい――」

もし信じられるのならついいてくれれば良い。

王女なんて生き方でも何が起こるかわからないのなら、人生で予測可能なことなんてない。

ならば己の美学で我を張って、美しいと思う生き方を選ぶのがミリアリアの方針である。

気に入らないモノも、立ちふさがるモノも、全部まとめて華麗に突破する。

そのための力をミリアリアは手に入れた。

ミリアリアは横で震えているメアリーを見る。

危険だと一目でわかるでしょうに、一緒について来てくれたらしい。

それは悪いとは思うのだが、同時にやる気がモリモリ湧いてきた。

「成果はきっちり出して見せますわ！　それが出来る女の意地ってものです！」

ミリアリアは勢いよく扇を開く。

そしてドラゴンを見据え、いつも以上に精神を高ぶらせた。

せっかくの冒険者としてのスタートだ、開幕は派手に行きたい。

高まった念はより強力な精霊力を生み出してゆく。

ミリアリアはギラリとドラゴンに視線を向け、力の限り全力でその呪文を叫んだ。

「さぁ！　これがわたくしの本気ですわ！　くらいなさい！　アンクラシア！」

黒い旋風に乗って、生み出された闇は飛んで行く。

長距離を高速で飛んだ闇はドラゴンに到達し、膨張した。

「――――――」

最初は音もなく、闇は恐ろしい勢いで広がる。

その威力を実感したのは、消滅した空気の吹き戻しが、突風となって遅れて町にやって来た瞬間だ。

ミリアリアの放ったアンクラシアは、まだ遠くの空を飛ぶドラゴンごと周囲の雲すら吸い込んで消し去った。

雲どころか大気の層をごっそりと削り取り、星の海が夜空のように顔を出しているのだからどうかしている。

強風が吹き荒れる中、ミリアリアは目を丸くした。

「あ、ああ……世界の終わりだ」

誰かが呟いたのがミリアリアにも聞こえてくるが、それも仕方がない。

だって放ったミリアリアすら、ヒヤッと血の気が引いて、やってしまった感がすさまじかったのだから。

「……」

これはマジヤバですわ。

本当に全力で精霊術を使ったのは久しぶりだったが、まさかこんなことになるとは思わなかった。

残った跡には今いる町より大きなへこみが丸っと残っているだけだった。

わずかに残ったワイバーン達もあまりのことに逃げ散っていく。

さてすぐ横で固まっているメアリーが、どうするんだこの空気と視線で訴えてくるけれど、そんなことミリアリアだって教えてもらいたかった。

でもやってしまったからにはどうせなら格好をつけたいものである。

ミリアリアは、くるりとまだ瞬き一つ出来ないでいる町の人々に振り返り、扇で口元を隠すとニッコリ笑って言った。

「と、いうわけで。今日から冒険者になったタダのミリアリアですわ！　これからよろしくお願いしますわ！」

「あ、はい……よろしくお願いします」

「よくってよ！」

モヒカンは頭は働いていないようだが、反射でぺこりと頭を下げる。

それがベストかどうかは知らない。

だが、ミリアリアの生き様が馬鹿らしいか美しいかはミリアリアが消えてなくなってから、ミリアリアに触れた誰かが勝手に評価でも何でもすれば良い話だ。

冒険者ミリアリアも中々響きが耳に心地良い。

でも少しだけというか、この後手に余るほど騒がしくなりそうだったから、ミリアリアはそうなる前に逃げ出すことにした。

THE VILLAIN PRINCESS
DIVES INTO THE
LABYRINTH TODAY

あとがき

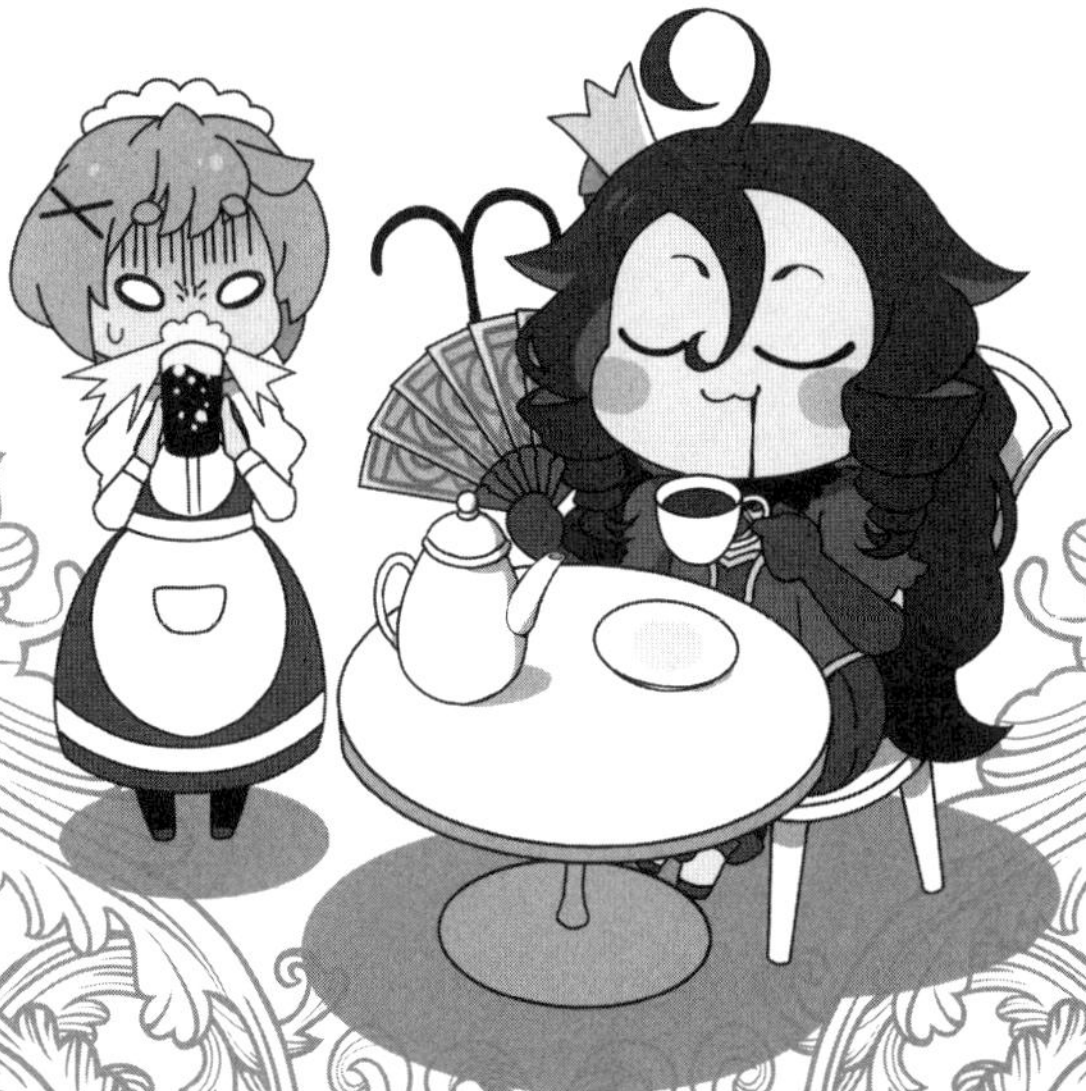

あとがき

悪役令嬢ものが大好きで、この本を手に取ってくれたそこのあなた。大変申し訳ありません。本作品は、悪役令嬢の甘い恋愛劇ではなくコメディです。

甘く切ない恋愛ものでしか摂取出来ない栄養をお求めの方にはご期待に添えない場合がございますのでご注意ください。

というわけでいきなり謝ってしまいました。

改めましてこんにちは、くずもちと申します。本作『悪役姫は今日も迷宮に潜る』手に取っていただき誠にありがとうございます。

肩の力が抜けるように頑張りましたので、気軽に読んでいただけると私としては最高です。

さて私が悪役令嬢ものを書くにあたって、まず考えたのは、悪役令嬢を主役にするとどの部分が面白くできるのか？　でした。そしてひとまず本作を書く上で出した結論は、恋愛以外の部分に面白い部分をもってこよう、でした。

恋愛ゲームにおいて主人公が幸せになれば悪役が不幸になるのは道理です。だから別のところで活躍しようというバイタリティはとても力強い気がしたのです。

ラブよりライク。愛より信頼。未来が分かることできっぱりと割り切って説得力が生まれるのは悪役令嬢ならではではないかと。

逆境の中で力強く頑張る女の子はカッコイイわけです。しかし悪役令嬢ともなれば立ちはだかる困難のレベルが違います。それを覆すには生半可な強化では心もとない。

せっかくだから、恋愛以外の面白い部分はバトル要素も盛り込もうかな？

……こうして恋愛シミュレーションＲＰＧの悪役姫、のミリアリアは生まれました。

目指すはどんな困難でも体当たりで解決するＲＰＧ系ダークヒロインです！　主に腕力で！

私はＲＰＧにおいてレベルを上げて物理で殴れば、大体世界は救えると信じています。

私なりのファンタジー感、ゲーム感の面白いと思うエッセンスをふんだんに盛り込みましたので、楽しいと思っていただけると嬉しいです。

そう言うわけでずいぶんと突飛な世界観にお付き合いいただいた編集者の方々、イラスト担当していただいたまこさんにはずいぶんご苦労を掛けたと思います。本当にありがとうございました。

そして応援していただいた皆様のおかげで書籍という形で本作をお届けすることが出来たことが何より嬉しく、感謝で胸がいっぱいです。

ここまであとがきにお付き合いいただいてありがとうございました。本編をまだ読んでいない方は、最後まで楽しんでいただけたなら幸いです。

それではまたの機会がありましたらお会いしましょう。

カチカク
ですわ!
カチですわカク
悪役姫は
今日も迷宮に潜る
ミリアリア・ハミング　9さい
たくさん描けて
とても楽しかったですわ!
まこ

わいい！
無自覚な天才少女は気付かない
～あらゆる分野で努力しても家族が全く褒めてくれないので、家出して冒険者になりました～
辺境の貧乏伯爵
嫁ぐことになったので
領地改革に励みます
～ドラゴンと公爵令嬢～
生贄第二皇女の困惑
敵国に人質として嫁いだら不思議と大歓迎されています
追放された聖女ですが、
実は国中から
愛されすぎてて
怖いんですけど!?
毎月1日刊行!!!!!!!!

強くてか
無自覚聖女は今日も無意識に力を垂れ流す
今代の聖女は姉ではなく、妹の私だったみたいです
異世界転移して教師になったが、魔女と恐れられている件
～王族も貴族も関係ないから真面目に授業を聞け～
エルフさんの魔法料理店
妖精女王として転生したけれど、まずはのんびりお料理作りまくります！
転生料理研究家は今日もマイペースに料理を作る
あなたに興味はございません
最新情報はこちら！
EARTH STAR LUNA
アース・スタールナ

無自覚な天才少女は気付かない
mujikakuna
tensaisyoujoha
kidukanai
まきぶろ
illustration
狂zip
～あらゆる分野で努力しても家族が全く褒めてくれないので、家出して冒険者になりました～
天才でした!?

学校の教師をしていたアオイは異世界に転移した。
森の賢者に拾われて魔術を教わると
あっという間にマスターしたため、
さらに研究するよう薦められて
世界最大の魔術学院に教師として入ることに。
しかし、学院には権力をかさに着る
貴族の問題児がはびこっていた――
異世界転移して教師になったが、魔女と恐れられている件
井上みつる
Illustration 鈴ノ
1~4巻
好評発売中!
特集ページはこちら!
EARTH STAR
LUNA

王族相手に保護者面談!?
木刀で生徒にタイマン指導!?
最強の新人女教師が
魔術学院のしがらみを
ぶち壊す!?

EARTH STAR
LUNA

悪役姫は今日も迷宮に潜る

発行 ―――― 2023年4月3日　初版第1刷発行

著者 ―――― くずもち

イラストレーター ―――― まこ

装丁デザイン ―――― 世古口敦志（coil）

発行者 ―――― 幕内和博

編集 ―――― 及川幹雄　児玉みなみ

発行所 ―――― 株式会社アース・スター エンターテイメント
〒141-0021　東京都品川区上大崎 3-1-1
目黒セントラルスクエア　7F
TEL：03-5561-7630
FAX：03-5561-7632
https://www.es-luna.jp

印刷・製本 ―――― 図書印刷株式会社

ISBN 978-4-8030-1774-8